KB195670

한밤중의
마리오네트

MIDNIGHT MARIONETTE

치넨 미키토 지음 | **권하영** 옮김

BOOK PLAZA

한밤중의 마리오네트

MIDNIGHT MARIONETTE

치넨 미키토 지음 | 권하영 옮김

BOOK PLAZA

제1장

심야의 방문자

1

소란스러운 알람 소리가 고막을 흔든다. 얼음처럼 차가운 땀이 등을 타고 흐른다.

눈앞에 있는 처치용 침대에는 피투성이 환자가 누워 있다. 아직 10대 초반 같다. 검붉은 피가 잔뜩 묻은 부은 얼굴, 늑골 하나하나의 윤곽이 드러나 보일 정도로 마른 상반신으로는 성별조차 구분되지 않는다.

"선생님, 라인 잡았습니다! 지시 내려주세요!"

초조함이 역력한 간호사의 목소리를 들으며 침대 옆 테이블에 놓인 모니터로 시선을 옮겼다. 거기에 표시된 수치를 보자, 얼음으로 된 손이 심장을 움켜쥔 듯했다.

혈중 산소포화도가 매우 낮았고, 심지어 혈압은 '측정 불가'하다는 글자가 깜빡였다.

어떻게 하지? 구급대의 보고로는 바이탈이 안정적이라고 들었다. 그래서 수련의인 내가 임시로 보러 온 건데….

"아라마키 카즈키 선생님은?!" 갈라진 목소리로 외쳤다.

"방금 충수염 환자를 수술실로 보내러 가셨어요. 아직 연락이 안 돼요."

안쪽에 있는 사무직원의 대답에 절망과 혼란의 바닥으로 내려앉는 느낌이었다.

"선생님, 어떻게 할까요? 지시해 주세요."

간호사의 재촉에 대답도 못 하고 환자의 목 부근으로 손을 뻗었다. 라텍스 장갑 너머 혈액의 따뜻한 감촉이 전해졌지만, 경동맥의 맥박은 감지되지 않았다.

"맥이…, 없어…."

"심정지인가요?! 심장 마사지 할까요? 어떻게 할까요?!"

맞다. 심장 마사지…. 소생시켜야지….

현실감이 옅어진다. 누군가에게 조종당하는 기분으로 기어오르듯 침대에 올라가서 지방과 근육이 거의 없는 가슴 위에 두 손바닥을 포갰다. 체중을 실어 흉골을 누르려고 한 순간, 환자의 목 부근을 보고 숨을 삼켰다. 피부에 작은 뱀이 기는 것처럼 외경정맥이 툭 튀어나와 있었다.

외경정맥 확장, 혈압과 산소포화도 저하…. 왼손을 환자의 가슴에 살짝 올리고 오른손 검지와 중지를 갈고리 모양으로 만들어서 두드렸다. 북을 치는 듯한 소리가 고막을 흔들었다.

"긴장성 기흉이에요! 흉관!"

침대를 내려가서 처치대에서 메스를 집어 들고 드러난 늑골 위 가장자리를 따라 칼을 댔다.

흉강 안에 공기가 차서 폐와 심장이 눌리고 있다. 튜브를 삽입해서 공기를 빼내야 한다. 이를 악물고 메스를 움직여 피부를 절개했다. 환자의 입에서 신음이 새어 나왔다. 메스를 처치대에 내던지듯 놓자마자 간호사가 몇십 센티미터짜리 창 같은 도구를 건넸다. 그 뾰족한 끝을 절개한 부위에 댔다.

할 수 있을까? 실수하면 예리한 도구 끝이 폐나 심장을 찌를 수도 있다. 내가 이 환자의 목숨을 앗아갈지도 모른다. 기구를 쥔 손이 떨리고 호흡이 거칠어졌다.

뇌와 근육을 잇는 회로가 단절된 듯 몸이 꿈쩍도 하지 않았다.

못 하겠어…. 거의 포기하려는데, 환자의 눈꺼풀이 천천히 올라갔다. 보석처럼 맑은 눈동자. 살짝 눈물로 젖은 안구에 비친 자신의 모습을 본 순간, 심장이 크게 뛰었다.

하지 않으면, 이 생명의 빛은 꺼질 것이다. 현실감이 돌아왔다. 실에 묶여 사지를 조종당하는 듯한 착각에 사로잡혔던 전신에 힘이 돌아왔다.

"괜찮아. 걱정하지 마. 내가 반드시 살려줄게."

부드럽게 미소 지으며 동시에 카테터 뒷부분을 밀었다. 늑간근, 그리고 흉막을 뚫는 감촉이 손에 전해졌다.

성공이다. 환희의 목소리가 목구멍에서 솟아올랐다가 입안에서 흩어졌다.

분명히 흉관을 흉강 안에 삽입했는데, 공기가 배출되지 않는다. 어째서…. 극심한 현기증이 엄습했다. 그때 등 뒤에서 누군가의 손이 어깨를 두드렸다. 뒤돌아보니, 응급의학과 유니폼을 입은 날렵하게 생긴 남자가 서 있었다.

"아라마키 카즈키… 선생님."

떨리는 목소리로 이름을 부르자, 응급의학과 지도의인 아라마키 카즈키는 카테터 뒷부분에 손을 뻗어서 거기에 달린 돌기를 주저 없이 당겼다. 내강에 들어가 있던 창 모양 금속이 빠져나오자, 남겨진 튜브에서 피리 같은 소리를 내며 공기가 뿜어져 나왔다.

"내관을 뽑아야 공기가 배출돼. 마무리가 조금 허술했네."

너무 당연한 지적에 수치심이 들었다.

"죄송합니다…" 하며 고개를 푹 숙이자, 카즈키는 그 큰 손으로 가볍게 등을 토닥여 주었다.

"너무 기죽지 마. 자, 봐."

카즈키가 침대를 가리켰다. 고통스럽게 헐떡이던 환자가 편안하게 숨을 쉬고 있었다. 두껍게 튀어나왔던 외경정맥도 사라졌다. 모니터에 시선을 던져 보니, '측정 불가'였던 혈압이 정상치로 표시됐다. 산소포화도도 점점 올라간다.

"선생님 덕분이에요. 정말 감사합니다."

진심으로 감사 인사를 하자, 카즈키는 고개를 가로저었다.

"아니, 감사 인사를 할 사람은 나지. 내 판단 실수로 이 환자의 초기 치료를 너한테 떠맡겼잖아. 수련의한테는 너무 무거운 케이스였어. 하지만 너는 도망치지 않고 열심히 대처했어. 네가 이 아이의 생명을 살렸다."

"내가…." 의식을 잃었는지 다시 눈을 감은 환자의 옆얼굴을 응시했다.

"네 판단력과 담력은 응급실 의사에 적합해. 아직 어느 과로 갈지 정하지 않았으면 응급의학과도 선택지에 넣어보면 어떠니?"

"응급실…."

중얼거리며 환자의 뺨을 만졌다. 피로 더러워진 피부에서 체온이, 생명의 온기가 전해졌다.

"될래요! 저, 응급실 의사가 될래요!"

힘차게 뒤돌아보니, 어째서인지 카즈키는 이쪽에 등을 돌리고 멀어지고 있었다.

"선생님, 잠시만요!"

외치면서 바닥을 차고 달렸다. 하지만 그 등은 따라잡히기는커녕 점점 멀어졌다.

"잠깐! 두고 가지 마!"

목이 쉬도록 외치며 필사적으로 다리를 움직였다. 어느샌가 주변은 어둠에 잡아먹혔다. 발밑도 보이지 않는 칠흑 같은 공간에서 온 힘을 다해 그저 달렸다.

"나를 혼자 두지 마! 제발, …카즈키 씨!"

작아진 등으로 손을 뻗었을 때, 레이저 같은 붉은 선이 그의 전신을 관통했다. 다음 순간, 쌓은 블록이 무너지듯 열몇 조각으로 절단된 카즈키가 그 자리에 무너져 내렸다.

작은 산처럼 겹겹이 쌓인 조각들 꼭대기에는 입을 반쯤 벌린 카즈키의 머리가 올라가 있고, 그 주변으로 피 웅덩이가 퍼져 갔다. 뿌옇게 흐려진 멍한 눈이 이쪽을 원망스럽게 바라보았다.

"안돼애애애애!"

고막에 통증을 느낄 정도로 절규하며 상체를 벌떡 일으켰다.

숨이 가빴다. 딸꾹질 같은 소리를 내면서 필사적으로 산소를 빨아들였지만, 숨 막히는 느낌은 더 커져 갔다. 손이 가늘게 떨렸다.

과호흡 발작이다. 반사적으로 그렇게 판단한 코마츠 아키호는 바지 주머니에서 접힌 종이 가방을 꺼내 입에 대고 주위를 둘러보았다. 책상과 책꽂이가 놓인 네 평 정도 되는 살풍경한 방. 익숙한 응급의학과 의사 대기실 소파에 누워 있었다.

빠르게 대처해서인지, 아니면 상황이 확인돼서인지 숨 막히는 느낌이 누그러들었다.

"아아, 나도 모르게 잠들었네…."

중얼거림이 공기를 흔들었다. 벽시계를 보니 오전 두 시를 지난 참이었다.

오늘 밤은 오후 여섯 시부터 응급의학과 야근에 배정됐다. 자정 무렵까지는 쉴 새 없이 중증 환자가 실려 왔지만, 드디어 일단락 돼서 소파에서 잠깐 눈을 붙였다. 생각보다 깊이 잠들었나 보다. 몇 년 전까지는 아무리 야근 중이어도 이렇게 숙면한 적이 없었다. 올해로 서른한 살. 회복력이 떨어졌는지도 모른다.

"아니면 제대로 쉬지 못해서 그런가…."

지난 반년 동안 극도로 얕은 잠만 잤다. 침대에 누울 때마다 똑같은 악몽을 꿔서 심신이 제대로 쉬지 못했다.

아키호는 관자놀이에 손을 댔다. 손가락 끝이 살짝 젖었다. 잠든 사이에 눈물을 흘렸나 보다. 아키호는 목걸이에 검지를 걸어 응급의학과 유니폼 가슴께에 감춰둔 부분을 꺼냈다. 거기에는 백금으로 된 반지가 달려 있었다.

원래 이 반지는 왼손 약지에 끼워져야 했다. 반지 안쪽에 새겨진 'Kazuki & Akiho'라는 글자가 망막에 비친 순간, 콧속이 저리고 시야가 흐려졌다.

그 사람이 떠난 지 이미 반년이나 지났는데, 아직 흉곽 속이 모조리 뽑혀 나간 것 같은 허무감이 사라지지 않는다. 일을 하면 잊을 수 있을까 하고 지난달 복직해서 토요스에 있는 종합 병원에서 응급의학과 의사로 바쁘게 일했지만, 가슴 안쪽 깊이 새겨진

상처는 치유되기는커녕 조금씩 곪아서 마음을 썩혔다.

"카즈키 씨…, 보고 싶어…."

떨리는 목소리를 뱉은 순간, 시끄러운 전자음이 울려 퍼졌다. 눈이 휘둥그레진 아키호는 옆에 있는 낮은 테이블에서 붉은 원내 휴대전화를 집어 들고 망설임 없이 통화 버튼을 눌렀다.

"네, 린카이 제1병원 응급의학과…."

"코토 구급대입니다. 수용 가능하십니까?"

"가능합니다. 어떤 상태죠?"

아키호는 소파에서 일어나 재빨리 출입구로 향했다. 이 휴대전화는 구급대와 직통으로 연결되는 특별한 전화다. 엄청난 중증이라 한시라도 빨리 치료해야 하는 환자가 있을 때만 연락이 온다.

"환자는 10대 후반 남자입니다. 오토바이를 타다가 단독사고를 냈습니다. 전봇대를 받아서 흉부를 세게 부딪친 것 같습니다. 현장에는…."

정보를 들으며 문을 열고 대기실에서 응급의학과로 이동한 아키호는 책상에 있는 메모 용지에 환자의 정보를 적어 내려갔다. 수련의와 간호사들이 정보를 얻으려고 재빠르게 모였다.

"바이탈은요?"

아키호는 예상되는 병세와 대처법을 머리로 정리하면서 물었다.

"혈압은 64에 38, 맥박은 110, 세츄레이션…."

혈압이 너무 낮다…. 쇼크 상태다.

"알겠습니다. 도착은 몇 분 후죠?"

"5분 정도면 도착할 것 같습니다."

통화를 마친 아키호는 주변에 있는 간호사와 수련의를 보았다.

"10대 남자, 오토바이 사고. 흉부를 전봇대에 세게 부딪혀서 쇼크 상태. 흉강 안과 복강 안에 대량의 출혈, 골반 골절 등이 예상. 우선은 생리식염수로 라인을 잡고 풀 드롭으로 투여. 채혈해서 전혈구검사, 생화학검사, 혈액 가스 분석 하고, 수혈용 크로스 매칭을 임상 검사부에 제출. 당직 방사선사한테 연락해서 포터블 엑스레이 준비해달라고 해요."

지시를 내리자, "네!" 하는 목소리와 함께 직원들이 일제히 움직였다.

마스크를 쓰고 응급 처치실로 이동하는 아키호의 체온이 올라갔다. 환자가 중상임은 분명하다. 자신의 순간적인 판단이 환자의 목숨을 좌우한다. 이 긴장감에 잠겨 있는 동안만큼은 사랑하는 사람을 잃은 괴로움을 잊을 수 있다.

"저기, 선생님, 저는 뭘 하면 될까요?"

쭈뼛거리는 목소리에 아키호는 돌아보았다. 쇼트커트를 한 자그마한 여자 의사가 어깨를 움츠린 채 서 있었다. 지난주부터 응급의학과에서 수련하는 2년 차 수련의다.

꽤 유능하지만, 다른 과와는 차원이 다른 응급의학과의 속도감에 아직 적응하지 못한 것 같다. 과거의 자신이 겹쳐 보여서 마스크 아래에서 무심코 입꼬리가 올라갔다.

내가 수련의로 응급의학과를 돌던 당시에도 이런 느낌이었다. 거기서 갑자기 중증 환자의 초기 치료를 혼자 하게 되어 당황하면서도 필사적으로 처치했다.

그리고 그 사람과 함께 환자를 살렸다…. 가슴에 날카로운 통증이 번졌다.

"너는 우선 라인 확보하고 채혈을 도와줘. 그게 끝나면 혈액 가스 분석 해주고. 다음 지시는 그때그때 내릴게."

"네, 알겠습니다!"

수련의의 대답에 고개를 끄덕였을 때, 구급차 사이렌 소리가 들려왔다.

아키호가 수련의에게 "가자"하며 처치실 안쪽에 있는 자동문을 지나 밖으로 나가자, 구급차가 와서 눈앞에서 정차했다. 뒷문이 힘차게 열리더니, 덜커덕덜커덕 큰 소리를 내며 구급대원들이 들것을 내렸다. 환자의 관계자인지 정장을 입은 남자 두 명이 연달아 차에서 나왔다.

"현재 맥박은 미약하고 혈압은 측정 불가합니다. 의식은 재팬코마스케일(의식 장애 정도를 판단하는 분류 기준 − 옮긴이 주)로 100. 세츄레이션은 산소 10리터에 88%입니다."

구급대원이 목소리를 높였다. 이송을 의뢰받을 때 들은 수치보다 나빠졌다. 들것으로 달려간 아키호는 거기에 누운 소년의 모습을 보고 살짝 동요했다.

고통스럽게 미간을 찌푸리고 눈을 꼭 감았지만, 그 얼굴은 숨막히게 고왔다. 날렵한 콧날, 길쭉하고 시원스러운 눈, 갸름한 턱선, 얇은 입술. 그것들이 예술적일 정도로 절묘한 균형을 맞추며 공존했다.

정교하게 만들어진 인형으로 착각할 만큼 반듯한 용모에 시선을 빼앗겼다가, 이내 고개를 흔들고 진찰을 시작했다. 구강 안을 베였는지 입가가 약간 지저분했지만, 언뜻 봐서 큰 외상은 없는 듯했다. 출혈성 쇼크라면 체내에 출혈이 있을 것이다.

우선은 생리식염수 급속 주입과 수혈로 어찌어찌 버티다가 초음파 검사로 출혈 부위가 확인되면, 당직 외과의와 함께 긴급 수술을…. 자신이 해야 하는 처치를 머릿속에서 시뮬레이션 하며 아키호는 구급대원들과 함께 들것을 끌고 처치실로 향했다.

"조심히 옮겨요. 하나, 둘, 셋."

아키호의 신호에 맞춰 소년이 처치용 침대로 옮겨졌다. 곧 간호사들이 환자의 티셔츠를 가위로 잘랐다. 드러난 흉부를 보고 술렁거림이 일었다. 왼쪽 어깻죽지부터 오른쪽 옆구리까지 피부가 검붉게 변색되었다. 전봇대에 부딪혔을 때 남은 흔적인가 보다.

간호사들이 심전도 패드, 산소포화도 측정기, 혈압계 등을 환자에게 다는 것을 확인하며 아키호는 환자의 머리 쪽으로 이동했다.

"이 환자 이름은요?"

구급대원에게 묻자, 뒤에서 "료스케예요. 이시다 료스케" 하는 목소리가 났다. 뒤돌아보니, 방금 구급차에서 내린 두 남자가 서 있었다.

"어떻습니까, 선생님? 살 것 같습니까?"

남자 한 명이 지저분하게 수염이 난 턱을 쓰다듬으며 말했다. 나이는 40대 중반쯤일까. 크고 딴딴한 몸을 주름진 싸구려 정장이 덮고 있었다. 별 볼 일 없는 중년 직장인 같은 풍채지만, 그 눈만은 사냥감을 쫓는 맹금류처럼 위험한 빛을 품고 있었다. 그 뒤에서는 안경을 쓴 서른 전후쯤 된 남자가 불편한 기색으로 주변을 둘러보고 있다. 그 남자가 낯익은 느낌이라 아키호는 고개를 살짝 갸웃했다.

"환자분 가족이세요?"

"절대 아닙니다." 중년 남자가 과장되게 손을 내저었다. "그런 놈하고 가족일 리가요. 그냥 어떻게 좀 관련 있는 사람입니다."

"가족이 아니시면 바깥 복도에서 기다려주세요. 얘기는 나중에

하겠습니다."

"네, 네. 그놈은 도망칠 상태가 아니니까 일단 방해하지 않고 기다리죠."

도망친다고? 아키호가 미간을 찌푸리자, 익살스럽던 남자의 얼굴이 순식간에 경직됐다.

"단, 그놈을 절대 죽게 하지 마세요."

그들이 복도와 연결된 문으로 향하는 모습을 확인한 아키호는 다시 환자에게 돌아섰다.

"료스케 씨, 료스케 씨, 정신이 드세요?"

큰 소리로 말을 걸자, 환자의 눈꺼풀이 살짝 들렸다. 그 입에서 "으으…" 하고 가느다란 목소리가 새어 나왔다. 의식은 흐릿하다. 앓는 소리를 내는 것을 보면 기도는 막히지 않았다는 뜻이다.

그렇게 생각한 순간, 뇌리에 과거의 광경이 되살아났다. 몇 년 전, 카즈키와 함께 환자를 살린 기억.

아키호는 데자뷔와도 비슷한 감각에 당황하며 청진기를 귀에 꽂은 다음 집음부를 환자의 가슴에 대고 청진했다. 호흡 소리는 양쪽 가슴에서 확실히 들렸다.

"삽관하고 인공 호흡 할까요?"

수련의가 환자의 손등 정맥에 수액 바늘을 꽂으며, 청진을 마친 아키호에게 물었다.

"아니, 호흡 소리는 정상이야. 산소 투여만 해도 충분해. 혈압은 어때?"

아키호가 간호사에게 돌아서자, 젊은 간호사가 "측정 불가입니다!"라고 비명 같은 소리를 높였다.

"왜지? 출혈도 별로 없는데!" 수련의의 목소리가 뒤집혔다.

"침착하게. 초음파로 복강 내 출혈이 없는지 확인해. 나는 흉강 내 출혈이 있는지 살펴볼게."

"알, 알겠습니다!"

수련의는 기구대에 놓여 있던 포터블 초음파 기기를 잡고 환자의 납작한 복부에 로션을 바른 뒤, 프로브를 댔다. 아키호는 청진기로 다시 신중하게 호흡 소리를 들었다. 혈흉. 흉강 안에 혈액이 찬 상태라면, 청진으로 어느 정도 진단이 된다.

청각에 신경을 집중시켰다. 하지만 호흡 소리에 이상은 없었다.

"복강 안 상태는?"

청진기를 거칠게 빼며 묻자, 수련의는 고개를 가로저었다.

"이상 없습니다. 혈액 저류도 없고 내장 손상도 안 보여요."

그렇다면 골반 골절로 인한 출혈인가. 아키호는 골반이 부러졌는지 확인하려고 환자의 허리뼈에 두 손을 대고 가볍게 힘을 주었다. 예상과 달리 허리뼈가 흔들리지 않고 멀쩡한 느낌이 손에 전해졌다.

골반 골절이 아니야?! 뺨 근육이 경직된 찰나, 간호사가 목소리를 높였다.

"혈압이 더 떨어집니다. 경동맥이 안 잡힙니다."

"심정지인가요?! 심폐 소생 시작할까요?!" 수련의가 새된 목소리로 물었다.

처음 카즈키 씨와 환자를 살린 그날 밤에도 간호사가 똑같은 말을 했다.

아키호는 뜬금없는 생각을 하며 숨을 뱉었다. 응급의학과 의사가 된 지 5년, 셀 수 없을 만큼 많은 위기를 헤쳐 왔다. 그 경험이 마음 중심을 유지하는 자동 안정 장치가 되었다.

초조해하면 초조해할수록 환자가 살 확률은 줄어든다. 신속하게, 그리고 냉정하게 상황을 확인해야 한다.

"괜찮아. 너는 살 거야. 내가 살려줄게."

소년의 귓가에 속삭이며 곁눈으로 모니터를 확인했다. 심전도에 파형이 확인됐다.

심정지는 아니다. 그런데도 맥이 잡히지 않을 만큼 혈압이 떨어졌으니 체내에 대량의 출혈이 있을 가능성이 크다. 하지만 혈흉도 아니고 골반 골절도 아니다. 남은 것은 복강 내 출혈인데, 수련의가 그건 아니라고 했다.

아키호는 몇 초 만에 거기까지 생각하다가 눈을 크게 떴다. 환자의 경부에 튀어나온 경동맥이 보였다.

긴장성 기흉? 아니, 양쪽 가슴에서 호흡 소리가 들렸다. 그건 아니다. 그렇다면….

"초음파 좀 줘봐!"

수련의의 손에서 포터블 초음파 기기를 채온 아키호는 주저 없이 프로브를 환자의 가슴에 댔다. 액정 화면에 박동하는 심장과 그 주변을 뒤덮은 하얀 무언가가 보였다.

"심장 압전이야!"

심장 압전. 심장을 감싼 막 내부, 심낭 안에 외상 등으로 혈액이 고여 심장을 누르는 상태.

아키호는 포터블 초음파 기기를 수련의에게 넘기고 기구대 서랍을 열어 18게이지 바늘과 50cc 주사기를 꺼냈다. 포장을 뜯은 아키호는 거의 10센티에 달하는 주삿바늘을 주사기에 끼우고 환자의 가슴에 포비돈 요오드를 뿌려 소독했다.

"심장 압전을 없애는 건가요?"

아키호는 수련의의 질문에 "맞아"라고 대답하면서 신중하게 바늘 끝을 환자의 흉골 아래쪽에 댔다.

"하지만 안 보이는 상태에서는 위험하잖아요. 심장이나 폐를 찌를 가능성이 있어요. 순환기내과 선생님께 초음파를 보면서 천자해달라고 맡기는 게…."

"그걸 기다리다가는 이 환자가 죽어."

단조로운 목소리로 대답하자, 수련의가 숨을 삼켰다.

"응급실에서는 신속하고 냉정한 판단이 제일 중요해. 그게 환자의 목숨을 구하는 거야."

아키호는 흉골 아래에서 머리 쪽을 향해 45도 각도로 굵고 긴 바늘을 꽂고 안쪽으로 밀었다. 숨을 멈추고 주사기를 쥔 손의 감각에 온 신경을 집중시켰다. 가벼운 저항감 이후에 얇은 고무 막을 뚫는 듯한 감촉이 손가락 끝에 전해졌다.

심장막을 뚫었다. 아키호는 바늘을 3센티 정도 더 누르고 천천히 주사기 밀대를 당겼다. 투명한 플라스틱 관 안에 검붉은 액체가 조금씩 배어 나왔다.

"맥 잡혔습니다!"

환자의 목덜미에서 맥을 찾던 수련의가 환희에 찬 목소리로 말했다. 아키호는 눈만 살짝 움직여서 환자의 상태를 확인했다. 목덜미에 튀어나와 있던 경동맥이 어느새 사라졌다.

밀대를 더 당길 수 없을 때까지 심낭 안에 고인 혈액을 빨아들인 아키호는 바늘을 뽑았다.

"바이탈 정상입니다. 대단하십니다, 선생님."

온몸에서 흥분을 내뿜으며 수련의가 모니터를 가리켰다. 거기에 표시된 혈압, 맥박, 산소포화도가 문제없는 수준으로 회복됐다.

혈액으로 찬 주사기를 의료용 트레이에 내려놓은 아키호는 가볍게 어깨를 으쓱했다.

"아직 방심하면 안 돼. 우선 포터블 엑스레이를 찍은 다음에 문제가 없으면 CT 찍고 두개골 안에 출혈이 없는지 확인해야 돼. 심낭 안에 드레인 튜브도 삽입해야 되고. 심낭 드레인은 순환기내과 당직한테 부탁하자. 그리고 정형외과 당직한테 골절 확인도 받아야 돼. 그다음에는…."

앞으로 해야 하는 일을 하나하나 꼽는데, 수련의가 "어?"라고 목소리를 높였다.

"환자분 의식 돌아온 것 같습니다."

환자의 눈꺼풀이 열렸다. 안구를 분주하게 움직이며 불안하게 처치실 안을 둘러본다.

"이시다 료스케 씨죠?"

아키호는 마스크를 벗고 말을 걸었다. 환자 이시다 료스케는 놀란 듯 길쭉한 눈을 크게 떴다.

"여기는 린카이 제1병원 응급실이에요. 환자분은 오토바이 사고로 여기에 실려 왔어요. 기억나세요?"

료스케가 살짝 턱을 당기는 듯한 몸짓을 보였다. 의식은 꽤 맑아진 듯하다. 이 상태면 두개골 내 출혈이 있을 가능성은 작다. 아키호는 안도하며 미소 지었다.

"괜찮아요. 걱정하지 마세요. 당신은 살 거예요."

"…당신이 저를?" 료스케는 모깃소리 같은 목소리를 짜냈다.

"네, 맞아요. 잘 견디셨어요."

아키호는 기구대에서 멸균 거즈를 집어 들고 료스케의 입가에 묻은 피를 닦았다. 굳었던 료스케의 얼굴에 꽃봉오리가 벌어지듯 웃음이 퍼졌다.

현실감이 없을 정도로 반듯하고 중성적인 얼굴에 번진 미소를 보자, 심장이 크게 뛰었다.

"고마워요, 살려줘서. 정말 감사합니다."

료스케는 아키호의 손에 뺨을 비볐다. 라텍스 장갑 너머로 전해지는 도자기처럼 매끈한 피부의 질감이 관능을 자극하자, 아키호는 자기도 모르게 손을 뺐다.

료스케가 의아하게 올려다보았다. 그때 무거운 소리가 들려왔다. 뒤돌아보니, 당직 방사선사가 포터블 엑스레이 장치를 끌고 오고 있었다.

아키호는 "엑스레이 찍을게요" 하며 도망치듯 멀어졌다. 방사선사가 포터블 엑스레이를 침대 옆으로 옮겨서 기기를 움직여 촬영 준비를 시작했다.

내가 왜 이렇게 동요하지? 방금 저 환자의 맥이 잡히지 않았을 때도 차분하게 대처했는데…. 침대에 누운 소년의 옆얼굴을 봤다. 그저 얼굴이 반듯할 뿐만 아니라, 그의 표정, 목소리, 태도가 사람을 홀릴 정도로 매혹적인 분위기를 품고 있었다.

사랑하는 사람을 잃은 뒤로 잊고 있던 본능이 자극되어 배꼽 근처가 뜨거워졌다.

료스케가 곁눈으로 시선을 보냈다. 그 얼굴에 녹아내릴 듯한 웃음이 번졌다. 아키호는 재빨리 눈을 내렸다.

사춘기 소녀 같은 자신의 반응에 강한 자기혐오가 솟았다.

차바퀴 소리를 내며 들것이 옮겨진다.

이시다 료스케가 급하게 이송된 지 한 시간이 넘었다. 심장 압전 치료로 전신 상태가 안정을 찾은 료스케는 당직 순환기과 의사에게 심낭 안에 드레인을 삽입 받은 뒤 응급의학과 병동으로 올라갔다.

아침이 되면 주치의가 정해져서 치료와 재활 계획이 설 것이다. 현장으로 복귀한 지 이제 한 달 남짓인 아키호는 입원 환자를 담당하지 않도록 면제된 상태였다. 이제 그 소년과 엮일 일은 없었다.

아키호는 거칠게 머리를 헝클었다. 이시다 료스케와 대화를 나눈 뒤로 가슴속에 깃든 갑갑함이 사라지지 않는다. 까마득하게 어린 소년 때문에 마음이 어지러워지는 자신이 한심했다.

아키호는 가슴께에 손을 대고 유니폼 안쪽에 넣어둔 반지의 딱딱한 감촉을 손바닥으로 느꼈다. 사랑하는 사람의 남자다운 얼굴과 단단한 몸이 뇌리에 되살아나서 깊은 슬픔이 솟구쳐 올라왔다.

"카즈키 씨…."

그 이름을 부르자, 단전에 똬리를 튼 간지러운 열이 사라졌다. 평정심을 되찾은 아키호는 전자 차트에 진료 내용을 기록하는 수련의에게로 돌아섰다.

"차트 기입 좀 해줘. 나는 복도에 있는 사람들이랑 얘기 나누고 올게."

"아, 알겠습니다. 근데 그 사람들, 누굴까요?"

아키호는 "글쎄?" 하며 고개를 갸웃했다. 원래는 구급대원이 설명해 주는데, 료스케의 상황이 너무 긴박해서 자세한 이야기를 들을 틈이 없었다.

"뭐, 당사자들한테 들으면 알겠지. 그럼 차트 잘 부탁해."

가볍게 손을 든 아키호는 복도로 나갔다. 긴 의자에 앉아 있던 두 남자가 일어섰다.

"이시다 료스케는 살았습니까?!"

안경을 낀 젊은 남자가 다가왔다. 아키호가 대답하려고 하자, 중년 남자가 젊은 남자를 아무렇게나 밀치고 아키호 앞에 섰다.

"그래서, 어떻습니까, 선생님? 이시다 료스케 그놈은 안 죽었죠?"

남자가 땅바닥에서 울리는 듯한 목소리로 말했다. 그 눈은 핏발이 선 채 형형히 빛났다. 옷깃 단추가 잠기지 않을 정도로 목이 굵고 몸에 근육과 지방이 많아서 셔츠가 터질 듯했다. 그 박력에 아키호는 무심코 한 발짝 뒷걸음질 쳤다.

"두, 두 분, 이시다 료스케 씨 가족은 아니시죠?"

"아니라니까요. 그런 불쾌한 소리 하지 마십쇼."

"그러면 설명드릴 수 없습니다. 의사에게는 비밀 유지 의무가 있습니다."

"선생님, 이러실 상황이 아닙니다. 거두절미하고 어서 알려주세요."

남자는 기름진 머리카락을 짜증스럽게 헝클었다. 그 위압적인 태도에 아키호는 유니폼 주머니에 몰래 손을 넣어 원내 휴대전화를 쥐었다.

응급의학과에는 다양한 환자가 이송된다. 그중에는 반사회적인 조직에 속한 사람도 있다. 눈앞에 있는 남자는 전에도 몇 번 마주한 적이 있는 폭력조직 관계자와 똑같은 냄새를 풍겼다.

"뭐라고 하시든 가족분이 아니면 환자의 병세를 가르쳐 드릴 수 없습니다. 그런데 두 분은 누구시죠?"

남자가 반사회 조직에 몸담은 사람이라고 밝히면, 바로 경비원에게 연락할 생각이었다.

"아아, 그렇지, 우리가 누군지 아직 모르시는구나." 남자는 정장 안주머니에 손을 넣었다.

무기? 몸이 경직된 아키호의 얼굴 앞을 검은 지갑 같은 것이 가렸다. 금색 벚꽃처럼 생긴 문장 위에 '순사부장 미노베 류타'라고 적혀 있었다.

"경시청 수사1과 살인사건 전담반 미노베 류타라고 합니다. 이쪽은 후카가와 경찰서 소속 쿠라시키 마나부입니다. 잘 부탁드립니다, 선생님."

미노베라고 자신을 소개한 남자는 뒤에 선 젊은 남자를 엄지로 가리켰다.

"경시청···."

응급의학과에는 교통사고나 상해 사건 피해자, 불법 약물 중독 환자 등이 이송되는 경우가 있다. 그럴 때 관할서인 후카가와 경찰서에 신고하면, 형사가 파견된다.

그때 문득, 안경 낀 남자가 왜 낯익은지 깨달았다. 반년 전 상해 사건 피해자를 치료했을 때, 후카가와 경찰서에서 나온 형사다.

그런데 관할서는 그렇다 쳐도, 본청이라 할 수 있는 경시청 수사1과 형사가 오다니···.

"아까 그 환자분이 사건 관계자라는 건가요?"

아키호가 묻자, 미노베의 눈이 조용히 가늘어졌다.

"그냥 관계자가 아니에요, 선생님. 그놈은 범인, 그것도 살인범이에요."

"살인…."

"우리가 왜 그놈이 죽어서는 안 된다고 하는지 이해가 되시죠? …아무튼 이시다 료스케 그놈은 안 죽었겠죠?"

아키호는 자기도 모르게 "아, 네!"라고 대답하고 말았다. 미노베의 두꺼운 입술 끝이 올라갔다.

"감사합니다, 선생님. 그래서, 이제 대화할 수 있나요?"

"…말씀드렸듯이 환자분의 개인 정보는 발설할 수 없습니다. 특히 병세에 관한 정보는요."

"아직 이해가 안 되세요, 선생님?" 미노베는 일부러 대놓고 한숨을 쉬었다. "그놈은 살인자입니다. 그런 놈을 지키실 겁니까?"

"말했잖아요. 의사한테는 비밀 유지 의무가 있다고요. 근데 정말로 그 환자분이 사람을 죽였나요? 체포 영장은 있으세요?"

"그런 거 없습니다."

아키호가 "그럼…" 하며 말을 이으려고 하자, 미노베가 손바닥을 들어 막았다.

"선생님, 체포 영장은 필요 없습니다. 그놈은 전 여자친구를 죽인 현장에서 발각돼 창문으로 탈출해서 오토바이로 도망쳤고, 경찰차로 쫓기다가 사고가 났습니다."

미노베가 얼굴을 가까이 들이밀었다.

"이제 아시겠습니까? 그럼 그냥 가르쳐주시죠? 그놈이 지금 어떤 상태고, 어디에 가면 만날 수 있는지."

"하지만…, 비밀 유지 의무…."

"이런 상황에서는 비밀 유지 의무보다 공익이 중요합니다. 그놈은 살인자예요. 됐으니까 얼른 그놈 내놔요. 그놈, 안에 있죠?!"

호통치는 목소리가 복도를 울렸다. 쿠라시키가 "진정하세요" 하며 미노베의 어깨에 손을 얹었다.

"버, 벌써 2층 병동으로 올라갔습니다. 입원 치료가 필요해서요." 아키호는 떨리는 목소리로 대답했다.

"아, 2층. 좋아, 쿠라시키, 가자."

걸음을 돌린 미노베가 큰 보폭으로 복도를 나아가는 모습을 보고 아키호는 잽싸게 "잠깐만요!"라고 목소리를 높였다.

"이시다 료스케 씨는 면회가 안 됩니다."

미노베가 "뭐요?" 하며 험상궂은 얼굴을 찌푸렸다.

"며, 면회 사절입니다. 만나실 수 없어요."

"그놈은 살인범이라고 몇 번을 말해야⋯."

"이시다 료스케 씨가 죽어도 괜찮으세요?!"

아키호는 미노베의 말을 자르며 목청을 높였다.

"혈액이 심장을 눌러서 위험한 상태였어요. 당신들한테 신문 받다가 흥분해서 날뛰면 목숨을 잃을 수도 있어요. 그런데도 만나겠다고요?!"

응급의학과 의사로서 필사적으로 구한 생명이 위험에 노출되는 것은 절대 용납할 수 없었다. 미노베가 노려보았지만, 아키호는 눈을 피하지 않고 그 시선을 받아냈다.

십몇 초간 아키호와 미노베는 가만히 서로를 응시했다. 먼저 눈을 돌린 사람은 미노베였다.

"그래요, 그놈이 죽으면 곤란하죠. 알겠습니다. 오늘 밤 신문은 단념하겠습니다."

아키호가 안도의 한숨을 내쉬자, 미노베는 "단" 하며 말을 이었다.

"병실 앞에 경찰을 배치할 겁니다. 이시다 료스케가 도망치지 못하게."

"도망치지 못하게요? 상대는 중환자입니다. 움직일 수도 없어요."

"그렇다 해도!"

내장을 뒤흔드는 미노베의 목소리에 아키호는 몸을 떨었다.

"경찰은 배치합니다. 만에 하나라도 그놈이 도망치게 두지 않을 겁니다. …절대로. 당장 수사본부에 연락해서 경찰 인력을 준비하겠습니다."

아키호는 밖과 이어지는 자동문으로 향하는 미노베의 등에 대고 "잠깐만요"라고 목소리를 높였다.

걸음을 멈춘 미노베는 "뭡니까?" 하며 귀찮다는 듯 고개만 돌렸다.

"그 환자분은…, 왜 사람을 죽인 거죠?"

그런 것을 알아서 어쩌려고? 치료는 끝났다. 이제 엮이지 말아야 한다. 이성이 그렇게 말하는데도, 도무지 묻지 않고는 배길 수 없었다.

"그건 아무도 모릅니다. 그 괴물이 왜 사람들을 죽였는지…."

"사람들…?" 불길한 예감이 혈류를 타고 온몸의 세포를 침범했다.

"그놈은 세 명, 아니, 오늘 밤 피해자를 포함하면 사람을 네 명이나 참살하고 그 시신을 토막 냈습니다."

"토…막…."

극심한 현기증이 엄습했다. 아키호는 복도가 기운 것 같은 착각에 빠져 크게 휘청거렸다. 강한 구역질과 함께 뜨거운 것이 식도를 타고 올라왔다. 입을 틀어막고 올라오는 위산을 필사적으로 억눌렀다. 통증과도 닮은 쓴맛이 입안에 퍼졌다.

"네, 그렇습니다. 도쿄에서 지난 1년간 일어난 토막 살인사건. 뉴스에서 본 적 있죠? 시사 예능에서 '한밤중의 토막살인마'라는 웃기는 별명으로 불리는 그 범인이 바로 당신이 살린 이시다 료스케입니다."

미노베는 "가자"라고 쿠라시키를 재촉하며 자동문 너머로 사라졌다.

아키호의 손에서 떨어진 원내 휴대전화가 바닥에서 튀어 오르며 건조한 소리를 냈다.

2

응급의학과 유니폼 위에 흰 가운을 걸친 아키호는 하얗게 광이 나는 복도를 나아갔다. 응급의학과에서 이시다 료스케를 치료한 지 벌써 반나절 이상 지났다. 오후 여섯 시 전. 저녁 식사 배식을 준비하는 간호사들이 분주하게 왔다 갔다 했다.

아키호는 조용히 흰 가운 주머니에 손을 넣었다. 손끝에 딱딱하고 차가운 유리의 감촉이 느껴졌다. 심장 박동이 빨라지고 얼음처럼 차가운 땀이 등을 타고 흘렀다.

정말 할 거야? 정말 할 수 있어?

숨 막히는 감각을 느끼며 자문했다. 하지만 뇌신경이 타버린 듯 열이 오른 머리에서는 생각이 정리되지 않았다.

아키호는 마치 누군가에게 몸을 조종당하는 듯한, 마리오네트가 된 것 같은 착각을 느끼며, 복도 끝에 있는 1인 병실 입구로 다가갔다. 미닫이문 옆에는 철제 의자가 놓여 있었고, 젊은 제복 경찰이 앉아 있었다. 아키호를 발견한 경찰이 시선을 들었다.

"무슨 용건 있으십니까?" 경찰의 눈에 경계의 빛이 어렸다.

아키호는 건조한 입안을 혀로 훑어서 적신 다음 천천히 입을
열었다.

"주치의인 코마츠 아키호입니다. 이시다 료스케 씨 회진하러 왔
습니다."

오늘 아침, 야근이 끝난 아키호는 응급의학과 과장에게 료스케
의 주치의가 되겠다고 직접 이야기했다. 처음에 과장은 복귀한 지
얼마 되지 않았는데 부담이 크지 않겠냐고 난색을 보였다. 하지
만 아키호가 "제가 살린 환자가 경찰에 부당한 취급을 당해서 병
세가 악화되지 않도록 책임을 지고 싶습니다"라고 호소하자, 주치
의가 되도록 허락해 주었다.

아키호가 미닫이문을 잡자, 경찰이 "선생님" 하며 말을 걸었다.
온몸에 긴장이 번졌다.

"이시다 료스케의 의식이 돌아오면 가르쳐주십시오. 보고해야
해서요."

아키호는 붙임성 있는 미소를 지으며 "알겠습니다"라고 대답하
고 병실 안에 들어갔다. 넓은 방이었다. 여섯 평은 족히 될 공간
에 샤워실과 화장실, 책상, 손님용 소파와 테이블까지 갖춰진 고
급 병실이었다. 눈에 띄는 곳에 경찰이 배치돼서 환자와 면회하러
오는 가족들이 불안해하자, 가장 안쪽에 있는 이곳에 무료로 료
스케를 입원시켰다고 들었다.

병실 안쪽 침대에 소년이 누워 있었다. 눈을 감은 그 옆얼굴은
숨이 멎을 정도로 반듯했다. 하지만 예술 작품 같은 아름다움을
자아내는 그 모습을 보는 아키호의 가슴에서는 폐수처럼 거무튀
튀한 감정이 솟아올랐다. 꽉 쥔 주먹이 바들바들 떨렸다.

진정해. 진정하라고. 침대로 다가간 아키호는 조용히 담요를 젖혔다. 환자복 옷깃 사이로 엿보이는 쇄골과 살짝 튀어나온 늑골이 요염한 색기를 발했다. 옷자락에서는 투명한 튜브가 침대 난간까지 뻗어 나와 있었다. 심낭 안에 삽입된 드레인 튜브.

아키호는 시선을 내려서 튜브가 연결된 플라스틱 용기를 확인했다. 안에 검붉은 혈액이 차 있었다. 아직 심낭 내 출혈이 완전히 멎지 않은 모양이다.

출혈이 멎지 않으면 원래는 개흉 수술을 고려해야 한다.

"…하지만 그럴 필요 없어. 나는 너를 절대 용서 못 해."

입에서 싸늘한 말이 흘러나왔다. 그날, 인생 최악이던 그날부터 지금까지의 기억이 주마등처럼 뇌리를 스치자, 몸의, 그리고 마음의 온도가 급속히 떨어졌다.

아키호는 흰 가운 주머니에서 주사용 주사기와 바늘, 그리고 '희석용. 정맥주사 금지'라고 붉은 글씨가 크게 적힌 유리 앰플을 하나 꺼냈다.

염화칼륨 용액. 칼륨은 생명 유지에 필요한 미네랄이지만, 고농도 칼륨 용액을 한꺼번에 정맥 주사 하면, 심장의 전기 신호를 흐트러뜨려 심정지를 일으킨다.

아키호는 앰플 끝을 잡고 가볍게 힘을 주었다. 끝부분 유리가 딱 하고 가벼운 소리를 내며 부러졌다. 어느새 손의 떨림이 잦아들었다.

이것은 내 권리, 그리고…, 의무. 그 사람의 원수를 갚기 전까지 나는 계속 악몽에 시달릴 것이다.

앰플에 주삿바늘을 꽂고 밀대를 당겨서 한 번에 용액을 주사기에 채웠다.

염화칼륨 용액으로 채워진 주사기를 수액 라인에 연결한 아키호는 침대에 누워서 눈을 감은 이시다 료스케를 내려다보았다.

경찰에 넘겨주지 않을 것이다. 재판으로 사형 판결을 받고 집행되기까지 몇 년이나 기다릴 수는 없다. 내가 내 손으로 이 소년의 삶에 마침표를 찍을 것이다.

체포될지도 모른다는 불안감이 머리를 스쳤지만, 아키호는 세차게 고개를 흔들었다.

이 소년은 죽지 않은 것이 신기할 정도로 중증이었다. 상태가 급변해서 사망해도 아무도 이상하게 여기지 않을 것이다. 게다가 칼륨은 혈액 속에 포함된 물질이다. 만약 사법 해부 된다 해도 사인은 밝혀지지 않을 것이다.

그러니까…, 해! 그 사람을 위해서! 아키호는 어금니를 악물고 주사기 밀대에 손가락을 댔다. 하지만 왜인지 손가락이 꿈쩍도 하지 않았다.

입술을 힘껏 깨물었다. 송곳니가 얇은 입술 막을 찢었다. 입안에 쇠 맛이 번졌고, 뇌수까지 치달은 날카로운 아픔이 한순간 속박을 풀어 주었다.

지금이다. 눈을 꾹 감고 손가락을 움직이려고 한 순간, 눈꺼풀 뒤편에 남자의 모습이 비쳤다. 남자다운 얼굴에 자애로운 웃음을 띤, 사랑스러운 사람의 모습이.

아키호는 그 자리에서 순간 뒤로 물러섰다. 그 바람에 수액 라인에서 주사기가 뽑혀 떨어졌다. 주사기에 들어 있던 염화칼륨 용액이 바닥을 적셨다.

"…못 하겠어." 갈라진 목소리가 새어 나왔다.

사랑스러운 그 사람은 의사로서 강한 사명감을 갖고 있었다. 괴

로워하는 사람, 죽을 지경에 이른 사람을 구하는 것을 삶의 보람
으로 여기며 그것을 항상 열정적으로 이야기했다.

이 소년을 죽이면, 나는 그 사람과 함께한 행복한 나날의 기억
을 곱씹을 자격이 없어진다.

하지만…, 원수를 갚지 않으면 나는 앞으로 나아갈 수 없다.

"어떻게 해야 돼…?" 눈에서 흘러넘친 눈물이 바닥으로 떨어졌
다.

"괜찮으세요?"

아키호는 온몸을 경직시키며 고개를 번쩍 들었다. 침대 위에 누
운 료스케가 고개를 돌리고 걱정스럽게 아키호를 보고 있었다.
봤나? 어디서부터?

"의, 의식이 돌아왔구나. 다행이다. 처음 뵙겠습니다. 주치의인
코마츠 아키호입니다."

아키호는 마음속 동요를 필사적으로 억누르며 자신을 소개했
다.

"이시다 료스케예요. 반가워요, 아키호 선생님. 가능하면 료스
케라고 불러 주세요."

요염한 미소를 띤 료스케가 친근하게 이름을 부르자, 아키호는
동요가 더 커졌다.

"어젯밤에 구해주신 선생님이죠?"

"기억나?"

"네, 희미하게요. 선생님이 열심히 응원해 주신 게 기억나요. 엄
청 아프고 엄청 무서웠는데, 선생님 덕분에 안심이 됐어요. 감사
합니다."

그때 열심히 치료하지 않았다면, 이 소년은 죽었을 것이다….

내가 실수한 걸까? 이제 어떻게 해야 할까?

나 자신의 손으로 이 소년의 숨통을 끊으려고 했다. 하지만 사랑하는 사람과의 소중한 추억을 더럽힐 수는 없다. 그렇다면 의사의 본분을 다해 치료한 다음 이 소년을 경찰에 넘길까? 하지만 그러면 악몽은 사라지지 않을 것이다.

두통을 느낀 아키호가 관자놀이를 누르자, 료스케가 "그거…" 하며 바닥을 가리켰다.

"그 주사기, 그대로 둬도 괜찮아요?"

"아, 아니…."

주사기를 주워서 숨기듯 왼쪽 주머니에 쑤셔 넣은 순간, 날카로운 통증이 번졌다. 반사적으로 주머니에서 손을 뺐다. 왼손 약지 끝에 붉은 피가 살짝 배어 나왔다. 깨진 유리 앰플의 단면에 베였나 보다.

왼손 약지…. 슬픔의 발작이 엄습하자, 아키호는 황급히 유니폼 가슴께에 손을 댔다. 옷감 너머로 전해지는 반지의 감촉이 어두운 감정을 약간 달래 주었다.

"독…인가요?"

조용히 뱉어진 료스케의 말에 몸이 떨렸다.

"무, 무슨 말이야?"

"숨기지 않아도 돼요. 그거, 독약 같은 거죠?"

"그럴 리가 없잖아. 너한테 필요한 약…, 아, 항생 물질이야."

"그럼 왜 놓을지 말지 고민했어요? 왜 울었어요?"

료스케의 말투는 지극히 온화했고, 비난하는 기색은 조금도 느껴지지 않았다.

"너, 너, 어디서부터…."

"어디서부터 봤냐고요? 선생님이 '절대 용서 못 해'라고 중얼거렸을 때부터요."

다 봤구나…. 절망이 마음을 검게 물들였다.

"걱정하지 마세요. 경찰에 알리지 않을게요."

료스케가 부드럽게 말했다. 아키호의 입에서 "…어?"라는 얼빠진 소리가 새어 나왔다.

"당연히 그래야죠. 생명의 은인을 경찰 놈들한테 팔다니요, 그럴 수 없어요."

료스케는 상체를 일으키려고 했다. 통증을 느꼈는지 반듯한 얼굴이 일그러졌다.

"안 돼. 누워 있어야 돼. 늑골이 몇 개나 부러졌어."

아키호가 황급히 료스케의 양쪽 어깨에 손을 얹었다. 몸에서 힘을 뺀 료스케는 아키호의 손에 자신의 손을 포개며 장난스럽게 입꼬리를 올렸다.

"고마워요. 방금까지 죽이려고 한 사람의 몸을 걱정해 주시다니. 선생님은 정말 다정한 사람이에요."

퍼뜩 정신을 차린 아키호는 얼른 손을 물렸다.

"너, 아까 내가…, 약을 놓으려고 했을 때, 알고 있었다며? 그런데 왜 막지 않았어?"

료스케는 "음…" 하며 예쁜 콧등에 주름을 잡았다.

"선생님한테는 살해당해도 괜찮다는 생각이 들어서…랄까요?"

경악하는 아키호를 앞에 두고 료스케는 천장을 바라보았다. 그 눈에서 초점이 사라졌다.

"저, 딱히 살고 싶은 마음 없어요. 어젯밤에 오토바이를 타다가 실수로 넘어졌을 때도 '아, 이제 드디어 해방되는구나'라고 생각했는걸요. 이런 썩어빠진 세상에 미련 없어요. 게다가 어제, …내게 유일하게 소중한 사람을 잃어버렸으니까."

료스케가 고개를 돌려서 이쪽을 보았다. 어느새 그의 눈은 검게 물들어 있었다. 끝없는 늪 같은 그 눈동자에 빨려 들어가는 착각이 들었다.

역시, 이놈은 살인자가 틀림없다. 정체를 알 수 없는 괴물을 마주 보고 선 것 같은 공포에 휩싸이는데, 료스케가 "하지만" 하며 밝게 말했다. 두 눈에 빛이 돌아왔다.

"사고가 난 뒤에 아무것도 느껴지지 않았는데, 멀리서 목소리가 들렸어요. '괜찮아. 너는 살 거야. 내가 살려줄게' 하는 목소리가요. 그게 엄청나게 따뜻해서…, 그런 목소리를 들은 게 오랜만이어서…. 정말 몇 년 만이라 너무 기뻐서 살짝 눈을 떴어요. 그랬더니 뿌연 시야에 희미하게 선생님 얼굴이 보였어요."

료스케는 시원스러운 눈을 가늘게 만들며 미소 지었다.

"저한테는 선생님이 천사로 보였어요. 정말 아름다웠어요."

료스케의 황홀한 표정에 체온이 올라갔다. 분노 때문인지, 아니면 다른 이유 때문인지, 아키호 자신도 알 수 없었다.

"그래서 아까도 전혀 무섭지 않았어요. 선생님 손에 죽을 수 있다면, 아주아주 멋진 일이겠다, 그런 생각이 들었어요."

상처에 통증이 있는지, 료스케는 얼굴을 찌푸렸다. 의사의 본능으로 "괜찮아?" 하며 뻗은 손을, 료스케는 감싸듯 두 손으로 쥐었다. 가느다란 손가락의 감촉이 기분 좋았다.

혐오도 공포도 느껴지지 않는다는 사실에 당황한 아키호를 향해 료스케는 녹아내릴 듯한 미소를 지었다.

"그러니까 선생님, 해주세요. 제발, 거기 떨어진 독을 저한테 놔

주세요."

"그게 무슨…."

아키호가 갈라진 목소리를 짜내자, 료스케의 미소에 애처로울 정도로 깊은 비애가 스쳤다.

"항상 괴로웠어요…. 특히 초등학생 때 엄마가 죽은 뒤로는 내 내 태어난 걸 후회했어요. 몇 번이나 목을 매려고 했는지 몰라요. 하지만 혼자서는 무서워서 할 수 없었어요. 저한테는 그런 용기가 없었어요. 그러니까…, 제발 선생님 손으로 저를 편하게 해주세요. 쓰레기장 같은 세상에서 저를 해방시켜 주세요."

료스케의 두 손에 힘이 들어갔다. 아픔을 느낀 아키호가 작게 신음하자, 료스케는 "아, 죄송해요" 하며 당황한 기색으로 두 손을 놓았다.

"진심으로… 하는 말이야?"

"네, 진심이에요. 안심하세요. 귀신이 돼서 따라다니거나 하지 않을게요."

료스케는 익살스럽게 말하고는 "근데…" 하며 말을 이었다.

"왜 저를 죽이고 싶은지, 그것만은 알려주실 수 있나요?"

뇌리에 사랑스러운 사람의 모습이 스쳤다. 그 순간, 잦아들었던 감정의 폭풍이 순식간에 휘몰아쳤다.

"네가…, 네가, 그 사람을 죽였으니까."

아키호는 필사적으로 목소리를 누르며 말했다. 료스케는 "그 사람이요?" 하며 고개를 살짝 갸웃했다.

"아라마키 카즈키, 내 남자친구…, 내 약혼자!"

"선생님의 약혼자를 제가 죽였다고요?!"

눈을 휘둥그레 뜬 료스케를 보고 아키호는 떨릴 정도로 강하게 두 주먹을 쥐었다.

"그래….. 내 약혼자는 반년 전에 살해당한 '한밤중의 토막살인 마'의 세 번째 피해자야."

아키호의 머리에 반년 전 일이 되살아났다. 마치 어제 일처럼 생생하게.

그날, 야근을 마치고 피곤해서 집에서 자는데, 스마트폰에 전화가 걸려 왔다. 수면 부족으로 무거운 머리를 흔들며 전화를 받아보니, 경찰에게서 온 연락이었다. 무슨 용건인지 의아하게 여기는 아키호에게 형사는 담담하게 말했다.

"오늘 아침에 아라마키 카즈키 씨가 시신으로 발견됐는데, 뭔가 짚이는 데 없으십니까?"

그 순간, 아키호는 행복한 미래가 무너져 내리는 소리를 들었다.

카즈키가 근무 시간이 되어도 병원에 오지 않고 연락도 닿지 않는 것을 이상하게 여긴 동료 의사가 그의 집으로 가서 관리인과 함께 방에 들어갔다가 시신을 발견했다. 그 시신은 몇 토막으로 절단되어 있었고, 너무나 끔찍한 광경에 관리인은 그 자리에서 구토했다고 했다.

경찰은 카즈키의 스마트폰을 조사하다가 아키호에게 자주 전화한 내역이 있어서 뭔가 정보를 얻을 수 있을까 하고 연락한 모양이었다.

"아라마키 카즈키 씨와 어떤 관계시죠?"

형사가 그렇게 묻자, 아키호는 곧장 "수련의 시절에 지도의셨어요"라고 대답했다. 아키호를 처음 만났을 때, 카즈키에게는 수련의 시절에 결혼한 아내가 있었다. 그런데 4년 전에 그녀가 부정을 저질러서 별거를 시작했고, 3년 전에 이혼했다.

아키호와 아라마키가 교제를 시작한 것은 이혼이 성립된 지 1년 이상 시간이 지난 뒤였다. 하지만 그래도 괜한 의심을 부르지 않도록 두 사람은 신중하게 몰래 교제했고, 두 사람이 사귄다는 사실을 아는 것은 아주 가까운 몇 명뿐이었다. 혼인 신고를 할 때 사람들에게 알릴 생각이었다.

결국 경찰은 아키호와 카즈키의 관계를 알아차리지 못했다. 사교적인 카즈키는 아키호 말고도 많은 이들과 일상적으로 연락을 주고받았고, 초기 임상 수련을 마친 이후 대학병원이 아닌 일반병원에서 응급의학과 의사로 경력 쌓기를 선택한 아키호와는 직장도 달랐다. 아키호에게도 형사가 찾아와서 질문했지만, 카즈키가 살해된 시간대에 야근했다는 완벽한 알리바이가 있어서인지, 대수롭지 않은 질문만 하고 끝이었다.

아마 평범한 살인사건이었다면 카즈키의 인간관계를 훨씬 깊이 있게 수사했을 테고, 그랬다면 아키호와 사귀는 사이였다는 사실도 밝혀졌을 것이다. 하지만 현실은 그렇지 않았다.

왜냐하면 카즈키가 살해된 그 사건은 일회성 범행이 아니라, 연쇄 토막 살인사건의 일부였기 때문이다.

'한밤중의 토막살인마 사건'. 일부 언론이 처음으로 사용한 불길하고도 기이한 그 명칭으로 불리는 사건이다.

피해자를 집에서 죽이고 하룻밤에 걸쳐 시신을 해체한 다음, 신체 일부를 가져간다. 너무나 엽기적인 그 범행에 사람들은 겁을 먹으면서도 큰 관심을 보였다.

카즈키의 시신에서 사라진 부분은 약지였다. 왼손 약지가 통째로 잘린 채 사라졌다.

아키호는 무의식적으로 유니폼 가슴께에 감춰둔 반지를 만졌다. 사건이 있기 일주일 전쯤 받은 결혼반지. 혼인 신고를 발표할 때까지 밖에서는 끼지 않는 대신, 집에서는 같이 끼고 있기로 약속했다.

카즈키의 결혼반지는 왼손 약지와 함께 사라졌고, 아직도 발견되지 않았다.

사건의 충격으로 아키호의 심신은 완전히 무너지고 말았다. 거의 아무 생각도 할 수 없었고, 항상 몸이 무거웠으며, 자신과 세상 사이에 희끄무레한 막이 드리운 것처럼 현실감이 없었다.

무기력한 아키호의 상태를 알아차린 응급의학과장이 반강제로 등을 떠밀어서 정신과 진찰을 받아 보니, 심각한 우울증이라는 진단이 나와서 휴직 선고를 받았다. 그 이후 투약 치료를 받으며 시즈오카에 있는 본가에서 쉰 덕분에 증세가 조금씩 나아져서 지난달에 어찌어찌 복귀했다.

일 때문에 우울증에 걸린 줄 아는 과장은 무리하지 않는 선에서 일하고 완치를 목표로 하라고 했다. 하지만 아키호는 알고 있었다. 아무리 항우울제를 먹어도, 몸을 쉬어도, 그것만으로는 절대 완치되지 않을 것임을.

'한밤중의 토막살인마'가 체포되고 사라진 결혼반지와 약혼자의 손가락을 되찾는 것. 그것이 다시 앞으로 나아갈 수 있는 유일한 방법이라고 생각했다. 그런데 어젯밤 료스케가 '한밤중의 토막살인마'임을 알았을 때, 훨씬 더 확실하게 악몽에서 벗어날 방법이 있음을 깨달았다.

자신의 손으로 사랑하는 남자의 원수를 갚는 것.

이시다 료스케가 여기로 이송된 것은 틀림없이 운명이다. 이놈을 죽이는 것이 나에게 주어진 사명이다. 그렇게 각오를 굳혔는데, 결정적인 순간에 망설이고 말았다.

"왜 못 죽였지⋯? 왜 그 사람의 원수를 갚을 수 없는 거야⋯?"

고통스러운 기억이 떠올라 눈에서 눈물이 흘러넘쳤다.

"울지 마세요."

료스케가 상체를 일으켰다. 부러진 늑골이 아픈지 한순간 표정이 일그러졌지만, 이내 웃는 얼굴을 되찾고 손을 뻗었다.

가느다란 손가락이 조심스레 눈물을 훔쳤다. 왜인지 그 손을 뿌리칠 수 없었다.

"선생님은 틀리지 않았어요. 저를 죽이지 않는 게 정답이었어요."

"무슨 뜻이야?" 아키호는 한 발짝 물러나서 흰 가운 소매로 거칠게 눈가를 닦았다.

"저는 선생님의 약혼자를 죽이지 않았어요. 저는 '한밤중의 토막살인마'가 아니에요."

"무슨 소리야? 틀림없이 네가 '한밤중의 토막살인마'라고 형사들이 그랬어. 살해 현장에 출동했더니 네가 있었다고 했어."

"네, 맞아요." 료스케가 아무렇지 않게 고개를 끄덕였다. "실제로 저는 살해 현장에 있다가 경찰들한테 들켰어요. 그래서 당황해서 오토바이를 타고 도망쳤지만, 한심하게도 넘어져 버렸어요."

아키호가 "그럼⋯" 하며 반론하려고 하자, 료스케는 손바닥을 펼쳐 막았다.

"하지만 저는 아무도 죽이지 않았어요. 덫에 걸린 거예요."

"덫?"

"선생님은 피해자가 누군지 들었어요?"

"네 여자친구라고 들었어."

"정확히는 전 여자친구예요. 2년도 더 전에 헤어졌으니까. 하지만 저한테 아주 소중한 여자였어요. 고등학교 시절 외로웠던 제 옆에 유일하게 있어 준 선배였거든요."

료스케의 얼굴에 어두운 그늘이 졌다.

"그런 사람을 왜 죽였어?"

"말했잖아요. 나는 안 죽였어요. 제발 믿어주세요."

료스케가 울먹이는 눈으로 올려다보았다. 보호 본능이 자극된 아키호는 가볍게 고개를 흔들었다.

"그럼 너는 왜 살해 현장에 있었어?"

"불려 나갔어요."

아키호가 "불려 나갔다고?"라고 되묻자, 료스케는 크게 고개를 끄덕였다.

"네. 그 사람 이름은 아사토 유키에인데, 헤어진 뒤로 완전히 연을 끊었어요. 그런데 어젯밤에 갑자기 보고 싶다고, 도와달라고 연락이 와서 보통 일이 아닌 것 같다는 불안감에 급하게 그 집에 갔어요."

"갑자기 연락이 오면 놀라기는 하겠지만, 그렇다고 한밤중에 집에 찾아가?"

의심을 담아서 묻자, 료스케의 미간에 주름이 잡혔다.

"보통은 안 그러겠죠. 하지만 내용이 불길했어요. 누가 봐도 곧 목숨을 끊으려는 것 같은⋯."

"그래서 자살할까 봐 집에 찾아갔다고?"

"네. 몇 번이나 초인종을 눌렀는데, 반응이 없어서 그냥 안에 들어갔어요. 문은 안 잠겨 있었거든요. 실내는 불이 꺼져 있어서 엄청 캄캄했어요."

료스케의 미간 주름이 깊어졌다.

"거실 문을 연 순간, 심한 냄새가 났어요. 피 냄새…. 그래서 불을 켜보니까 방 한가운데에…, 유키에 선배가 토막 난 채로…."

그때 일이 떠올랐는지 료스케의 몸이 잘게 떨렸다.

"진정해. 천천히 심호흡해."

아키호가 등에 손을 얹자, 료스케는 "감사합니다" 하며 힘없이 미소 지었다.

"그래서 어떻게 했어?"

아키호는 조용히 물었다. 료스케는 심호흡을 몇 번 반복한 뒤에 창백한 입술을 열었다.

"머리가 새하얘지고 그게 현실이라는 걸 믿을 수가 없어서 계속 멍하니 서 있었어요."

"그때 경찰이 왔고?"

"맞아요." 료스케는 살짝 고개를 끄덕였다. "경찰차 사이렌 소리가 나서 정신이 들었어요. 그대로 있으면 내가 범인으로 몰릴 것 같다는 생각을 하는데, 현관문으로 형사들이 들어왔어요. 그래서 창문으로 탈출해서 오토바이를 타고 도망쳤어요."

말이 안 되지는 않았다. 하지만 아키호의 가슴에서는 의심이 소용돌이쳤다.

"도망치지 말고 제대로 설명했으면 됐잖아. 불려 나온 거라고."

"그랬어야 했어요. 하지만 그렇게 생각할 여유가 없었어요. 유키에 선배의 그런 모습을 보니까 정말 뭐가 뭔지 모르겠고…. 왜, 선배가…."

료스케는 두 손으로 머리를 감쌌다. 그 모습이 사랑하는 사람을 잃고 괴로워하던 자신의 모습과 겹쳐 보여서 아키호는 그 이상 추궁할 수 없었다.

"그럼 네 스마트폰에 유키에 씨에게 받은 메시지가 남아 있지 않아?"

"아니요. 메시지가 아니었어요."

"메시지가 아니었다면, 전화? 근데 너, 연락을 받고 바로 전 여자친구 집에 갔다며? 그럼 이상하잖아. 메시지랑 달리 전화는 정말로 그 여자한테서 온 연락인지 알 수 있어. 그럼 그 집에 도착하기 전 그 짧은 시간에 시신을 토막…."

흥분해서 떠들던 아키호는 료스케의 얼굴이 고통스럽게 일그러지는 것을 보고 입을 다물었다.

아니, 속지 마. 이건 연기야. 내 앞에 있는 바로 이 소년이 자기의 전 여자친구를 죽이고 토막 낸 거야.

"말해 봐. 전 여자친구가 어떻게 너를 불러냈다는 거야?"

아키호가 따져 묻자, 료스케는 모깃소리 같은 목소리로 대답했다.

"편지…, 편지가 우편함에 들어 있었어요."

"편지?"

"네, 편지요. 주소도 안 적힌 봉투에 '료스케에게'라고만 적혀 있었어요. 유키에 선배가 보냈다는 걸 바로 알았어요. 선배의 글씨체는 특이하거든요. 동그랗고, 뭔가 고양이가 뒹굴뒹굴하는 느낌이에요."

"잠깐만. 주소가 없었다는 건 우편으로 보낸 게 아니라는 뜻이잖아."

"네, 그렇겠죠. 직접 우리 집 우편함에 넣은 거예요. 제가 사는 집은 보안이 철저하지 않으니까 누구든 와서 두고 갈 수 있었을 거예요."

"그건 좀 이상한데? 2년 넘게 얼굴도 안 본 전 남자친구의 집을 직접 찾아가서 편지를 놓고 온 다음 자살해야겠다는 생각은 보통 안 하잖아."

"네, 보통은요." 료스케는 고개를 끄덕였다. "하지만 유키에 선배니까 전혀 이상하지 않아요. …저랑 선배는 아주 강한 유대로 연결돼 있으니까."

천장을 올려다보는 료스케의 눈에서 한줄기 눈물이 흘러나왔다. 그 눈물방울이 수정처럼 엷은 빛을 뿜으며 하얀 뺨을 타고 흘렀다. 아키호는 너무나도 아름다운 그 광경에 빠져들었다.

"이제 아시겠어요? 제가 유키에 선배를 죽이지 않았다는 걸."

료스케는 눈물 젖은 시선을 아키호에게 던졌다.

"저는 절대로 선배를 죽이지 않아요. 저는 선배가 살아줬으면 했어요. 저한테 선배는 둘도 없는 소중한 존재였어요…."

떨리는 목소리를 짜내는 료스케의 모습에 아키호는 동요했다. 그에게서 자신과 마찬가지로 소중한 사람을 부당하게 빼앗긴 슬픔, 분노, 절망이 느껴졌다.

과연 이게 연기일까? 가짜 감정에 이렇게까지 동정심을 느낄 수 있을까? 아키호는 혼란스러워하며 입을 열었다.

"네 이야기가 다 거짓말일 수도 있잖아. 아무렇게나 꾸며낸 이야기로 속이는 걸지도…."

"아쉽네요. 선생님은 알아줄 줄 알았는데. 어떻게 하면 믿어주실 거예요?"

"경찰이 그 편지를 발견하면 네 말이 사실이라고…."

"경찰은 그 편지를 뭉개 버릴 거예요." 아키호의 말을 가로막듯 료스케가 말했다.

"뭐? 뭉개?"

"경찰은 믿을 수 없어요. 그놈들은 억지로라도 저를 '한밤중의 토막살인마'로 만들고 싶어 해요."

료스케는 빈정대듯 입술 끝을 올렸다.

"1년 넘게 경찰은 '한밤중의 토막살인마'를 체포하지 못했어요. 그 사이에 몇 명이나 피해자가 나왔고, 경찰을 향한 비판은 거세 졌죠. 그런데 완전히 덫에 걸린 제가 유키에 선배의 시신을 보고 멍하니 서 있는 현장에 경찰이 들이닥쳤어요. 경찰은 어떻게든 저를 '한밤중의 토막살인마'로 체포해서 오명을 씻고 싶을 거예요. …무슨 수를 써서라도요."

"설마 경찰이 편지를 숨길 거라는 말이야?"

"네, 맞아요." 료스케는 작게 고개를 끄덕였다.

"잠, 잠깐만…."

아키호는 관자놀이에 손을 대고 뒤엉킨 생각을 신중하게 풀어 나갔다.

"네 말이 사실이라면, 유키에라는 여자를 죽인 범인이 너를 불러냈다는 거지? 다시 말해서…."

"맞아요. 그놈이 '한밤중의 토막살인마'예요. '한밤중의 토막살 인마'가 유키에 선배에게…, 그런 끔찍한 짓을 저지르고 그 죄를 저한테 덮어씌우려고 하는 거예요."

"왜 너한테? 너랑 '한밤중의 토막살인마'는 어떤 관계인데?"

"몰라요. 저도 혼란스러워요. 소중한 여자가 살해당했다고요. … 토막 난 채로. 게다가 경찰에도 쫓기고…. 뭐가 뭔지 모르겠어요!"

지금껏 평정심을 유지하던 료스케가 갑자기 거칠게 소리를 질렀다.

이것도 연기일까? 아니면 정말 혼란스러운 걸까?

"죄송해요, 큰소리 내서. '한밤중의 토막살인마'가 누군지, 저랑 어떤 관련이 있는지는 전혀 모르겠지만, 저를 선택한 이유는 알겠어요."

료스케는 얇은 입술을 자학적으로 일그러뜨렸다.

"저는 이 세상에 필요 없는 존재거든요. 제가 누명을 쓰고 체포되든 사형당하든 아무도 신경 쓰지 않을 거예요. 저를 지켜주는 사람은 아무도 없어요."

료스케는 내뱉듯 말하고 "아…"라고 목소리를 흘렸다.

"한 명 있었어요. 저를 신경 써주는 사람이. …유키에 선배만은 저를 지켜주려고 했어요. 그런데…, 정말 끔찍해요…."

아키호는 두 손으로 얼굴을 덮고 어깨를 떠는 료스케를 보며 망설였다.

눈앞에 있는 소년은 무고하게 죄를 뒤집어썼을 뿐일까, 아니면 사랑스러운 사람을 앗아 간 진범일까? 이제 어떻게 해야 할까?

"어떻게 하면…." 아키호는 거의 무의식적으로 중얼거렸다. "어떻게 하면 네가 지금 하는 말이 사실이라는 걸 증명할 수 있지? 경찰도 못 믿겠다며? 어떻게 하면 네가 '한밤중의 토막살인마'가 아니라는 걸 확인할 수 있어?"

"…선생님, 여기 올 때 제가 입고 있던 옷은 보관돼 있어요?" 료스케는 코를 훌쩍이며 물었다.

"옷? 보관돼 있긴 한데…."

경찰이 당장 내일이라도 영장을 갖고 와서 회수하겠다고 했다.

"청바지 주머니에 든 키홀더에 집 열쇠가 있어요."

"설마, 너희 집에 몰래 들어가라고?!"

"네. 유키에 선배한테 받은 편지를 보면, 제 말이 사실인 걸 알 수 있을 거예요."

"하지만 주거 침입…."

"집주인인 제가 허락했잖아요. 아무 문제 없어요."

그렇지 않다. 이제 곧 경찰이 수색할 집에 숨어드는 것이니 들키면 문제가 커질 것이 뻔했다. 하지만…. 주저하는데, 료스케가 울먹이는 눈으로 바라보았다. 보석처럼 아름다운 그 눈동자에서 눈을 뗄 수 없었다.

"누가 진짜 '한밤중의 토막살인마'인지 알고 싶지 않아요?"

아키호의 목구멍에서 신음이 새어 나왔다.

"증거가 없는 상태에서 저를 죽이는 걸로 만족하신다면, 그렇게 해주세요. 방금 말했듯이 선생님한테는 살해당해도 괜찮아요. 유키에 선배가 없는 이 세상에 미련은 없어요. 하지만 '한밤중의 토막살인마'에게 복수하는 게 목적이라면, 제가 말한 내용을 확인해야 돼요. 안 그러면…, 선생님의 악몽은 끝나지 않을 거예요."

그 악몽에 평생 사로잡힌다…. 거칠게 숨을 뱉는 아키호를 료스케는 요염한 미소로 바라보았다.

"부디 저를 믿어주세요."

3

심장 소리가 고막을 울린다. 산소가 부족한 것처럼 숨쉬기가 힘들다.

마스크를 벗어 버리고 싶은 충동에 휩싸이면서도 아키호는 그대로 어둑한 밤길을 나아갔다. 시간은 오후 열한 시를 넘어섰다. 주변에는 인기척이 없었다.

하늘에서 떨어지는 가랑비가 엷은 가로등 빛을 반사했다. 옆에 있는 다세대 주택 입구에 설치된 CCTV를 발견한 아키호는 우비에 달린 모자를 당겨 얼굴을 가렸다.

병실에서 료스케와 대화하고 몇 시간 후, 아키호는 하타가야역에서 도보로 15분 정도인 주택가에 있었다.

정말 이래도 될까?

지도 앱을 확인하며 자문했다. 하지만 극도의 수면 부족으로 머리가 돌아가지 않았다. 불안정한 걸음걸이로 화면에 표시된 지시를 따라 좁은 골목으로 빨려 들어갔다.

고개를 들어보니, 약 20미터 앞에 목적지가 있었다. 오래된 목조 건물. 거기가 바로 이시다 료스케의 거처였다.

다세대 주택 앞에 도착했다. 료스케가 말한 대로 CCTV는 보이지 않았다. 하지만 아키호의 불안은 사라지기는커녕 점점 더 부풀어 올랐다.

어딘가에 형사가 숨어서 감시하고 있지 않을까? 분주하게 주변을 둘러보았다. 보이는 범위에 있는 모든 창문에서 누군가가 이쪽으로 시선을 던지는 것 같은 망상이 들었다.

아키호는 피가 배어 나올 정도로 입술을 세게 깨물었다.

반년 전, 나는 모든 것을 잃었다. 이제 와서 무엇이 두렵단 말인가.

그 사람의 원수일지도 모르는 소년이 지금 내 수중에 있다. 몇 시간 전에 료스케를 죽이지 못한 이유는 그 소년이 약혼자의 원수라는 증거가 없었기 때문이다. 그렇다면 여기서 돌아갈 수는 없다. 이시다 료스케가 '한밤중의 토막살인마'인지 확인해야 한다.

주먹을 꽉 쥐고 마음 중심을 되찾은 아키호는 다세대 주택 부지에 들어갔다. 낡은 세탁기가 늘어선 1층 바깥 복도에서 발소리를 죽이며 가장 구석에 있는 현관문으로 갔다.

우비 안으로 조심스레 손을 넣은 아키호는 청바지 주머니에서 열쇠를 꺼냈다. 병원에서 보관하던 료스케의 소지품에서 빼 온 물건이었다.

주변을 경계하며 잠금을 푼 다음 재빨리 문을 열고 그 사이로 미끄러져 들어갔다. 손의 감각으로 찾은 벽 스위치를 누르자, 천장에 달린 전구가 켜져서 주황색 빛이 쏟아졌다.

아키호는 어둠에 익숙해진 눈을 가늘게 뜨며 실내를 관찰했다.

2미터 정도로 짧은 복도 왼편에 작은 부엌이 있었다. 신발을 신은 채로 집에 들어간 아키호는 오른편에 있는 문을 열었다. 그 안은 좁은 화장실 겸 욕실이었다. 짧은 복도를 지나 문손잡이를 잡고 천천히 열었다. 그 너머에 펼쳐진 광경을 보고 아키호는 눈을 끔뻑였다.

물건이 지나치게 적은 방이 하얀 형광등 빛을 반사했다. 안쪽에는 싱글 침대가 있었고, 방 중앙에 있는 낮은 테이블에는 오토바이 잡지가 놓여 있었다. 침대 옆에는 무릎 높이까지 오는 작은 냉장고가 있고, 컵라면이 몇 개 쌓여 있었다. 냉장고에 다가가서 안을 확인했다. 거기에는 우유 팩 세 개만 들어 있었다.

"우유랑 컵라면만 먹고 살았나, 걔…?"

생활감이 느껴지지 않는 방에 당황한 아키호는 곧 옆에 있는 수납장을 발견했다.

그 안에 무언가 무시무시한 것이 숨겨져 있을지도 모른다. 긴장하며 양문형 수납장을 열었다. 옷걸이에 걸린 옷, 가방, 이불 같은 생활용품이 들어 있을 뿐이었다.

아키호는 옷을 좌우로 헤치고 안쪽에 있는 플라스틱 수납장을 확인했다. 만약 현장에서 사라진 피해자의 신체 일부를 찾을 수 있다면, 이시다 료스케가 '한밤중의 토막살인마'라고 확신할 수 있다. 당장이라도 병원에 돌아가서 복수할 수 있다.

위부터 순서대로 수납장 문을 열던 아키호는 맨 마지막 단에 있는 가장 큰 문을 연 순간, 움직임을 멈췄다. 시신 일부는 없었다. 하지만 그에 못지않은 이상한 물건이 들어 있었다. 상자에 꽉 찬 대량의 콘돔.

"뭐야…, 이거…?"

갈라진 목소리가 새어 나왔다. 몇백 개는 되는 피임 기구. 상자가 꽤 비어 있는 것을 보니 상당한 양을 이미 사용한 듯했다.

용모가 그토록 아름답지 않은가. 마음만 먹으면 성관계할 상대를 쉽게 찾을 수 있을 것이다. 아무리 그래도 이런 걸 집에 이렇게 많이 두다니….

꺼림칙한 무언가의 일면을 건드렸다는 예감을 느끼며 크게 고개를 흔들었다. 지금은 깊게 파고들 때가 아니다. 그 소년이 '한밤중의 토막살인마'인지를 알아내야 한다.

료스케의 설명에 따르면, 이 방에서 전 여자친구의 편지를 읽고 곧바로 집을 뛰쳐나갔다고 했다. 하지만 편지는 보이지 않았다.

"역시 거짓말이었나…?"

중얼거린 아키호는 낮은 테이블 그늘에 어떤 종이가 떨어져 있는 것을 발견했다. 쪼그려 앉아서 보니, 테이블 아래에 봉투와 편지지가 떨어져 있었다. 기듯이 테이블에 다가간 아키호는 편지지를 집었다. 거기에는 개성적이고 동그란 글자가 적혀 있었다.

'료스케에게.

네가 이걸 읽을 때쯤에 나는 이 세상에 없을 거야.

이제 다 지긋지긋해. 이제 편해지고 싶어.

어쩌다 이렇게 됐을까. 전부 네 탓이야.

너랑 엮이지 않았으면 나는 이렇게 되지 않았을 거야.

하지만 너를 사랑했어.

너 말고는 아무것도 생각할 수 없었어.

그러니까, 역시 전부 내 탓일지도 모르겠다. 잘 모르겠어.

그럼 안녕. 죽어서도 계속 너를 보고 있을 거야.

반드시 보고 있을 거야.

유키에.'

지리멸렬하고 꺼림칙한 미숙함이 담긴 내용. 이 글을 쓴 사람이 정신적으로 불안정하다는 것, 그리고 자신의 삶에 마침표를 찍으려고 한다는 것이 글에서 느껴졌다.

"진짜 있었어…."

아키호는 편지지를 응시하며 멍하니 중얼거렸다.

료스케가 한 말은 사실이었다. 정말로 이런 편지를 읽었고, 상대가 소중한 사람이라면, 걱정돼서 곧장 그 사람을 찾아갔을 것이다.

하지만 아사토 유키에는 자살이 아니라 토막 난 시신으로 발견되었다. 그렇다면 이 편지를 쓴 사람은 그녀가 아닌가? 아니, 이렇게 특이한 글씨체는 그리 쉽게 흉내 낼 수 없을 것이다.

협박을 받아서 썼나? 그렇다면 누가 협박했을까?

"…'한밤중의 토막살인마.'"

아키호는 떨리는 목소리로 중얼거렸다. '한밤중의 토막살인마'가 이 편지를 쓰게 한 다음 아사토 유키에를 살해하고 시신을 난도질했다. 그리고 료스케를 불러내서 누명을 씌웠다.

그런데 왜 그가 희생양이 되었을까. 대체 '한밤중의 토막살인마'와 이시다 료스케 사이에는 어떤 관계가 있는 것일까.

아니, 이걸로 료스케를 향한 의혹이 풀린 것은 아니다. 아키호는 고개를 흔들었다. 그 소년이 스스로 이 편지를 써 두고 갔을 가능성은 충분히 있다.

필사적으로 머리를 굴리던 아키호는 금속이 부딪치는 소리가 들려서 몸을 떨었다.

잘못 들었나? 편지지를 손에 든 채 청각에 의식을 집중시키니, 다시 철컥거리는 소리가 들렸다. 등뼈가 냉수를 뒤집어쓴 느낌이었다.

누가 방에 들어오려고 한다. 경찰인가?

이런 상황을 들키면 발뺌은 통하지 않을 것이다. 손목에 쇠고랑을 차게 되겠지.

윗니와 아랫니가 부딪쳐 딱딱 소리가 나는데, 아키호의 시야에 커튼 닫힌 창문이 들어왔다.

저기로 도망치자! 아키호는 달려가서 창문을 열다가 문득 깨닫고 손에 든 편지지로 시선을 떨어뜨렸다.

이건 중요한 증거다. 료스케는 경찰이 뭉개 버릴 것이라고 말했지만, 아무리 그래도 증거를 없애지는 않으리라. 경찰은 필적을 조사해서 아사토 유키에가 쓴 편지인지 확인할 것이다. 그렇게 되면, 료스케가 '한밤중의 토막살인마'가 아닐 가능성도 고려해서 다시 수사에 들어갈 것이다.

편지지를 바닥에 내던진 아키호는 창틀에 발을 올렸다. 동시에 문 열리는 소리가 들렸다. 밖으로 뛰어나간 아키호는 키 큰 잡초가 무성한 좁은 뒤뜰에 나가서 그대로 눈앞에 우뚝 선 블록 담에 달라붙었다. 두 손에 힘을 주어 몸을 들어 올리고 휘청대면서도 어찌어찌 담을 뛰어넘었다. 아스팔트에 착지한 아키호는 블록 담에 등을 기댔다.

커튼을 여는 소리가 들렸다. 방에 들어온 누군가가 밖을 보고 있다. 콘크리트의 차갑고 딱딱한 감촉을 등으로 느끼면서 아키호는 두 손으로 입을 막았다. 그러지 않으면 비명을 지를 것 같았다.

이윽고 다시 촥 하고 커튼을 당기는 소리가 고막을 흔들었다. 호흡을 멈춘 아키호는 폐에 들어찬 공기를 토해내고 그 자리를 벗어났다.

아키호는 몇 번이나 넘어질 듯 비틀거리며 어둑한 골목을 바삐 나아갔다.

4

 이튿날 오전 여덟 시 전, 아키호는 얼굴을 찌푸리며 집을 나섰다.

 어젯밤, 료스케의 집에서 탈출한 아키호는 미행이 붙지 않도록 큰길에서 택시를 타고 신주쿠역에서 내린 다음, 인파에 섞여서 하루미에 있는 집으로 돌아왔다.

 귀가한 아키호는 뜨거운 샤워로 차가워진 몸을 덥힌 뒤, 바로 침대에 들어갔다. 하지만 눈을 감아도 빈집에서 터무니없는 일을 벌인 흥분으로 뇌가 열을 품어서 잠이 오지 않았다.

 오늘 근무를 위해서라도 자야 하니 어쩔 수 없이 강력한 정신 안정제를 위스키와 함께 위에 흘려 넣고 자신을 기절시키듯 잠에 빠져들었다.

 술과 안정제라는 위험한 조합 덕분인지 항상 꾸던 악몽도 꾸지 않고 잤지만, 일어나서는 두개골에 납이 들어찬 것처럼 머리가 무거웠다.

"…좋은 아침, 아키호 쌤."

역으로 가려고 하는 집 앞에서 누군가가 아키호에게 말을 걸었다. 그쪽을 돌아본 순간, 두통이 더 강해졌다.

짙은 화장을 한 원피스 차림의 여자가 서 있었다. 나이는 아직 30대 중반일 텐데, 사나운 얼굴 탓인지 훨씬 나이 들어 보였다.

"무슨 용건이에요, 하루에 씨?"

아키호는 아라마키 카즈키의 전처 요코야마 하루에에게 딱딱한 목소리로 말했다.

"이제 슬슬 나한테 사과하지 그래? 불륜으로 남의 남편을 뺏었잖아."

"불쾌한 소리 하지 마세요. 제가 카즈키 씨랑 교제를 시작한 건 2년 전이고 당신이랑 이혼한 지 1년 이상 지난 뒤였어요. 바람을 피운 건 당신이잖아요."

아키호는 노려보는 하루에의 시선을 정면으로 받아냈다.

카즈키는 수련의 시절에 간호사였던 하루에와 결혼했지만, 4년 전쯤에 하루에가 다른 남자와 부정한 관계에 있는 것이 드러나서 1년 동안 지긋지긋한 재판을 거쳐 이혼했다. 최종적으로 법원에 불륜을 인정받은 덕분에 줘야 할 위자료가 줄어들어 하루에가 가져간 재산은 상당히 적었다.

약 8개월 전, 카즈키와 아키호가 사귀는 사실을 소문으로 들었는지 하루에는 대뜸 전화를 걸어서 "너랑 바람 나서 카즈키가 나랑 이혼한 거지?" 하며 트집을 잡았다.

"아니, 네가 추파를 던지니까 카즈키가 나한테 차가워졌어. 그래서 외로워서 옛날 남자랑 놀았을 뿐이야. 그러니까 나도 조금은 더 받을 권리가 있어."

아키호는 무거운 한숨을 쉬었다. 카즈키에게는 재산이 적지 않았다. 카즈키가 목숨을 잃은 뒤에 그 재산이 전부 그의 부모님에게 간 것이 꽤나 분했나 보다. 그 화풀이를 하려고 나를 표적으로 삼은 것 같다. 어쩌면 돈이라도 뜯어낼 작정일 수도 있다.

"그만 좀 해요. 그럼 변호사한테 상담하든가요. 근데 내가 여기로 돌아온 걸 어떻게 알았어요? 게다가 주소까지."

"간호사 세계는 생각보다 좁거든. 린카이 제1병원에서 일하는 친구도 있고."

하루에가 미소 짓는 것을 보고 아키호는 어금니를 꽉 물었다. 아무리 친구여도 남의 개인 정보를 가르쳐주다니. 카즈키와 교제한다는 사실도 겨우 몇 명에게만 알렸건만 하루에의 귀에 들어간 것을 보면, 발 없는 말이 천 리 간다는 격언은 사실인 것 같다.

"어쨌든 할 얘기 없어요. 지금 일하러 가야 해서요. 실례하겠습니다."

아키호는 펌프스를 또각거리며 큰 보폭으로 걸어 나갔다.

"그런 태도, 내가 그냥 넘어갈 것 같아? 사과 안 하면 직장에 쳐들어갈 줄 알아."

등 뒤에서 새된 목소리가 날아왔다.

"마음대로 해요!"

아키호는 지끈거리는 머리를 부여잡으며 큰 소리로 뱉었다.

"아, 안녕하세요, 아키호 선생님."

병실에 들어간 아키호를 밝은 목소리가 맞이했다. 침대에서 만화책을 읽던 이시다 료스케가 살가운 미소를 지었다. 아키호는 아침 아홉 시부터 오후 여섯 시까지 하루 근무를 마치고 료스케와 대화하려고 이렇게 병실을 찾았다.

"너 그 만화 어디서 났어?"

"간호사 선생님이 심심해 보인다고 갖다주셨어요. 추천하는 만화래요. 근데 어쩐 일이세요, 아키호 선생님?"

그 미모로 벌써 간호사를 홀렸나 보다. 아키호는 기막혀하며 입을 열었다.

"…나는 네 주치의야. 회진하면서 상태를 확인하는 건 당연한 거야."

"또 그러신다." 료스케는 손을 휘휘 저었다. "그냥 상태만 보러 온 거면 그렇게 딱딱한 표정을 짓지는 않았겠죠. 우리 집에 몰래 들어갔죠?"

료스케는 얇은 입술 끝을 올렸다.

"그래서 어땠어요? 유키에 선배가 보낸 편지, 찾았어요?"

아키호가 작게 고개를 끄덕이자, 료스케는 환하게 웃었다.

"거봐요, 내가 그랬죠? 나는 '한밤중의 토막살인마'가 아니에요. 덫에 걸려서 누명을 쓴 거라고요. 드디어 나를 믿어주는 거죠?"

"아니. 아직 못 믿어."

아키호가 딱딱한 목소리로 대답하자, 료스케가 "왜요오?" 하며 불만스럽게 입을 삐죽였다.

"그 편지를 쓴 사람이 너일 수도 있잖아."

"난 그런 귀여운 글씨체 못 써요."

"아사토 유키에 씨는 네 여자친구였잖아. 그럼 예전에 받은 편지 정도는 갖고 있어도 이상하지 않아. 그걸 토대로 편지를 위조해서 만일에 대비해 자기가 희생양인 것처럼 꾸미려고 집에 뒀을 수도 있지."

"그런 귀찮은 짓 안 한다니까요." 손을 내젓던 료스케는 상처가 아픈지 얼굴을 찌푸렸다.

"적어도 아직 네가 '한밤중의 토막살인마'가 아니라고 단정할 수는 없어."

"그럼 어떻게 하려고요? 나를 죽일 거예요?"

이마에 비지땀을 흘리면서도 료스케가 도발적으로 말했다. 아키호는 천천히 고개를 가로저었다.

"아니. 죽이는 건 네가 '한밤중의 토막살인마'라는 확신이 들었을 때야."

"그 확신을 어떻게 얻는데요?"

"네가 정말 희생양이라면, '한밤중의 토막살인마'는 너와 관련 있는 사람일 거야. 너한테 정보를 얻어서 누가 내 약혼자를 죽였는지 밝혀낼 거야."

"직접 정체를 밝혀내서 원수를 갚으려는 거군요. 역시 선생님이에요. 멋있어요."

해맑게 칭찬의 말을 던지는 료스케에게 아키호는 차가운 시선을 보냈다.

"물론 그건 네가 '한밤중의 토막살인마'가 아니라는 전제가 섰을 때 얘기야. 네가 카즈키 씨를 죽였다는 걸 알게 되면, 그때는 정말…, 너를 죽일 거야."

"카즈키 씨라는 사람이 선생님의 약혼자였군요."

"그럼 뭐?" 과거형으로 던져진 말이 아키호의 가슴에 날카로운 아픔을 남겼다.

"어떤 사람이었어요? 동갑? 연상? 아니면 연하? 직업은 뭐였어요? 외모는 어떤 느낌이었어요?"

"왜 너한테 그런 얘기를 해야 돼?"

"그야 선생님처럼 아름다운 사람의 취향이 궁금하니까요. 기회가 있으면 저도 남자친구 후보에 올라가고 싶어요. 선생님, 연하남은 어떻게 생각해요?"

과할 정도로 중성적인 미를 뽐내는 료스케의 시선을 받자, 아키호는 동요하고 말았다.

"장난치지 마! 너한테 그런 마음 없어!"

"선생님, 그렇게 큰 소리 내면 안 돼요. 복도에 있는 경찰이 들어요."

아키호는 퍼뜩 정신이 들어 한 손으로 입가를 가렸다. 의기양양한 료스케의 표정이 거슬렸다.

"너, 수납장에 뭘 엄청 많이 숨겨 놨더라. 그렇게 많이 필요할 정도로 애인이 많아? 나도 그중 한 명으로 만들려고?"

앙갚음할 생각으로 말한 순간, 료스케가 몸을 떨었다. 그 표정에 어두운 그늘이 졌다.

"그걸…, 봤어요…?"

"으, 으응…. 왜 그렇게 많이 필요한가 의아해서…."

료스케의 태도가 돌변하자, 아키호는 자기도 모르게 변명하듯 말해 버렸다.

"말하고 싶지 않아요."

료스케는 지극히 딱딱한 목소리로 대답하고 시선을 창밖으로 던졌다. 의도치 않게 그의 약점을 찌르고 말았나 보다. 애처롭게까지 느껴지는 그 모습에 사과할 뻔했지만, 상대가 약혼자의 원수일지도 모른다는 것을 떠올리고 아키호는 열려던 입을 굳게 닫았다.

납처럼 무거운 침묵이 병실을 채웠다. 시곗바늘이 시간을 새기는 소리가 무척이나 크게 울렸다.

먼저 침묵을 깬 사람은 료스케였다. 그는 크게 숨을 내쉬고 손을 내밀었다.

"휴전해요. 나는 선생님한테 약혼자에 관해서 묻지 않을게요. 그 대신 선생님은 수납장에 들어 있던 물건을 언급하지 마세요. 우리는 앞으로 협력해야 하는 동료니까."

"동료…? 무슨 소리야?"

"이해관계가 일치하잖아요. 선생님은 복수를 위해서 약혼자를 죽인 범인을 찾고 싶고, 저는 누명도 벗고 소중한 사람을 뺏어간 죗값도 치르게 하고 싶어요. 제가 정보를 제공할 테니까 선생님은 그걸 토대로 조사하는 거예요. 좋은 거래 같지 않아요?"

"…여러 번 말했지만, 네가 '한밤중의 토막살인마'일 가능성은 여전히 있어."

"제가 범인이면 반드시 저를 죽여서 복수해 주세요."

료스케는 아무렇지 않게 말하고 해맑은 미소를 지었다. 아키호는 몇 초 동안 어금니를 악물고 침묵하다가 거칠게 료스케의 손을 잡았다.

"이제 파트너네요. 기뻐요. 선생님처럼 아름다운 사람이랑 파트너가 되다니."

"파트너가 아니야. 너는 그냥 정보 제공자고, 연쇄 살인 사건 용의자야. 그걸 잊지 마."

"넵."

료스케가 명랑하게 대답했을 때, 허리 근처에서 전자음이 울렸다. 료스케의 손을 놓은 아키호는 흰 가운 주머니에서 원내 휴대전화를 꺼내 '통화' 버튼을 눌렀다.

"네, 응급의학과 코마츠 아키호입니다."

"여기는 경비실입니다. 선생님을 뵙고 싶다는 분이 오셨습니다."

"저를요?" 아키호는 고개를 갸웃했다. "누가요?"

"미노베 씨라는 분입니다."

료스케가 실려 왔을 때 같이 온 경시청 수사1과 형사의 우락부락한 얼굴이 머리를 스쳐서 아키호의 등이 곧게 펴졌다. 어젯밤 료스케의 집에 몰래 들어간 것을 들켰나?

"지금 갈 테니까 잠깐 기다리라고 해주세요."

여러 번 심호흡하며 숨에 긴장을 녹여서 뱉으니, 료스케가 말을 걸었다.

"형사가 왔어요?"

"…어떻게 알았어?"

"선생님 얼굴이 험악해졌어요. 예쁜 얼굴이 아깝잖아요. 조금 더 웃어주세요."

"웃으라니, 너…."

"혹시 어제 우리 집에 몰래 들어간 걸 들켜서 체포될까 봐 그래요? 그럴 리 없어요. 현행범도 아니니까 경찰이 그렇게 쉽게 체포할 수 없어요. 열심히 증거를 모아서 법원에 제출하고 체포 영장을 받아야 해요. 하루 만에는 불가능해요. 게다가 체포할 생각이었으면, 놈들은 이런 시간대가 아니라 아침에 집으로 쳐들어와요. 그게 정석이에요."

"…지나치게 잘 아네."

"여러모로 경험이 있거든요. 그보다 선생님, 제발 부탁해요. 저를 지켜주세요."

"지켜? 무슨 소리야?"

"그놈들은 분명히 나를 경찰 병원으로 데려가려고 할 거예요. 거기서는 입원 중에도 마음대로 신문할 수 있을 테니까요. 그뿐만이 아니에요. 제가 '한밤중의 토막살인마'가 아닌 걸 알게 되면 입막음해서 죄를 덮어씌우고 강제로 사건을 끝내려고 할지도 몰라요."

"그럴 리가…."

없다고 말하려던 아키호는 료스케의 날카로운 시선을 받고 말을 삼켰다.

"나는 경찰을 잘 알아요. 그놈들은 정의의 편이 아니에요. 나같은 사회적 약자를 가차 없이 등쳐먹는 사디스트 집단이에요."

"아무리 그래도 그럴 리가…."

"선생님이 그렇게 생각하는 이유는 지금까지 경찰, 특히 형사들과 엮이지 않는 삶을 살았기 때문이에요. 하지만 선생님도 곧 알게 될 거예요. 그놈들이 얼마나 더러운 놈들인지."

"하지만 쿠라시키라는 형사는 너를 걱정하는 것 같았는데."

"아아, 쿠라시키 씨요…." 료스케의 표정이 누그러졌다. "그 사람은 달라요. 확실히 그 사람은 오래된 지인이고, 경찰이라는 게 믿기지 않을 만큼 나한테 잘해줬어요. 진심으로 나를 걱정하고 도와주려고 했어요. 쿠라시키 씨는 나한테 '특별한 형사'예요. 아무튼 그건 둘째 치고, 나를 경찰 병원에 데려가지 못하게 해주세요. 경찰 병원에 끌려가면 선생님은 나를 다시는 못 보게 될 거예요. 내가 범인이든 다른 진범이 있든 약혼자의 원수를 갚을 기회가 사라질 거예요. 그러면 안 되잖아요."

"그렇지만 어떻게…?"

"요령껏 이유를 만들어주세요. 자, 너무 오래 기다리게 하면 의심받아요."

재촉하는 료스케에게 떠밀려 아키호가 미닫이문을 열고 복도로 나가자, 무료하게 철제 의자에 앉아 있던 제복 경찰이 곁눈으로 시선을 던졌다. 가볍게 인사한 아키호는 천천히 복도를 나아갔다.

경찰 병원으로 옮기지 못하게 할 방법이 있을까? 대체 어떻게 하면 될까.

느릿느릿 걷는데, "안녕하세요, 선생님!" 하는 탁성이 울려 퍼졌다. 고개를 들어보니, 간호사실 앞에 익숙한 두 남자가 서 있었다. 미노베와 쿠라시키, 두 형사.

"왜 여기에…? 경비실에 있다고…."

"그게, 경비원이 선생님은 이 병동에 계신다고 하길래 멀리 오시게 하면 죄송하니까 일부러 저희가 찾아왔습니다."

과하게 정중한 미노베의 말을 듣고 뺨이 굳었다. 멀리 오시게 하면 죄송하긴 뭐가 죄송한가. 허를 찔러서 나를 당황하게 하려고 한 것이 분명하다.

"그래서 이시다 료스케의 상태는 어떤가요? 그 살인자, 지금 어떻습니까?"

"서서 할 얘기는 아니네요. 일단 저쪽 휴게실에 가시죠."

아키호는 턱짓으로 몇 미터 앞에 있는 휴게실 입구를 가리켰다. 미노베는 기미가 눈에 띄는 관자놀이를 긁더니 "뭐, 그러시죠" 하며 황새걸음으로 걸어 나갔다.

미노베 일행과 어둑한 휴게실로 들어간 아키호는 형광등 스위치에 손을 뻗으려고 했다.

"괜찮습니다. 밝으면 눈에 띄지 않습니까? 이대로 이야기 나누시죠."

미노베가 두꺼운 입술 끝을 올리는 것을 보고 아키호는 혀를 찰 뻔했다. 어둠으로 나를 불안하게 해서 주도권을 쥐려는 의도가 뻔히 보였다.

"…알겠습니다. 그럼 안쪽 테이블에 앉으시죠."

아키호는 딱딱한 목소리로 말하고 휴게실 안쪽으로 갔다. 입원 환자가 가족이나 문병객과 대화할 때 사용하는 공간이다. 테니스 코트의 반쯤 되는 공간에 테이블이 열 개 정도 놓여 있었다.

아키호가 의자에 앉자, 미노베가 맞은편 자리에 기세 좋게 앉았다. 복도에서 새어 나오는 형광등 빛과 창문에서 비쳐 드는 엷은 달빛에만 의존한 어둑한 공간에서 아키호와 미노베가 대치했다. 어깨를 움츠린 쿠라시키가 "실례하겠습니다" 하며 미노베 옆에 앉았다.

"그럼 아까 그 질문에 대답해 주시겠습니까? 이시다 료스케 그놈의 상태는 어떻죠?"

미노베는 한쪽 팔꿈치를 테이블에 올렸다.

"생명에 지장은 없습니다."

"조금 더 자세히 알려주시겠습니까?"

"…심장 주변에 들어찬 혈액을 뽑았고 현재는 그 처치를 이어가고 있습니다."

"오호라, 심장 주변에, 그거 큰일이었군요."

미노베는 흥미롭게 중얼거리고 몸을 앞으로 내밀었다.

"그럼 방금 설명하신 걸 내일까지 소개장에 적어 주실 수 있을까요?"

"소개장이요? 무슨 말씀이죠?"

"내일 이시다 료스케를 경찰 병원으로 이송하기로 했습니다. 그쪽 병원 의사가 주치의에게 소개장을 받아달라고 계속 채근해서요."

"이송?!" 목소리가 높아졌다. "저는 그런 얘기 못 들었습니다!"

"그야 아직 말을 안 했으니까요. 하지만 지금 했죠. 그러니까 잘 부탁드립니다. 이송은 내일 저녁에 할 예정입니다."

료스케가 말한 대로다. 이대로면 약혼자의 원수를 찾을 단서를 잃고 료스케가 '한밤중의 토막살인마'여도 복수할 수 없게 된다.

"잠깐만요. 그렇게 함부로 정하면…."

"함부로?" 미노베의 눈빛이 날카로워졌다. "선생님, 착각하지 마십시오. 이건 내가 개인적으로 정한 게 아닙니다. 수사본부가, 경시청 상부가 내린 결정이에요."

"하, 하지만…, 료스케 씨는 이 병원에서도 충분한 치료를 받고 회복…."

"그런 얘기가 아니에요." 미노베는 귀찮다는 듯 손을 흔들었다. "그놈 치료가 어찌 되든 알 바 아닙니다. 중요한 건 그놈을 감시하는 겁니다."

"감시…." 아키호는 그 말을 곱씹었다.

"기억하시죠? 그놈은 사람을 넷이나 죽이고 시신을 토막 낸 엽기 살인마입니다. 1년 넘게 이 사회에 불안을 퍼뜨린 연쇄 살인마라고요. 드디어 그놈을 잡았으니 절대 놓치지 않도록 감시하는 건 당연하잖아요?"

"정, 정말로 료스케 씨가 '한밤중의 토막살인마'인가요? 뭔가 증거가 있나요?"

만약 경찰이 무언가 확실한 증거를 갖고 있다면, 이시다 료스케가 약혼자의 원수임을 이 자리에서 확신할 수 있다면, 내일 저녁까지 충분히 시간이 있다.

복수를 달성할 시간이.

숨을 죽이고 대답을 기다리는데, 미노베가 대놓고 한숨을 쉬었다.

"처음에 설명했잖아요. 현행범이었다고. 우리가 들어갔을 때, 그놈은 토막 난 전 여자친구의 시신 옆에 서 있었단 말입니다."

"그것만으로 정말 범인이라고 단정할 수 있나요?"

중얼거리자, 미노베가 "뭐요?" 하며 겁박하는 말투로 되물었다.

"아, 아뇨, 료스케 씨는 덫에 걸렸다고…."

미노베의 눈빛이 날카로워질수록 아키호의 목소리는 점점 작아졌다.

"그런 소리를 할 수 있을 정도로 회복됐습니까? 왜 말하지 않았죠?"

아무리 용의자라고 해도 담당 환자의 상태를 경찰에 낱낱이 보고할 의무는 없다. 하지만 미노베가 노려보자, 그런 반론의 말도 쏙 들어가 버렸다.

몸을 움츠리자, 미노베가 "뭐, 됐습니다" 하며 시선을 돌렸다.

"그놈의 의식이 돌아왔으니 이송한 다음에 얼마든지 신문할 수 있겠죠. 나쁜 정보는 아니군요. 철저히 파헤쳐서 전부 불게 만들어 주겠어."

거기서 말을 끊은 미노베는 작게 숨죽인 목소리로 덧붙였다.

"사라진 피해자의 시신 일부를 어디에 숨겼는지도…."

아키호는 입가에 힘을 주며 가슴께에 손을 댔다. 유니폼 너머로 전해지는 반지의 감촉. 이것과 짝을 이루는 결혼반지. 사랑하는 사람과의 연결고리를, 다시 한번 손에 쥐고 싶었다. 지난 반년 동안 줄곧 그렇게 바랐다. 다정한 미소를 띤 약혼자의 모습이 뇌리를 스쳤다.

자기 자신의 손으로 약혼자의 원수를 갚고 싶었다. 그것이 그를 위해 할 수 있는 일이라고 믿어 의심치 않았다. 하지만 정말로 그럴까. 다정하던 그가 바라는 일은 복수가 아니라 내가 다시 앞으로 나아가는 것이 아닐까.

역시 엉뚱한 생각은 관두고 경찰에 맡겨야 한다. 그들은 료스케가 '한밤중의 토막살인마'인지 신중하게 조사하며 사건의 진상을 파헤칠 것이다. 그리고 사라진 결혼반지를 틀림없이 되찾아줄 것이다.

오늘 밤에 소개장을 쓰자. 뒷일은 범죄 수사 전문가들에게 맡기자.

"이해하셨습니까, 선생님?"

"네…" 아키호는 작게 고개를 끄덕였다. "죄송합니다. 그런 아이가 연쇄 살인범이라니, 도저히 믿기지가 않았어요. 그 아이가 말한 것처럼 편지를 받고 현장에 불려 나갔을지도 모른다는 생각이 들었어요."

경찰의 감식반이 조사하면 아사토 유키에 본인이 쓴 편지인지 아니면 료스케가 위조한 것인지 밝혀질 것이다. 그렇게 되면….

거기까지 생각했을 때, 미노베가 "편지요?" 하며 고개를 갸우뚱했다. 아키호는 고개를 들었다.

"네, 료스케 씨가 그랬어요. 피해자한테서 자살을 암시하는 편지를 받았다고요."

"그놈이 그런 거짓말을 했습니까? 끝까지 손이 많은 가는 꼬맹이네."

"거짓말인지 아닌지는 편지의 필적을 감정하기 전까지는 모르는 일…."

"그런 거 없어요."

말을 자르듯 던진 미노베의 말에 아키호는 "없다고요?!" 하며 눈을 부릅떴다.

"네. 그놈 집을 이미 구석구석 조사했지만, 편지 같은 건 안 나왔습니다."

왜 편지가 발견되지 않았을까. 창문으로 탈출했을 때, 틀림없이 바닥에 떨어뜨렸는데.

'제가 '한밤중의 토막살인마'가 아닌 걸 알게 되면 입막음해서 죄를 덮어씌우고 강제로 사건을 끝내려고 할지도 몰라요.'

십몇 분 전에 료스케가 한 말이 귓가에 맴돌아서 불신이 가슴속에서 부풀어 올랐다.

"아무튼 이제 가보겠습니다. 그럼 선생님, 소개장 잘 좀 써주십쇼."

"…못 써요."

아키호는 작게 중얼거렸다. 의자에서 일어나려던 미노베가 "뭐요?" 하며 한쪽 눈썹을 올렸다.

"소개장, 못 쓴다고요. 이시다 료스케 씨는 다른 병원에 못 보냅니다."

"이봐요, 무슨 소리를 하는 거예요? 무슨 권리로…."

"저는 이시다 료스케 씨의 주치의입니다!"

아키호는 단전에서 목소리를 냈다. 그 성량에 압도되었는지 미노베는 말이 막혔다.

"의사는 담당 환자의 건강에 최선을 다할 의무가 있습니다. 주치의로서 이시다 료스케 씨가 다른 병원으로 가는 걸 허락할 수 없습니다. 료스케 씨는 이 병원에서 치료받을 겁니다."

"장난하나!" 미노베가 두 손으로 테이블을 내리치며 벌떡 일어섰다. "그놈은 살인자야. '한밤중의 토막살인마'라고!"

미노베는 살의가 느껴지는 시선을 던졌지만, 이번에는 아키호도 눈을 피하지 않았다.

"그래도 제 담당 환자인 건 똑같습니다."

미노베는 잇몸이 보일 정도로 입술을 일그러뜨리고 낮게 누르는 목소리로 말했다.

"그쪽이 그렇게 나오면 우리도 생각이 있어. 이송 허가를 법원에 맡기면 돼. 그러면 당신 허가 없이도 병원을 옮길 수 있어."

"부디 원하는 대로 하세요. 료스케 씨가 죽어도 괜찮으시면요."

"죽어?" 미노베가 의아하다는 듯 되물었다.

"방금 설명했잖아요. 료스케 씨의 심장 주변에 피가 찼다고."

"하지만 그 피는 이제 없다면서?"

"심낭 안에 드레인 튜브를 삽입해서 혈액을 체외로 배출하고 있으니까요. 그 튜브가 빠지면 다시 심장 압전을 일으킬 가능성이 있어요."

조금 전에 봤을 때, 용기에 거의 혈액이 차지 않았다. 심낭 안에 있던 출혈은 이미 멎었다. 하지만 가능성이 제로가 아니니 거짓 설명은 아니다.

"그럼 그 튜브를 삽입한 상태에서 구급차로 옮기면…."

"이동 중에 료스케 씨가 날뛰면 어떻게 하려고요? 공포로 패닉에 빠져서 튜브를 빼 버릴지도 몰라요. 그 상태에서 심장 압전을 일으키면 생명이 위험해져요."

"당신이 옆에 붙어 있다가 무슨 일이 일어나면 튜브를 다시 넣으면 되잖아."

"다시 넣으라고요?!" 아키호는 과장되게 두 팔을 벌렸다. "마땅한 설비도 없는 구급차 안에서요? 자칫하면 심장을 찌를지도 모르는 처치를 흔들리는 차 안에서 하라고요?"

"…이송 방법은 우리 쪽에서 생각하겠습니다." 미노베는 벌레 씹은 표정을 지었다.

"어떤 방법을 제안하든, 주치의로서 이송에 절대 반대합니다. 만약 그래도 강행하려고 하면, 료스케 씨의 목숨은 보장할 수 없습니다."

험악한 표정으로 입을 다문 미노베에게 아키호는 한마디 더 덧붙였다.

"일본 전역을 흔든 '한밤중의 토막살인마 사건'의 용의자가 경찰의 아집 때문에 죽으면 전국에서 비난이 쇄도하겠죠. 물론 그때 저는 제 명예를 지키기 위해서라도 당신들이 주치의의 경고를 무시했다는 사실을 언론에 전할 겁니다."

"…상부와 얘기해 보죠."

짜증스럽게 혀를 찬 미노베는 내뱉듯 "그럼 이만!" 하고는 크게 구두 소리를 내며 휴게실에서 나갔다. 그 등을 끝까지 지켜본 아키호는 폐 속에 들어찬 공기를 뱉어냈다.

이걸로 어찌어찌 시간을 벌었다. '한밤중의 토막살인마'의 정체를 알아낼 유일한 단서를 지켜냈다. 진이 빠져서 등받이에 체중을 실은 아키호에게 "저기…" 하며 누군가가 말을 걸었다. 눈을 드니,

쿠라시키가 쭈뼛거리며 말을 걸고 있었다. 존재감이 너무 적은 탓인지, 아니면 미노베와의 논쟁에 집중한 탓인지, 그의 존재를 완전히 잊고 있었다.

"죄, 죄송합니다." 아키호는 앉은 자세를 고쳤다. "미노베 씨랑 같이 가셔야 되는 거 아닌가요? 파트너잖아요."

"파트너는 아니에요. 그냥 조수라고 할까요? 길 안내자 같은 거예요."

아키호는 "길 안내요?" 하며 고개를 갸웃했다.

"살인 같은 큰 사건이 일어나면 관할서에 수사본부가 설치되고 경시청 수사1과 형사랑 관할서 형사가 팀을 짜게 되거든요. 경시청 분들은 살인사건의 프로지만, 저희는 그냥 생활안전과 형사거든요. 같은 '형사'여도 완전히 급이 달라요."

쿠라시키가 자학적으로 말했다.

"특히 미노베 씨는 수사1과 안에서도 영향력 있는 형사라서 저는 그냥 애송이로 보일 거예요. 사실은 2인 1조로 움직여야 하는데, 따라오지 말라고 항상 거부당해서 매번 혼자 수사해야 해요."

아키호는 "네에" 하며 고개를 끄덕였다. 형사에게 푸념을 들었을 때는 뭐라고 대답해야 좋을지 알 수 없었다.

"저기…, 저를 기억하시나요?"

"…네, 일단은요."

반년 전 약혼자가 살해된 지 약 일주일 후, 휴직하고 본가로 돌아가기 직전의 기억이 되살아났다. 초췌한 상태로 열심히 야근하는데, 상해 사건 피해자가 실려 왔다. 형사 사건이라서 일단 관할서에 연락을 넣고 제복 경찰에게 사정을 설명했지만, 두 시간쯤 후에 정보 수집이 충분하지 않다며 형사가 찾아왔다. 그 형사가 쿠라시키였다. 그의 질문에 아키호는 강한 우울감과 싸우며 대답했다.

아키호에게 대강 설명을 들은 쿠라시키는 경계하듯 주변을 둘러보고 사람이 없는 것을 확인한 뒤, 긴장한 얼굴로 목소리를 죽여 말했다.

"선생님, 괜찮으시면 다음에 같이 식사라도 하실래요?"

약혼자를 잃은 지 얼마 되지 않은 아키호의 역린을 건드리는 말이었다. 아키호는 입술을 깨문 채 쿠라시키를 노려보고는 말없이 걸음을 돌려 사라졌다.

"그때는 죄송했습니다. 뭐라고 할까…, 선생님이 신경 쓰여서 그랬습니다."

"아니에요, 괜찮습니다."

아키호가 경직된 목소리로 말하자, 쿠라시키의 표정이 뻣뻣해졌다.

"그런데 선생님, 이시다 료스케의 상태는 어떤가요?"

료스케에 관한 질문이 나오자, 옅어지던 경계심이 다시 커졌다.

"아까 설명한 대로 생명에 지장은 없지만, 절대 안정이 필요하다니까요."

"아아, 몸이 아니라, 그 녀석이 우울해하지 않나 싶어서요."

"…무슨 뜻이죠?"

"아, 죄송합니다." 쿠라시키는 어깨를 움츠렸다. "이시다 료스케가 잘 있는지 신경이 쓰여서요."

"잘 있는지요? 살인사건의 용의자로 구속된 상태잖아요."

어이없다는 듯 말하자, 쿠라시키는 "그렇죠" 하며 뒤통수를 긁적였다.

"…왜 료스케 씨의 심리 상태를 궁금해하세요? 형사님들한테 료스케 씨는 '한밤중의 토막살인마'잖아요."

"선생님, 정말 이시다 료스케가 '한밤중의 토막살인마'라고 생각하세요?"

쿠라시키는 누가 들을까 봐 경계하듯 주변을 살피며 숨죽인 목소리로 말했다.

"무슨 말을 하고 싶으신 거예요? 료스케 씨가 '한밤중의 토막살인마'라고 한 건 형사님들이잖아요."

"그렇죠…. 근데 그 녀석이 자기는 덫에 걸렸다고 했다고요?"

"…료스케 씨를 오래전부터 아셨어요?"

이시다 료스케에 관한 정보의 냄새를 맡고 아키호도 목소리를 낮췄다.

"네. 몇 년 전부터 알았습니다. 제가 생활안전과 형사라고 말씀 드렸잖아요? 저희 과는 비행 청소년 대응도 하거든요."

"료스케 씨가 비행을 저질렀다는 뜻인가요? 싸우거나 물건을 훔쳤나요?"

"아니요. 그 녀석은 여러 번 저희한테 와서 생활 지도를 받았지만, 폭력이나 절도와는 무관했습니다. 다만 뭐랄까…, 가정환경이 좋지 않았다고 할까…. 자기 자신밖에 의지할 데가 없었다고 할까…."

아키호는 갑자기 말끝을 흐리는 쿠라시키에게 조금 짜증이 났다.

"명확하게 말씀해 주실래요? 료스케 씨는 어떤 이유로 그렇게 여러 번 생활 지도를 받은 거죠?"

"그건 이시다 료스케의 명예와 관련된 일이라서 제 입으로는 말할 수 없습니다."

수수께끼에 싸인 소년의 정체에 다가설 단서를 기대한 아키호는 어깨를 축 늘어뜨렸다.

"하실 말씀은 이게 끝인가요? 그럼 실례하겠습니다."

일어서서 복도로 가려는 아키호의 흰 가운 소맷자락을 쿠라시키가 잡았다. 공포를 느낀 아키호는 작은 비명을 지르며 거리를 뒀다.

"아, 죄송합니다. 놀라게 할 생각은 없었습니다. 한 가지 말씀드리고 싶은 게 있어서요."

소매를 놓은 쿠라시키는 면목 없다는 듯 몸을 움츠리며 힐끔 눈치를 봤다.

"뭔데요?"

"그 녀석은 아주 어려운 환경에서 자랐습니다."

쿠라시키가 조심스레 하는 말을 듣고 아키호는 다시 의자에 앉았다.

"료스케 씨랑 친하셨어요?"

"친하지는 않습니다." 쿠라시키는 고개를 가로저었다. "그 녀석은 경찰, 특히 저희 같은 형사를 이유 없이 싫어했거든요. 여러 번 생활 지도를 받고 아동 상담소에 보내졌으니까 어찌 보면 당연하죠. 하지만 저는 그 녀석을, 뭐라고 할까…, 동정했습니다. 남들처럼 평범한 행복을 누리기를 진심으로 바랐습니다. 그래서 그 녀석을 진심으로 대했죠. 그러는 사이에 그 녀석도 조금씩이나마 마음을 열어줬습니다."

"…그런 것치고는 미노베 형사님이랑 같이 료스케 씨를 체포하려고 열심이시던데요."

"미노베 씨는 이시다 료스케가 범인이라고 믿으니까요." 쿠라시키의 얼굴에 쓴웃음이 번졌다.

"왜 그렇게 믿으시는 거죠? 증거가 있나요?"

"없습니다. '형사의 감'이라고 합니다."

"뭐라고요?!" 자기도 모르게 목소리가 뒤집혔다.

"저도 잘 모르겠습니다. 하지만 미노베 씨는 수사1과 형사를 오랫동안 해와서 상대가 살인자인지 알 수 있다고 하시더군요. 그래서 이시다 료스케가 바로 '한밤중의 토막살인마'라고 확신하고 계속 쫓고 있어요. 제가 미노베 씨와 팀이 된 것도 예전부터 이시다 료스케를 알고 있었기 때문이에요."

"그런 개인적인 확신으로 그렇게 어린 애를 살인범 취급한다고요?!"

"수사본부 안에는 그걸 문제시하는 사람도 있었지만, 그저께 밤에 이시다 료스케가 범행 현장에서 목격되고 나서는 그런 의견이 싹 사라졌습니다. 이제 미노베 씨는 '한밤중의 토막살인마'를 체포한 최대 공로자가 됐죠."

"하지만 료스케 씨는 덫에 걸렸을 뿐이라고…."

항의하려는 아키호의 말을 "그겁니다" 하며 쿠라시키가 막았다.

"이와 관련해서 선생님이 어떻게 생각하시는지, 그게 궁금합니다."

쿠라시키의 시선을 받으며 아키호는 자문했다.

나는 이시다 료스케를 돕고 싶은가? 그 소년이 약혼자의 원수가 아니기를 바라고 있나? 아키호는 혼란스러워하며 쿠라시키에게 시선을 보냈다.

이 형사는 료스케가 '한밤중의 토막살인마'가 아닐 수도 있다고 의심한다. 잘 구슬리면 경찰이 앞으로 어떻게 움직일지 알아낼 수 있을지도 모른다.

지금부터 해야 할 행동을 머릿속으로 열심히 시뮬레이션하며 아키호는 신중하게 입을 열었다.

"경찰은 료스케 씨의 집을 수색했죠? …쿠라시키 씨도 같이 가셨나요?"

만약 가택 수사 현장에 쿠라시키가 있었다면, 어젯밤에 본 중요한 증거인 편지를 은폐하는 데에 이 사람도 가담했다는 뜻이다.

"네, 물론입니다."

쿠라시키가 수긍하는 것을 보고 아키호는 자리에서 벌떡 일어났다. 역시 이 사람은 적이다. 중요한 증거를 없애 버리고 사건의 진상을 어둠에 묻으려고 하는 교활한 인간이다.

"선생님, 왜 그러세요?"

당황하며 묻는 쿠라시키에게 아키호는 차갑게 내뱉었다.

"료스케 씨는 경찰을 믿을 수 없다고, 틀림없이 편지를 없앨 거라고 했어요."

"잠깐만요. 정말 그런 편지는 없었습니다. 믿어 주세요."

"저는 주치의로서 형사님들보다 료스케 씨의 말을 믿어보려고요."

"선생님, 이시다 료스케에게 곁을 주지 않는 게 좋습니다. 그런 천사 같은 얼굴을 하고서 속은 악마 그 자체인 녀석입니다. 외모라는 미끼로 사냥감을 꾀어서 통째로 집어삼키는 괴물이란 말입니다. 방심하면 선생님도 그놈의 마수에 걸려듭니다."

갑자기 돌변한 쿠라시키의 태도에 아키호는 당황했다.

"그게 무슨…. 형사님은 료스케 씨를 동정해서 갱생시키려고 했다고…."

"네, 온 힘을 다해 노력했습니다. 하지만 그 녀석은 성장할수록 조금씩 괴물로 변했어요. 저 같은 인간이 감당할 수 없는 수준에 이르렀단 말입니다."

쿠라시키는 잠시 말을 멈췄다가 감정을 죽인 목소리로 말했다.

"오랫동안 알고 지낸 저는 압니다. 그 녀석이 바로 '한밤중의 토막살인마'입니다. 사람을 넷이나 죽이고 시신을 해체해서 농락한 엽기 살인마입니다."

소름 끼치는 쿠라시키의 태도에 압도되어 아키호는 입을 열었다.

"아무튼 저는 당신들 못 믿어요. 어젯밤에 당신들이 가택 수색을 하면서 피해자의 편지를 발견해 놓고도 없애 버렸다는 료스케 씨의 말을 믿을 겁니다."

아키호가 떠나려고 하자, "어젯밤이라니, 무슨 말씀이죠?" 하며 쿠라시키는 의아하게 고개를 갸웃했다.

"네? 뭐냐니요? 어제 밤중에 료스케 씨 집을 수색했잖아요?"

아키호가 걸음을 멈추자, 쿠라시키는 눈을 끔뻑이며 말했다.

"가택 수색은 밤중에 하지 않습니다. 이시다 료스케의 집을 조사한 건 오늘 오전 중이에요."

5

그날 밤의 기억이 되살아난다. 이시다 료스케의 집에 숨어든 밤.

그때, 누군가가 현관문을 열려고 하는 것을 알아차리고 당황해서 창문으로 도망쳤다.

당연히 경찰이 온 줄 알았다. 하지만 가택 수색은 그다음 날이었다.

그렇다면 그때 집에 들어온 사람은 누구일까? 누가 경찰보다 먼저 료스케의 집에 침입해서 중요한 증거인 아사토 유키에의 편지를 가로챘을까.

"…'한밤중의 토막살인마.'"

작은 소리로 중얼거린 순간, 기온이 순식간에 떨어지는 느낌이 들었다. 몸속 깊은 곳에서 떨림이 일었다. 아키호는 황급히 앞에 있는 테이블에 놓인 뜨거운 코코아 잔에 손을 뻗었다. 손잡이를 만지자, 손의 떨림이 잔에 전달돼서 받침 접시와 부딪쳐 딱딱한 소리를 냈다.

잔을 입가로 가져가서 코코아를 한 모금 머금자, 열과 달콤함
이 공포를 조금 희석해 주었다.

미노베 일행과 휴게실에서 대치한 다음다음 날 오후, 아키호는
오모테산도에 위치한 카페에 있었다. 주변 자리에는 팬케이크와
파르페를 먹는 젊은 여자가 많았다.

"마츠이 씨…인가요?"

누군가가 말을 걸어서 아키호는 돌아보았다. 몸집이 작은 젊은
여자가 서 있었다. 부드럽게 웨이브를 그리는 머리카락은 엷은 갈
색이었고, 파스텔색 원피스를 입고 있었다. 청춘의 한복판에 있는
여대생 같은 분위기. 하지만 소녀처럼 어린 티가 남은 그 얼굴은
경직되어 있었다.

"혹시 아사노 씨?"

여자는 "네, 아사노 유이예요"라고 딱딱한 목소리로 대답했다.

"처음 뵙겠습니다. 제가 연락드린 마츠이예요."

아키호는 긴장하며 가짜 이름을 대고 억지웃음을 지어 보였다.

"으음, 일단 여기 앉아서 뭐 좀 주문해요."

유이는 경계심을 드러내며 테이블 맞은편 자리에 앉아서 종업
원에게 다즐링 티를 주문했다.

"홍차만 있으면 돼요? 케이크라도…"

"괜찮아요. 얼른 끝내고 싶으니까."

아키호의 목소리를 덮듯 유이가 말했다. 이 만남에 대한 강한
혐오감이 느껴졌다.

태도가 이런 이유는 친구가 살해당해서? 아니면 료스케에 관
한 이야기라서?

입술에 묻은 코코아의 단맛을 혀로 핥으며 아키호는 마음속으로 중얼거렸다. 앞에 있는 아사노 유이는 며칠 전 토막 난 시신으로 발견된 아사토 유키에의 친구이자 료스케의 고등학교 선배였다.

그저께 병원에서 형사들과 대화를 나눈 아키호는 이시다 료스케가 '한밤중의 토막살인마'인지 아니면 다른 진범이 있는지 스스로 조사하기로 결심했다.

경찰이 증거를 숨긴 것이 아니라고 해도 편지가 사라진 이상, 그들은 료스케가 '한밤중의 토막살인마'라고 확신하며 움직일 것이다. 료스케의 집에 몰래 들어가서 편지를 본 사실을 경찰에 전할까도 고민했지만, 아무런 물적 증거도 없는 상태라서 자신의 증언을 믿어주지 않을 것 같았고, 공무 집행 방해에 해당할 가능성도 있었다. 그러니 혼자 하는 수밖에 없다.

…누가 내 사랑하는 사람을 앗아 갔는지 밝혀내고 그자에게 죗값을 치르게 하기 위해서.

형사들과 이야기를 나눈 뒤 다시 병실에 가보니, 료스케는 "그럼 우선은 이 사람을 만나보세요" 하며 한 여자의 연락처를 알려주었다. 그 사람이 바로 아사노 유이였다.

"오늘 나와주셔서 감사합니다."

무거운 분위기를 풀어보려고 최대한 밝은 목소리로 말했다. 유이의 콧잔등에 주름이 잡혔다.

"오기 싫었어요. 그 자식에 관해서 두 번 다시 떠올리고 싶지 않으니까."

"그 자식이라면, 이시다 료스케를 말하는 거죠?"

유이는 말없이 고개를 끄덕였다. 그녀가 료스케에게 강한 악감정을 갖고 있는 것은 분명했다. 어젯밤에 연락했을 때도 료스케의 이름을 꺼낸 순간 전화를 끊으려고 했는데 열심히 사정을 설명해서 어찌어찌 만날 약속을 잡았다.

"그렇게 싫어하는데, 왜 저랑 대화할 마음이 들었어요?"

아키호의 질문이 들리지 않는 것처럼 유이는 입술을 굳게 다물고 침묵했다. 종업원이 테이블에 홍차 잔을 놓았다. 그것을 한 모금 마신 유이는 작게 숨을 뱉었다.

"당연히 원수를 갚기 위해서죠."

자신의 마음속 깊은 곳에 있는 소원을 들킨 것 같은 기분이 들어 아키호의 등줄기가 곧게 펴졌다.

"어제 통화하다가 그러셨잖아요. 이시다 료스케가 유키에를 죽였다고."

"아니요. 그 사람이 범인인지는 아직 몰라요. 그걸 확실히 알려고…."

"그 자식이 범인이에요."

끓어오르는 분노를 품은 유이의 말에 아키호는 입을 다물었다.

"그 자식이 유키에를 죽였어요. 제가 증언하면 그 자식이 사형 선고를 받게 해주시는 거죠?"

유이에게 연락했을 때, 아키호는 자신을 경찰 관계자라고 소개했다. 아키호의 뇌리에 그저께 료스케와 나눈 대화가 되살아났다.

"경찰 관계자라고 소개하면서 유이 선배한테 이야기를 듣고 싶다고 연락해 보세요. 내가 범인인 걸 증명하기 위해서 유이 선배의 증언이 필요하다고 하면, 만나줄 거예요."

가벼운 어조로 말하는 료스케에게 "경찰을 사칭하면 안 되잖아" 하며 얼굴을 찌푸렸다.

"경찰이 아니라, '경찰 관계자'요. 경찰에 체포된 나를 치료해 주는 담당자니까 선생님은 어떤 의미에서 경찰 관계자예요. 거짓말이 아니라고요. 하지만 혹시 모르니까 가명을 쓰는 걸 추천해요."

"만약 진짜 경찰인지 증명하라고 하면 어떻게 해?"

"그 사람은 그러지 않을 거예요. 그렇게까지 머리가 돌아가는 사람이 아니거든요. 다른 사람의 말을 그대로, 아무 의심 없이 받아들이는 사람이에요."

료스케의 말투는 살짝 모욕을 담고 있었다.

"그럼 만나기 싫다고 하면? 그 아이, 피해자의 친구였다며? 아무하고도 말하기 싫다고 할지도 모르잖아."

"네, 그러겠죠. 그 사람이라면 아마 지금쯤 자기가 마치 비극의 여주인공이라도 되는 양 감상에 빠져 있을 거예요."

"…너, 그 아이한테 무슨 원한 있어?"

"뭐, 이래저래. 그러니까 이렇게 말해주세요. '이대로면 이시다 료스케가 범인인 걸 증명할 수 없다. 그놈을 교수대에 보내려면 당신의 증언이 필요하다.' 그렇게 말하면, 그 사람은 틀림없이 친구의 원수를 갚는 주인공이라도 된 것처럼 대화하러 나올 거예요."

그렇게 말하며 윙크한 료스케가 하라는 대로 움직이니 정말로 유이를 불러내는 데 성공했다. 아키호는 자신이 그의 시나리오에 따라 움직이는 것 같아서 한기를 느꼈다.

"마츠이 씨!"

성난 목소리에 아키호는 "아, 네"라고 얼빠진 목소리를 냈다.

"질문에 대답해 주세요. 제가 증언하면 그 자식을 사형시킬 수 있는 거죠?"

"아니요, 그건…. 하지만 이시다 료스케가 범인이라고 의심할 만한 정보를 얻을 수 있으면, 반드시 기소해서 유죄 판결을 받게 하겠습니다."

아키호는 형사 드라마에서 본 지식을 구사해서 열심히 그럴듯한 말을 뱉었다.

"틀림없이 그 자식이 범인이라니까요. 이시다 료스케가 유키에를 죽인 게 분명해요!"

유이가 새된 목소리로 외쳤다. 근처에 앉은 몇 명이 이상한 눈길로 쳐다보았다.

"왜 그렇게 생각하는지 자세히 들을 수 있을까요? 우선 확인차 여쭤보는데, 유이 씨는 이시다 료스케의 고등학교 선배였고, 아사토 유키에 씨와는 중고등학교 동창이었죠. 맞나요?"

"그냥 동창이 아니에요. 유키에랑 저는 절친이었어요. 최고의 친구였어요."

"그리고 유키에 씨와 이시다 료스케는 사귀는 사이였죠."

유이는 아픔을 견디는 표정으로 고개를 끄덕였다.

"언제부터 어떤 계기로 두 사람이 사귀기 시작했는지 아시나요?"

"…사귀기 시작한 건 한 3년 전이에요. 유키에가 고등학교 3학년 때. 계기는…, 저예요."

"유이 씨가 계기라고요?"

아키호가 되묻자, 유이는 또다시 홍차를 마시고 어두운 얼굴로 이야기했다.

"우리가 다니던 고등학교에 그 자식이 입학했어요. 그 얼굴 아시죠? 꽤 화제가 됐어요."

한창 사춘기인 고등학교에 그토록 아름다운 소년이 나타났으니 당연하다.

"우리 학교는 질이 별로 안 좋았어요. 초반에는 이시다 료스케가 상급생 형들한테 자주 괴롭힘을 당했어요. 자기 여자친구가 걔한테 관심을 보인다나? 그런 시원찮은 이유로요."

아키호가 "너무하네요…"라고 중얼거리자, 유이는 크게 고개를 흔들었다.

"너무하지 않아요. 그 자식이 바로 반격에 나섰거든요."

"반격이요?"

"네. 학교 계급 상위에 있는 3학년 여자들한테 붙어서 그 애들을 짓밟아 버렸어요. 그렇게 자기를 괴롭힌 남자애들을 반대로 고립시켰죠. 소문에는 여자들 몇 명이랑 육체관계도 맺었대요."

"…유키에 씨도 그중 한 명이었나요?"

"아니에요." 유이의 표정이 험악해졌다. "유키에는 그런 애들이랑 완전히 달랐어요. 진심으로 그 자식을 걱정했다고요."

"걱정이라면, 구체적으로 어떻게요?"

"잘은 모르지만, 그 자식네 집은 어머니가 일찍 돌아가시고 아버지랑도 사이가 나빠서 거의 돈이 없었어요. 그래서 밥도 제대로 못 먹는지 비쩍 마른 상태였어요."

아키호는 응급 처치실에서 본 료스케의 비쩍 마른 상반신을 떠올렸다.

"그게 가엾다고 유키에는 도시락을 만들어 주기 시작했어요. 그 아이는 모녀 가정이라서 자기랑 엄마 도시락을 매일 아침 만드니까 그 김에 만든다고 했어요. 그랬더니 이시다 료스케 그 자식이 너무 기뻤는지 '유키에 선배, 유키에 선배' 하면서 엄청나게 따라다녔어요. 유키에는 뭐라고 할까…, 모성 본능이 엄청 강해서 그런 게 좋았나 봐요."

"그래서 두 사람은 사귀기 시작했군요."

아키호의 말에 유이는 콧잔등에 주름을 잡았다.

"이시다 료스케를 만난 지 반년쯤 됐을 때, 유키에가 고민을 털어놨어요. 이시다 료스케한테 고백받았는데, 어떻게 하면 좋을지 모르겠다고. 저는 가벼운 마음으로 '그냥 사귀어'라고 말했어요. 이시다 료스케를 돌볼 때 유키에가 행복해 보였으니까. 하지만, …실수였어요. 그 자식이랑 사귀는 바람에 유키에는 점점 망가졌어요."

"망가져요? 왜요?" 중요한 단서를 찾은 예감이 들어 아키호는 몸을 앞으로 내밀었다.

"일단 이시다 료스케랑 사귄다는 이유로 유키에가 여자애들한테 괴롭힘의 대상이 됐어요. 뭐랄까, '공유 재산'이던 이시다 료스케를 독점했다는 식으로 꼬투리를 잡더라고요."

공유 재산이라는, 사람을 가리키기에는 너무나 부적절한 단어에 뺨이 경직됐다.

"이시다 료스케는 연인으로서, 유키에 씨를 지키지 않았나요?"

"지켜요?" 유이는 코웃음을 쳤다. "그 자식은 '지켜질' 뿐이에요. 그 자식은 유키에랑 사귀면서도 다른 여자애들이랑 연을 끊지 않았어요. 심지어 몇 번이고 유키에한테 과시하듯이 다른 여자랑 달라붙어 있었어요."

"유키에 씨는 괜찮았대요?"

"괜찮았을 리가요. 유키에는 엄청나게 고민했어요. 헤어지려고 한 적도 있어요. 하지만 그 자식은 '진짜 사랑하는 사람은 유키에 선배뿐이에요' 같은 소리를 지껄였죠. 그때마다 유키에도 정에 이끌려서…. 그때 억지로라도 떼어놔야 했어요. 그랬으면 유키에가 그렇게 피를 빨리지도 않았을 텐데….”

테이블 위에서 꽉 쥔 유이의 두 주먹이 부들부들 떨렸다.

“피를 빨리다니, 무슨 말이에요?”

아키호의 질문에 유이는 “돈이요”라고 내뱉었다.

“이시다 료스케 그 자식, 유키에한테 돈을 착취했어요.”

“돈이요…?” 예상치 못한 말에 아키호는 경악했다.

“아까 말했잖아요. 그 자식은 돈이 없었다고요. 식비뿐만 아니라 학비나 교과서 비용 같은 것도 다 부족했어요.”

“설마, 그걸 유키에 씨가 내줬어요? 유키에 씨네 집이 그렇게 부유했어요?”

“전혀 부유하지 않았어요. 어머니가 파트타임으로 일해서 간신히 가계를 유지했거든요. 유키에도 학자금 대출을 받아서 대학교에 들어갔어요. 그런데 걔가 이시다 료스케한테 갖다 바치려고 수업도 거의 안 들어가고 계속 아르바이트를 했어요. 그러다가 모던 바 같은 데서도 일을 시작했어요. 그래서 저랑도 멀어졌고….”

“아르바이트비를 전부 이시다 료스케한테 줬다는 뜻이에요? 일반적으로 그렇게까지는 하지 않잖아요.”

“일반적이지 않았어요. 이시다 료스케도, 그리고…, 유키에도.”

유이는 애잔하게 고개를 가로저었다.

“유키에는 정말 다정해서, 곤경에 처한 사람이 있으면 내버려두지 못하는 성격이었어요. 그리고 이시다 료스케는 숨 쉬듯이 타인의 선의를 이용하는 악마였어요. 최악의 조합이었죠. 아니, 이시다 료스케가 그런 유키에의 성격을 파악해서 접근한 거겠지만요."

"다시 말해 이시다 료스케는 처음부터 유키에 씨를 이용할 속셈으로 사귀자고 했다는 건가요?"

유이는 몇 초 동안 침묵하다가 작게 고개를 가로저었다.

"아마 아닐 거예요. 그 자식은 확실히 계산적이고 교활한 나쁜 놈이지만, 진심으로 유키에에게 빠져 있었어요. 그 자식은 유키에랑 있을 때 정말 행복해 보였어요. 유키에를 깊이 신뢰했죠."

아키호가 "그럼…" 하며 말을 꺼내려고 하자, 유이가 한 손을 들어서 막았다.

"처음부터 이용하려고 접근하는 것보다 자기 상황에 가장 유리한 사람을 진심으로 좋아하게 되는 게 더 무섭지 않아요? 그 자식은 본능적으로 사냥감에 접근해서 그 사람의 영양분을 말라비틀어질 때까지 빨아먹는다고요."

음산한 말투에 한기를 느끼며 아키호는 "그게 무슨, 기생충 같은…" 하며 농담처럼 넘기려고 했다. 하지만 유이의 표정은 풀리지 않았다.

"기생충 같은 게 아니고, 그 자식은 기생충이에요. 인간의 형태를 띤 엄청나게 큰 기생충이요. 한 번 사냥감을 정하면 딱 들러붙어서 그 사람의 생피를 조금씩 천천히 빨아먹어요. 당사자가 아픔을 느끼지 못할 정도로 천천히요."

아키호는 무의식적으로 침을 꿀꺽 삼켰다.

"그래서 유키에 씨는 열심히 아르바이트를 해서 이시다 료스케의 학비와 생활비를 벌었군요."

"그것만이 아니에요. 그 자식이 혼자 사는 집세, 이사 비용, 심지어 그 자식이 진 빚에 연대 보증까지 서줬어요."

아키호가 말을 잃자, 유이는 빈정거리듯 입술을 일그러뜨렸다.

"하지만 제일 소름 끼치는 건 그 자식이 돈을 착취한 게 아니에요. 유키에가 기꺼이 자진해서 그 자식에게 갖다 바쳤다는 거죠."

"기꺼이…." 아키호는 그 말을 곱씹었다.

"네, 졸업하고 반년쯤 지나서 만났을 때, 유키에는 초췌하고 삐쩍 마른 상태였지만, 그 자식 이야기를 할 때만은 정말 행복해 보였어요. 딱해서 눈 뜨고 볼 수 없을 만큼 행복해 보여서…, 그 자식한테 다 갖다 바치는 게 삶의 목표인 것 같았어요."

"하, 하지만 결국 헤어졌잖아요."

"네, 제가 얘기했거든요. 유키에에게 이시다 료스케보다 더 소중한 사람, 아사토 치요 씨한테요. 유키에의 어머니예요."

유이는 딱딱한 표정으로 말을 이었다.

"제 얘기를 들은 어머니는 곧바로 이시다 료스케랑 헤어지라고 하셨어요."

"그래서, 헤어졌어요?"

"그렇게 쉽지는 않았던 것 같아요. 유키에가 완전히 세뇌당한 상태였거든요. 절대 싫다고 난리를 쳐서 난장판이 됐다고 들었어요. 진짜 유혈 사태로 번져서 어머니가 다쳤대요."

유이는 잔을 들고 이미 식은 홍차를 단숨에 들이켰다.

"어머니를 다치게 하고서야 정신이 든 유키에한테 어머니가 '만약 헤어지지 않으면 이시다 료스케를 찌르고 나도 죽을 거다'라고 하셨어요. 정말 식칼을 꺼내 들고 이시다 료스케를 찾으러 가려고 해서 유키에가 겨우겨우 말렸대요."

"세상에…, 말려서 다행이네요."

"…다행이지 않아요." 유이는 낮고 무거운 목소리로 말했다. "정말 이시다 료스케가 칼에 찔려 죽었으면, 유키에가 그렇게 되지 않았을 텐데. 그때 누가 이시다 료스케를 죽였으면….'

혼잣말처럼 중얼거리는 유이의 모습에 공포를 느낀 아키호는 침을 삼켰다.

"그러고 나서…, 어떻게 됐어요?"

"유키에랑 카페에 간 어머니는 이시다 료스케를 불러내서 헤어지라고 했대요."

"거기서도 난장판이 됐고요?"

"아니요." 유이는 고개를 흔들었다. "그 자식은 바로 '네, 알겠습니다' 하면서 동의했대요. 유키에는 사실 이시다 료스케가 절대 못 헤어진다고 해주기를 기대했던 것 같아요. 그런데 겨우 어머니가 반대한다고 바로 헤어지기로 하고 심지어 심한 욕설까지 퍼붓는 그 자식을 보고 유키에는 그제야 눈이 뜨였어요. 자기는 그냥 이용당했을 뿐이라고."

"욕설…? 하지만 방금 이시다 료스케도 유키에 씨를 진심으로 사랑했다고…."

지금까지 들은 이야기에 따르면 료스케와 유키에의 관계는 매우 상호 의존적이고 복잡하게 얽혀 있었을 가능성이 크다. 그렇게 금방 마음이 식었을 것 같지는 않다.

"그게 이시다 료스케의 소름 끼치는 점이에요." 유이가 중얼거렸다. "이시다 료스케랑 헤어지고 나서 유키에는 조금씩 원래대로 돌아왔어요. 빚은 얼마쯤 있었지만, 어머니랑 힘을 합쳐서 조금씩 갚아 갔어요. 유키에는 유치원생 때 부모님이 이혼해서 그때 이후로 어머니랑 둘이 서로 의지하며 살았어요. 그래서 엄청 사이가 좋았어요. 이시다 료스케랑 헤어지고 나서는 더 강한 신뢰 관계로 엮였다고 할까요? 정말 이상적인 모녀였어요. 저도 자주 저녁 식사에 초대됐어요."

"그럼 유키에 씨는 다시 행복하게 지냈겠군요."

"네…, 1년 전까지는요."

"1년 전에 무슨 일이 있었나요?"

"무슨 말이에요? 유키에 어머니가 돌아가셨잖아요."

"돌아가셨…."

아키호가 "왜요?"라고 질문하기 전에 유이는 힘겨운 말투로 이어서 말했다.

"제가 눈 뜨고 볼 수 없을 만큼 유키에는 슬퍼하고 괴로워하고, …망가졌어요. 당연해요. 계속 자기 옆에 있던 어머니가 갑자기 그렇게 됐으니까. 그때부터 유키에의 삶은…, 비참했어요."

"비참했다고요? 구체적으로 어떻게요?"

"우울증에 걸려서 거의 일도 못 하게 됐고 빚도 못 갚게 됐어요. 그래서 좋지 않은 곳에서 돈을 빌려서…."

"불법 사채를 썼다는 말이에요?"

"아마 그랬을 거예요. 그 무렵에는 제가 연락해도 거의 답을 주지 않아서 확실하지는 않아요. 그런데 당연히 그 돈도 갚지 못해서 빚이 눈덩이처럼 불어났죠."

"불법 사채면 변호사한테 부탁하면 도와줬을 텐데…?"

"그 당시 유키에는 거기까지 생각할 수 없었을 거예요. 제가 집에 쳐들어가서 겨우겨우 만났을 때도 눈이 흐리멍덩하고 거의 말이 없었어요."

심각한 우울증에서 자주 보이는 증상이다. 반년 전 나와 비슷한 증상. 아키호는 입술을 깨물었다.

"그 뒤는 뻔한 얘기예요. 빚을 못 갚는 젊은 여자가 어떤 일을 하겠어요?"

"…성매매요."

아키호는 혐오감으로 얼굴을 찌푸리며 말했다. 유이는 입을 굳게 다물고 대답하지 않았다. 아키호는 크게 숨을 뱉고 잔에 남은 식은 코코아를 들이켰다.

료스케와 유키에의 관계가 어땠는지는 알아냈다. 남은 건…. 아키호는 코코아로 끈적해진 입술을 열었다.

"그런데 유이 씨는 왜 이시다 료스케가 유키에 씨를 죽였다고 생각해요? 두 사람은 원만하게 헤어졌잖아요."

"원만하게요?" 유이는 깔보듯 코웃음을 쳤다. "아까 말했잖아요. 이시다 료스케는 기생충이라고요. 그 자식은 전부 빨아먹기 전에는 사냥감을 얌전히 놓아주지 않아요. 원만하게 헤어진 것처럼 보이게 해놓고 그 자식은 계속 유키에랑 유키에 어머니를 원망했어요. 그리고 복수했어요. 그 자식은 유키에를 불행의 밑바닥으로 떨어뜨리고 죽였어요."

기염을 토하는 유이를 보며 아키호는 지금까지 들은 증언을 믿어도 될지 불안해졌다. 확실히 료스케와 사귄 것은 아사토 유키에가 불행해진 원인 중 하나였을 것이다. 하지만 그렇다고 료스케가 유키에를 살해했다고 단정하는 것은 지나친 비약이다.

"진정해요. 이시다 료스케는 '한밤중의 토막살인마'라고 의심받고 있어요. '한밤중의 토막살인마'의 피해자는 유키에 씨뿐만이 아니에요. 유키에 씨에게 복수하는 게 목적이었으면, 범인의 조건에 맞지 않아요."

"왜 그렇게 돼요? 이해가 안 되네. 그 자식이 바로 '한밤중의 토

막살인마'라고요. 첫 사건에서 유키에의 마음을 갈기갈기 찢어서
괴롭힐 대로 괴롭힌 다음 이번에는 그 아이를 죽여서, 몸을…, 갈
기갈기….”

　흥분해서인지 말을 맺지 못하는 유이를 바라보며 아키호는 답
답함을 느꼈다. 자신은 무언가 근본적으로 잘못 생각하는 부분
이 있는 것 같다. 그런 예감이 마음을 빠르게 냉각시켰다.

　“첫 사건에서 유키에 씨의 마음을 갈기갈기 찢었다니…, 무슨
뜻이에요…?”

　입에서 새어 나온 목소리가 스스로도 이상하게 느껴질 만큼
떨렸다.

　“지금 무슨 말을 하는 거예요?”

　유이가 미심쩍은 시선을 던졌다.

　“‘한밤중의 토막살인마’의 첫 피해자가 유키에네 어머니잖아
요.”

6

"어떻게 된 거야?!"

병실에 들어가자마자 침대로 다가간 아키호는 저녁 식사를 하는 료스케에게 따져 물었다.

"네? 뭐가요?"

"네 전 여자친구 어머니가 '한밤중의 토막살인마'의 첫 번째 피해자라며."

아키호는 유이의 이야기를 듣고 곧바로 린카이 제1병원으로 돌아와서 료스케의 병실을 찾았다.

"아, 뭐야, 그거요? 몰랐어요?"

아키호는 고개를 갸우뚱하는 료스케에게 귀싸대기를 올리고 싶은 충동을 필사적으로 참았다.

"피해자의 이름까지 어떻게 알아? 물어보기 전에 말했어야지. 사건의 진상을 밝히려면 중요한 정보잖아."

"너무 화내지 마세요. 예쁜 얼굴이 망가져요. 선생님은 당연히 아는 줄 알았죠. 유키에 선배가 첫 피해자인 치요 씨의 외동딸이라는 건 언론이 대대적으로 보도했잖아요."

논리정연한 설명에 아키호는 말문이 막혔다. 확실히 언론은 그런 정보를 알렸을 것이다. 하지만 약혼자를 잃은 뒤로 아키호는 뉴스를 철저히 피해 왔다. '한밤중의 토막살인마'와 관련된 뉴스뿐만 아니라 다른 살인사건이나 사고에 관한 뉴스도 보면 심장이 벌렁거리고 구역질이 올라와서 과호흡 발작을 일으켰다. 정신과 주치의에게는 PTSD라고 진단받았고, 심리 상태를 개선하기 위해서라도 가능한 한 그런 정보에서 거리를 두라고 지시를 받았다.

"근데 얼굴을 보니까 유이 선배랑 순조롭게 대화했나 보네요. 유이 선배가 나에 대해 나쁘게 말하죠?"

료스케는 장난스러운 웃음을 띠며 젓가락으로 구운 생선 살을 발랐다.

"그래, 네가 틀림없이 '한밤중의 토막살인마'라고 하더라."

"아, 역시 그랬군요. 그래서 선생님은 어떻게 생각했어요?"

료스케의 질문을 듣고 아키호는 자신의 가슴속을 들여다보았다. 유이에게 들은 정보는 확실히 료스케가 '한밤중의 토막살인마' 같다는 의혹을 짙게 했다. 하지만 그렇다고 눈앞에 있는 소년이 약혼자의 원수라는 증거를 얻은 것은 아니다.

"…아직 모르겠어. 사람마다 각자 입장이 있어서 사건을 보는 관점이 달라. 유이 씨가 그렇게 말했다고 네가 범인이라는 선입견을 품고 싶지는 않아."

"역시 선생님. 적절한 판단이에요."

료스케는 농담처럼 말하고 죽 위에 구운 생선 살을 올려서 먹었다.

"하지만 첫 피해자가 유키에 씨의 어머니라는 걸 말하지 않았으니까 네가 '한밤중의 토막살인마'일 가능성은 커졌어."

"그러니까, 그건 선생님이 알고 있을 줄…."

"그게 아니라." 아키호는 료스케의 말을 잘랐다. "너한테는 유키에 씨와 치요 씨를 죽일 동기가 있었다는 뜻이야."

"네? 왜요?"

료스케는 진심으로 의아하다는 듯 말하며 길쭉한 눈을 크게 떴다.

"왜냐니? 너는 유키에 씨의 어머니 때문에 억지로 헤어졌고…. 게다가 네가 지배하던 유키에 씨가 자유로워진 것도 용납할 수 없어서…."

"그건 어디까지나 유이 선배가 본 일방적인 관점일 뿐이에요."

"틀렸다는 말이야? 치요 씨를 원망하지 않았어?"

"그야 전혀 원망하지 않았다고 하면 거짓말이죠. 저랑 유키에 선배를 억지로라도 헤어지게 했으니까."

아키호가 "그럼…" 하며 말을 이으려 하자, 료스케가 손바닥을 내밀었다.

"마지막까지 들어주세요. 맞아요, 유키에 선배와 헤어지기는 싫었어요. 정말 괴로웠어요. 하지만, …좋은 기회라고 생각했어요. 그대로면 망가지고 말았을 테니까."

"망가지다니, 뭐가?"

"유키에 선배랑 저, 둘 다요."

료스케의 시선은 천장 근처를 방황했다. 그 아름다운 옆얼굴에 애수가 감돌았다.

"나는 정말 유키에 선배를 사랑했어요. 그렇게 나를 사랑해 준 사람은 엄마 말고는 유키에 선배뿐이었거든요."

"무슨 소리야? 너 학교에서 여자들을 여러 명 끼고 다녔다며."

"그 여자들은 나를 성욕의 대상으로 여겨서 접근했을 뿐이에요. 그 사람들에게 나는 사람이 아니라 자기 욕구를 채워줄 인형, 말하자면 성인용 장난감이었어요."

"너…, 그런데도 괜찮았어…?"

생생한 고백에 아키호가 동요하자, 료스케는 자학적인 미소를 띠었다.

"괜찮든 안 괜찮든, 그것 말고는 내가 살 길이 없었어요. 보시다시피 나는 키도 작고 머리도 엄청 좋지는 않아요. 사교성도 좋은 편이 아니라서 어릴 때부터 자주 괴롭힘당했어요."

그게 괴롭힘을 당한 주된 원인은 아니었겠지. 아키호는 속으로 중얼거렸다.

생명체는 자신과 다른 개체를 배척하려고 하는 본능이 있다. 숨이 멎을 듯 아름다운 외모를 가진 료스케를 '이물'로 인식했어도 이상하지 않다. 특히 절대 외모로 이길 수 없는 료스케가 남자들에게는 눈엣가시였을 것이다.

"그런 나한테 유일한 무기는 이거였어요." 료스케는 자신의 얼굴을 가리켰다. "내가 나를 내놓으면 여자들은 대부분 기뻐했어요. 집단의 중심에 있는 여자의 환심을 사서 내 자리를 만들고 보호를 받아요. 그게 내가 사는 방식이에요."

이 소년은 언제부터 그렇게 비뚤어진 처세술을 펼치며 살았을까. 연민이 가슴에서 올라왔다.

"하지만 유키에 선배는 달랐어요. 유키에 선배는 나를 한 인간으로 봐줬어요. 유키에 선배가 처음으로 도시락을 줬을 때, 내가 그랬어요. '감사합니다. 그래서 뭘 하면 돼요?'라고요. 그랬더니 선배가 '그냥 먹어'라고 야단을 쳐줬어요."

그때 느낀 맛이 떠오르는지 료스케의 입술이 살짝 움직였다.

"그러고 나서도 유키에 선배는 툭하면 저를 걱정해 줬어요. 자주 도시락을 싸줬고 다른 여자들과의 관계도 내가 농락당하는 것뿐이라고 걱정해 줬어요. 정말 기뻤어요."

"하지만 유키에 씨랑 사귀면서도 다른 여자들과의 관계를 과시했다며?"

"유이 선배가 그러던가요? 선입견은 버려주세요."

"실제로는 아니었어? 유키에 씨랑 사귀고 나서는 다른 여자랑 관계를 안 맺었어?"

"아니요, 그건 아니에요. 그 말대로 유키에 선배랑 사귀면서도 다른 여자랑 잤어요. 하지만 어쩔 수 없었어요. 그것 말고는 유키에 선배를 지킬 방법이 없었어요."

"무슨 말이야?"

"유이 선배가 그렇게 말하지 않던가요? 학교 계급 최상위에 있는 여자들에게 나는 '공유 재산'이었다고."

"응…, 그렇게 말했어."

"그런 내가 유키에 선배랑 사귄다고 다른 여자와 만남을 끊으면 어떻게 될 것 같아요?"

"…괴롭힘당하겠지."

"그냥 괴롭힘 정도가 아니에요. 나한테 도시락을 싸줬다는 이유만으로 말 못 할 학대를 당했는데, 사귀기까지 하면 어떤 위해를 입겠어요? 내가 다니던 고등학교는 정말 치안이 좋지 않았어요."

"그럼 유키에 씨를 지키기 위해서 다른 여자랑 관계를 맺었다는 말이야?"

"맞아요." 료스케는 크게 고개를 끄덕였다. "교제를 미끼로 나한테 아무렇게나 이용당하는 불쌍한 여자. 유키에 선배를 지키기 위해서는 다른 사람들 눈에 선배가 그렇게 보여야 했어요."

"그렇게까지 할 거였으면 애초에 유키에 씨랑 안 사귀는 게 나았겠다. 네가 다른 여자랑 가깝게 지내는 걸 보고 유키에 씨도 힘들었을 것 아니야?"

당연한 생각을 입 밖에 내자, 료스케의 표정이 험악해졌다. 중성적이고 수려한 얼굴에 분노의 빛이 떠오르자, 아키호는 몸을 살짝 뒤로 뺐다.

"우리 관계는 그렇게 얄팍하지 않았어요. 유키에 선배는 나한테 전부였어요. 선배도 같은 마음이었을 거예요. 나랑 유키에 선배는 영혼 깊숙이 연결돼 있었어요. 마치 가족처럼, 부모 자식처럼 우리는 단단한 유대로 이어져 있었어요."

료스케에게서 평소에 풍기던 경박한 분위기가 사라졌다. 기에 눌린 아키호는 "하, 하지만…" 하며 우물거렸다.

"너는 그 후에 유키에 씨를 버렸잖아. 유키에 씨의 어머니가 반대하니까 쌈박하게 헤어졌다며? 아니면 그것도 유이 씨의 일방적인 의견이야?"

"…맞아요, 나는 유키에 선배랑 헤어졌어요. 선배의 어머니랑 셋이서 만났을 때, 나는 바로 이별을 받아들였어요."

료스케의 얼굴에 비통한 표정이 떠올랐다.

"하지만 나는 유키에 선배를 버린 게 아니에요. 선배를 구하고 싶었을 뿐이에요."

"구하고 싶었다고? 뭐로부터?"

"…나 자신으로부터요."

"너로부터?"

"네. 나랑 유키에 선배는 너무 깊이 엮여 있었어요. 선배는 나한테 헌신하는 걸 기쁨으로 여겼고, 나는 엄마를 잃은 뒤로 처음 받아 보는 대가 없는 사랑에 안일하게 젖어 있었어요."

유이의 이야기에 따르면, 아사토 유키에는 모성애가 넘치는 여자였다고 했다. 그것이 엄마의 애정에 굶주린 료스케를 만나서 퍼즐 조각이 딱 들어맞듯 굳게 결합된 모양이다.

"초반에는 밥을 만들어 주거나 공부를 봐주는 정도였어요. 그런데 언제부턴가 유키에 선배는 나한테 경제적인 지원을 해주게 됐어요. 생활비, 학비, 본가에서 나오기 위한 이사 비용과 월세."

그 내용은 유이에게 들은 것과 똑같다. 아키호는 료스케가 하는 말의 신빙성을 재며 작게 고개를 끄덕였다.

"처음에는 기뻤지만, 너무 큰 돈을 줘서 점점 당황스러웠어요. 유키에 선배도 모녀 가정이라 유복하지 않았으니까 분명히 아르바이트로 벌었을 거예요. 일하느라 무리했는지 선배는 점점 야위어 갔어요."

"그럼 돈은 필요 없다고, 못 받는다고 말하면 됐잖아."

"여러 번 말했어요." 료스케는 가냘프게 고개를 가로저었다. "하지만 그때마다 유키에 선배는 '걱정하지 마. 내가 좋아서 하는 거야. 내가 너를 도와줄게' 하면서 웃으며 나를 안아줬어요. 그게 아주아주 행복해서… 정말 너무 행복해서… 더는 아무 말도 할 수 없었어요. 그대로 있으면 안 된다는 걸 알면서도…"

완전한 공의존이었다. 아키호는 입술을 굳게 다물었다.

"그런 상태를 보다 못해 치요 씨가 등장했구나."

"네, 맞아요. 카페에 불려 나가서 갑자기 딸이랑 헤어지라는 말을 들었어요."

"화나지 않았어?"

"물론 처음에는 그랬죠."

"처음에는 그랬다면, 나중에는 마음이 바뀌었다는 뜻이야?"

아키호가 묻자, 료스케는 슬프게 한숨을 쉬었다.

"바로 '절대 못 헤어집니다!'라고 말하려고 했어요. 그런데 그러기 전에 선배 어머니가 유키에 선배를 가리키면서 '너 때문에 이 아이가 이렇게 만신창이가 됐잖아'라고 울면서 소리치더라고요. 그 순간, 정신이 퍼뜩 들었어요. 나라는 존재가 유키에 선배를 괴롭히는구나, 내가 사라지지 않으면 유키에 선배는 망가지겠구나, 싶었어요."

료스케는 목구멍 안쪽에서 말을 짜내듯 괴로운 표정으로 말을 이었다.

"게다가 나한테는 유키에 선배밖에, 유키에 선배한테는 나밖에 없다고, 계속 그렇게 생각했는데, 아니었어요. 유키에 선배한테는 어머니가 있었어요. 외톨이인 나랑은 달랐어요."

"…그런 어머니한테서 유키에 씨를 뺏을 생각은 안 했어?"

"가능하면 그러고 싶었어요. 하지만 나랑 선배 어머니 중에 누구랑 같이 있어야 유키에 선배가 더 행복할지, 너무 명백하잖아요. 그래서…."

"그래서 물러났다? 하지만 마지막에 유키에 씨에게 잔인한 말을 했다며?"

"그래, 헤어져 줄게. 돈을 주길래 연인 놀이를 했을 뿐이야. 돈이 없으면 너처럼 못생긴 여자는 가치 없어. 두 번 다시 그 추한 면상 보이지 마."

갑자기 난폭한 말투로 내뱉더니, 료스케는 어릿광대 같은 몸짓으로 어깨를 으쓱였다.

"이런 막말을 남기고 바로 카페를 나갔어요. 그러지 않으면 울음이 터질 것 같았거든요."

"악역을 연기해서 유키에 씨를 너한테서 해방시켰다?"

료스케는 애처롭게 미소 지을 뿐이었다.

방금 그 설명은 유이에게 들은 사실과 어긋나는 점이 없다. 다른 것은 료스케의 행동 이면에 있는 유키에를 향한 마음뿐이다. 과연 료스케의 이야기는 진실일까?

"이제 알아주시는 건가요? 나는 유키에 선배의 어머니를 원망하기는커녕 오히려 감사하게 생각해요. 유키에 선배를 나한테서 지켜줬으니까."

"…하지만 그 말을 믿을 순 없지. 어머니를 죽이면 또다시 유키에 씨를 네 것으로 만들 수 있다고 생각했을지도 모르잖아."

"그럴 리가요." 료스케는 두 손을 펼쳤다. "그런 이유로 선배의 어머니를 죽였다면, 그 이후에 유키에 선배를 만났겠죠. 하지만 나는 그러지 않았어요."

"…유키에 씨의 어머니가 1년 전에 '한밤중의 토막살인마'에게 살해당한 건 언제 알았어?"

"사건이 일어나고 조금 지나서요. 유키에 선배와의 문제를 알게 된 형사가 수사하러 나를 찾아왔거든요. 뭐, 정말 형식뿐인 질문들이었지만."

"왜 어머니가 살해된 걸 알고도 유키에 씨를 만나지 않았어?

제일 소중한 사람을 잃은 전 연인을 네가 도와주겠다는 생각은 안 했어?"

"했어요." 료스케는 감정을 억누른 목소리로 말했다. "당연히, 당장이라도 유키에 선배를 만나고 싶었어요. 하지만 아득바득 참았어요. 상심한 유키에 선배를 만나면, 도로 아미타불, 아니, 우리는 전보다 더 서로 의존할 게 뻔했어요."

"현명한 판단이었네. 그런데 너, 최근에 유키에 씨가 어떻게 지냈는지 알아?"

"최근에요? 대학교에 다니지 않았나요?"

고개를 살짝 갸웃하는 료스케에게 아키호는 "그래"라고 조용히 대답했다.

누구보다 소중하던 여자가 빚을 갚으려고 성매매 업소에서 일했다는 사실을 알면, 이 소년이 얼마나 충격을 받을지 상상조차 되지 않았다.

묻어 두자. 적어도 사건이 해결될 때까지는.

아키호는 손목시계로 시선을 떨어뜨렸다. 곧 여섯 시가 되려는 참이었다. 오늘 밤은 야근이다. 아직 묻고 싶은 것이 남았지만, 이쯤에서 물러나야겠다.

"오늘은 여기까지 하자."

철제 의자에서 일어난 아키호는 출입구로 향했다. 미닫이문 손잡이를 잡을 순간, 뒤에서 "선생님" 하는 목소리가 들려왔다. 뒤돌아보니, 료스케가 진지한 눈빛을 보내고 있었다.

"선생님한테 이 사건을 푸는 건 '복수'라고 했죠?"

작게 고개를 끄덕이자, 료스케는 "나도 그래요"라고 강하게 말했다.

"나한테 유키에 선배는 세상에서 가장 중요한 사람이었어요. 범인을 절대 용서할 수 없어요. 반드시 누가 한 짓인지 밝혀내서 그놈한테 죗값을 치르게 할 거예요. …무슨 수를 써서라도."

료스케의 두 눈에 어두운 불꽃이 켜지는 것을 보고 등에 소름 끼치는 떨림이 일었다.

"나랑 선생님의 목적은 똑같아요. 그러니까 어떻게든 범인을 찾아내요."

"…아직 네가 '한밤중의 토막살인마'가 아니라고 확신하지 않았어."

"물론 알죠."

료스케가 천진난만하게 웃는 모습을 보고 아키호는 병실을 뒤로했다. 복도를 걸으며 료스케와 유이에게 들은 이야기를 머릿속에서 곱씹었다.

유이의 이야기에서 그려지는 이시다 료스케라는 인물은 독점욕이 강하고 반사회적인 인격을 지닌 나르시시스트였고, 자신의 손아귀에서 벗어난 유키에와, 그 계기를 만든 치요 씨에게 강한 원한을 품고 있었다. 한편, 료스케는 진심으로 사랑하기 때문에 유키에와 헤어지기로 결단했지만, 그 이후에도 그녀를 계속 생각했다고 했다. 어느 쪽이 진실일까?

…아니, 둘 다 사실일지도 모른다. 아키호는 걸으며 관자놀이에 손을 댔다.

인간의 마음은 한 가지 답이 정해져 있는 단순한 것이 아니다. 양자역학이 가리키는 현상처럼 다양한 감정이 겹쳐진 채 존재한다.

슈뢰딩거의 고양이라는 말이 머리에 떠올랐다.

아무에게도 보이지 않는 상자 속, 50% 확률로 죽은 고양이. 누군가가 상자를 열고 '관찰'하기 전까지 그 고양이는 생과 사가 겹쳐 있는 상태다. 료스케와 유이, 어느 쪽이 진실인지가 아니라 두 사람이 말한 내용의 공통 분모를 찾아야 한다.

"공통 분모…, 아사토 유키에 씨에 대한 집착." 무의식적으로 입술 사이에서 말이 새어 나왔다.

양과 음의 차이는 있겠지만, 료스케가 유키에에게 강한 마음을 품고 있었다는 사실은 틀림없다.

사랑과 미움은 한 끗 차이다. 강하게 사랑했기에 누군가의 것이 되기 전에 죽여서 독점하고 싶어 했다고 해도 이상하지 않을 만큼, 지금껏 봐온 료스케의 언행은 불안정했다. 겹쳐진 채 흔들거리는 애증. 그것이 료스케라는 '상자' 속에 존재하지 않을까.

아키호는 엘리베이터를 타고 응급의학과가 있는 1층에 도착했다.

역시 이시다 료스케가 바로 '한밤중의 토막살인마', 약혼자의 원수일 가능성은 부정할 수 없다. 하지만 한편, 누군가가 밤중에 료스케의 집에 침입해서 중요한 증거물인 유키에의 편지를 없애 버린 것은 분명하다.

유키에를 향한 료스케의 마음과 마찬가지로, 그가 '한밤중의 토막살인마'인가 아닌가 하는 여부도 지금은 겹쳐 있다. 그것을 '관찰'해서 하나의 사실로 좁혀야 한다. 그런데 앞으로 어떻게 해야 좁혀질까. 아키호는 응급의학과 문을 열고 안에 들어갔다.

"어, 아키호 선생."

밝은 목소리가 날아왔다. 확인해 보니, 오늘 낮 근무인 응급의학과장 야나이 타로가 가볍게 손을 들고 있었다. 나이는 50세를 넘었을 텐데, 유니폼에 싸인 몸은 탄탄했고, 소매 사이로 엿보이는 팔은 굵고 근육이 도드라졌다. 흰머리가 눈에 띄는 것만 빼면 30대라 해도 믿을 만큼 젊었다.

"수고 많으십니다, 야나이 선생님. 인계할 환자 있나요?"

상사이자 응급의학과 의사로서 갖춰야 할 기초를 자신에게 가르쳐준 존경하는 스승에게 말을 걸며, 아키호는 응급실 안쪽에 늘어선 빈 침대들을 바라보았다.

"바로 조금 전에 급성 담낭염 환자를 외과에 넘겨서 지금은 아무도 없어."

"그럼 인계는 없는 걸로 이해하겠습니다. 고생하셨습니다."

고개를 숙이는 아키호에게 야나이는 "잠깐 얘기 좀 할까?" 하며 턱짓으로 구석을 가리켰다.

"네, 무슨 얘기요?"

간호사들과 조금 떨어진 곳으로 이동하며 아키호가 묻자, 야나이는 목소리를 낮췄다.

"그 환자 상태는 어때? 이시다 료스케, '한밤중의 토막살인마'의 상태."

"…별다른 문제 없이 회복하고 있어요."

"경찰 병원으로 이송하기는 아직 어려울까?"

"어려울 것 같습니다. 심낭에 드레인이 들어간 상태라서요. 만약 병원을 옮기기 싫다고 날뛰기라도 하면 드레인이 빠질 수도 있어요. 그게 주치의로서 내린 제 판단입니다."

아키호가 경계하며 대답하자, 야나이가 난처하다는 듯 머리를 긁적였다.

"아니, 사실 원장님이 자꾸 이송은 아직이냐고 독촉해서."

"원장님이요?"

"병동 제일 안쪽이기는 하지만, 계속 경찰이 있으면 환자들이나 면회하러 온 사람들이 불안해한다고 최대한 빨리 다른 데로 보내고 싶은 것 같아."

"아무리 살인사건 용의자여도 병원 사정 때문에 생명을 위험에 노출시킬 수는 없습니다."

야나이는 당황한 기색으로 "그건 알지" 하며 달래듯 말했다.

"물론 환자의 안전이 제일이야. 하지만 상태가 안정적이면 얼른 이송해달라는 게 원장님의 요청이야. 그분도 힘든 위치라서 그러니까 너무 나쁘게 생각하지 마."

"힘든 위치라는 게 무슨 뜻이에요?"

"아무래도 경찰이 압력을 가하나 봐." 야나이는 목소리 크기를 더 낮췄다.

"압력이요? 여기는 민간 병원이잖아요. 경찰이 어떻게 압력을 가해요?"

"어제 원장님이랑 이야기를 나눈 형사가 이대로면 '한밤중의 토막살인마'가 여기에 입원했다는 정보를 기자한테 흘리겠다고 넌지시 말했나 봐. 그렇게 되면 큰일이야. 기자들이 병원 앞에 몰려와서 진료에 지장이 생길 테고 입원 환자랑 가족한테서 클레임이 쏟아지겠지."

그런 상황이 쉽게 상상돼서 얼굴이 굳었다. 분명히 그 형사다. 아키호의 뇌리에 미노베의 얼굴이 떠올랐다. 그 형사라면, 그런 비겁한 협박도 주저 없이 했을 것이다.

"원장님은 그런 리스크를 피하고 싶은 거야. 이해해 줘."

고개를 끄덕이며 "알겠습니다"라고 목소리를 짜낸 아키호를, 야나이가 불안하게 쳐다보았다.

"아키호 선생, 괜찮아? 너무 안 좋아 보이는데. 역시 아직 입원 환자를 담당하기에는 일렀던 거 아니야? 원하면 다른 선생한테…."

"괜찮습니다! 할 수 있어요!"

"…그렇다면 다행이고. 무리하지 마. 자네는 아직 복귀한 지 얼마 안 됐어. 내가 위험하다고 판단하면 미안하지만 주치의를 교체할 거야."

아키호는 작게 고개를 끄덕였다. 야나이는 "그럼 야근 힘내" 하며 출입구로 향했다.

내가 주치의를 관두게 되면, 료스케는 당장이라도 경찰 병원으로 옮겨질 것이다. 경찰은 그를 검찰에 넘겨서 '한밤중의 토막살인마' 수사를 끝낼 것이다. 료스케라는 가장 큰 단서를 잃은 자신은 누가 약혼자의 원수인지 모른 채로 계속 악몽에 사로잡혀야 한다.

남은 시간이 얼마 없다. 서둘러야 한다.

아키호는 손에 든 원내 휴대전화를 강하게 쥐었다.

제2장

슈뢰딩거의 소년

1

괜찮을까? 들키지 않을까?

선글라스를 쓴 아키호는 몸을 작게 움츠리며 방을 둘러보았다.

긴 의자가 여러 개 놓인 것이 전부인 살풍경한 방에 남자들 몇 명이 앉아 있었다. 거의 모든 사람이 시선을 피하듯 고개를 푹 숙이고 어색하게 스마트폰을 만지고 있었다.

아키호는 눈만 움직여서 벽에 시선을 던졌다. 거기에는 세일러 복이나 바니걸 코스튬, 메이드복 같은 의상을 입고 선정적인 포즈를 취한 여자 사진이 여러 개 붙어 있었다.

아사노 유이를 만난 이튿날 오후 열 시경, 아키호는 신주쿠 카부키쵸 성매매 업소 대기실에 있었다.

오늘 아침, 야근이 끝나고 집으로 돌아간 아키호는 곧바로 샤워하고 침대에 들어가고 싶은 욕구를 참으며 노트북을 켜고 '코스튬 헤븐'이라는 이름의 업소 홈페이지를 확인했다.

이미지 클럽이라고 불리는, 다양한 코스튬을 입은 여자가 남자에게 성적인 서비스를 제공하는 그 가게가 바로 생전의 아사토 유키에가 일하던 업소였다.

홈페이지를 보며 어떤 시스템인지 어찌어찌 파악한 아키호는 몇십 분이나 주저한 끝에 가게에 전화를 걸어서 최선을 다해 낮은 목소리를 내며 예약을 잡았다.

여자인 것을 들키지 않도록 코트로 몸의 라인을 가리고 마스크와 선글라스를 쓴 다음 머리는 야구 모자에 쑤셔 넣었다. 명백히 수상한 모습이지만, 누구나 다른 사람의 눈을 피하려고 애쓰는 이 공간에서는 그다지 튀지 않아서 다행이었다.

"마츠이 님."

안쪽 문이 열리고 검은 정장을 입은 종업원이 아키호가 쓴 가명을 불렀다. 아키호는 "네!"라고 뻑사리를 내며 일어섰다.

"오래 기다리셨습니다. 세이라입니다."

검은 정장이 옆으로 비키자, 메이드복을 입은 작은 여자가 얼굴 가득 미소를 지으며 들어왔다.

"안녕하세요, 세이라예요. 오늘 지명해 주셔서 감사해요."

세이라라고 자신을 소개한 여자는 통통 튀는 가벼운 발걸음으로 다가왔다.

어떻게 반응하면 좋을지 몰라서 우두커니 선 아키호의 손을 잡은 세이라는 "가요" 하며 애교스럽게 고개를 살짝 비틀고는 그대로 안쪽으로 향했다.

"편하게 즐기십시오."

종업원의 공손한 말과 함께 내보내진 아키호는 세이라가 끄는 대로 좁은 복도를 지나서 계단을 내려갔다. 아래층에 도착하자, 세이라가 "이 방이에요" 하며 문을 열었다.

희미한 간접 조명에 비친 세 평쯤 되는 공간에 세미더블 침대와 투명한 샤워룸이 설치돼 있었다. 농후하게 풍기는 성적인 냄새에 압도된 아키호의 손을 끌어 방에 밀어 넣은 세이라는 "어서 오세요, 주인님"이라고 장난스럽게 말했다.

"주인님?!"

놀라서 목소리를 높이자, 세이라는 고개를 살짝 갸웃했다.

"어라, 싫어요? 메이드복을 골랐길래 그런 플레이를 원하는 줄 알았는데."

메이드복을 자의로 선택한 것이 아니라 코스튬을 반드시 골라야 해서 처음에 표시된 대로 됐을 뿐이다.

"둘뿐이니까 부끄러워할 것 없어요. 자, 얼굴 보여줘요, 주인님."

경직된 아키호의 얼굴에서 세이라는 슬쩍 마스크를 벗겼다.

"아, 주인님, 엄청 젊네요. 피부가 깨끗해요. 입술도 부드러울 것 같아."

기쁘게 말한 세이라는 갑자기 얼굴을 들이밀며 아키호와 입술을 포갰다. "윽?!" 하고 입속에서 웅얼거린 아키호의 입술 사이로 세이라가 혀를 집어넣었다. 부드럽고 따뜻한 혀가 마사지라도 하듯 입안을 뒤적였다.

아키호가 잽싸게 얼굴을 돌리자, 세이라가 뾰로통하게 입을 삐죽였다.

"기분 좋지 않았어요?"

"그건 아닌데…."

"그럼 먼저 여기를 핥아줬으면 좋겠다든가?"

세이라가 무릎을 꿇고 앉아서 아키호가 입은 청바지 가랑이에 뺨을 비비려고 했다.

"괜찮아요. 원래는 샤워한 다음에만 해주는데, 주인님은 두 시간 코스를 선택해 줬으니까 뭐든 해줄게요. 아, 하지만 끝까지는 안 돼요."

공포를 느낀 아키호는 그 자리에서 잽싸게 물러나서 선글라스와 야구모자를 벗었다.

"나, 나, 여자야."

"아, 역시이."

달콤한 목소리로 말하는 세이라에게 아키호는 "역시?!" 하며 눈을 휘둥그레 떴다.

"그렇지 않을까 했어요. 몸도 남자치고 가녀리고 입술도 엄청 부드러웠고."

관능적인 눈빛을 던지는 세이라에게 아키호는 뭐라고 대답해야 좋을지 알 수 없어졌다.

"여자여도 난 상관없어요. 주인님은 얼굴도 예쁘고 몸매도 좋으니까 힘껏 봉사해 드릴게요."

"잠깐만. 그런 거 하러 온 게 아니야."

두 손을 가슴 앞에서 내젓자, 세이라의 얼굴에서 영업용 미소가 사라졌다.

"이런 가게에 와서 '그런 거'를 하지 않는 것도 꽤 실례야."

애교스러운 태도가 사라지고 목소리도 허스키해졌다. 아키호는 "죄송합니다" 하며 어깨를 움츠렸다.

"뭐, 됐어. 그럼 넌 왜 이 가게에 왔는데? 나한테 무슨 용건 있어?"

세이라는 방 안쪽으로 가서 침대에 앉았다. 방금까지 있던 소녀 같은 태도는 순식간에 사라져 버리고 성인 여자의 얼굴만 남왔다.

"혹시 이 아이 알아?"

아키호는 청바지 주머니에서 스마트폰을 꺼내서 화면에 세일러복을 입은 소녀의 사진을 띄웠다. 어제 유이에게 받은, 아사토 유키에의 고등학교 시절 사진이었다.

"아, 우밍이네." 화면을 본 세이라가 목소리를 높였다.

"우밍?"

"그래, 우미 쨩. 걔의 활동명이야. 동료들끼리는 다 우밍이라고 불렀어. 뭐야? 혹시 너, 우밍의 언니라거나 뭐 그래?"

"어? 아니, 그건 아니고…"

"그럼 걔가 왜 궁금한데? 일부러 변장하고 이런 가게까지 오고."

"그건…"

뭐라고 하면 좋을지 몰라서 우물거리자, 세이라는 어깨를 으쓱했다.

"말하기 싫으면 됐어. 상대를 너무 파고들지 않는다. 그게 이 업계 규칙이거든. 자, 그런 데 멍청하게 서 있지 말고 일단 앉아."

세이라는 침대를 두드렸다. 아키호가 망설이자, 그녀의 얼굴에 음흉한 미소가 번졌다.

"그렇게 경계할 것 없어. 안 덮쳐."

"그럼, …실례하겠습니다."

아키호가 쭈뼛거리며 옆에 앉자, 세이라는 침대 옆에 있는 작은 테이블 서랍을 열었다. 안에는 로션과 휴지, 핸드타월 같은 물건들과 함께 몇십 개쯤 되는 콘돔이 꽉 차 있었다.

서랍에서 담뱃갑과 라이터를 꺼낸 세이라가 "피워도 돼?" 하며 곁눈으로 시선을 보냈다. 사실은 옆에서 흡연하지 않았으면 했지만, 앞으로 질문을 던질 상대의 기분을 해칠 수는 없었다. 아키호는 작게 고개를 끄덕였다.

담배를 문 세이라는 익숙한 손놀림으로 불을 붙이고 맛있게 연기를 뿜었다.

"그래서, 우밍 때문에 왔다고? 먼저 말해두지만, 그 아이가 어디에 있는지 묻는 거면 나도 몰라. 한 달 전쯤부터 갑자기 가게에 안 왔어."

그녀는 유키에가 살해당한 사실을 모르는 것 같다. 하긴 당연하다. 이런 접객업은 정말 친하지 않은 이상 자신의 신원을 알리지 않으니까.

"세이라 씨는 유키…, 우미 씨랑 친했어?"

"친하다고 할 정도는 아니었어. 그 아이가 여기서 처음 일했을 무렵에 내가 조금 보살펴줬지만. 어떻게 하면 손님을 기쁘게 할 수 있는지, 억지로 끝까지 하려고 하는 남자한테는 어떻게 대처해야 하는지, 그런 거. 이 가게에서는 나도 꽤 베테랑이거든. 너도 그걸 알고 나를 지명한 거지?"

허를 찔려서 아키호는 말문이 막혔다. 그 말대로 근무 경력이 길어야 유키에를 알 가능성이 크다고 생각해서 예약할 때 베테랑인 여자를 부탁했다.

"너, 몇 살이야?"

"나? 서른한 살인데."

"아아, 나보다 세 살 많네. 나는 벌써 9년 동안 이 가게에서 일했어. 열아홉 살부터 계속 남자의 거기를 물고 살아왔어."

생생한 고백에 아키호가 말을 잃자, 세이라는 입술 끝을 올렸다.

"그래서 여기서 일하는 애들을 몇백 명쯤 봤어. 부모가 진 빚 때문에, 호스트한테 갖다 바치려고, 학비나 학자금 대출을 갚으려고, 해외 유학을 하려고. 다들 이런저런 이유로 돈이 필요했고, 각자 나름대로 어둠을 품고 있었어. 뭐, 개중에는 순수하게 야한 짓을 좋아하는 애도 있었지만."

세이라가 뿜어낸 연기가 천장으로 향했다.

"하지만 우밍이 품은 어둠은 차원이 다르게 어마어마했어. 그걸 깨닫고 나니까 천하의 나도 무서워서 그 아이랑 거리를 둘 정도였어. 그래서 네가 그 아이한테 빌려준 돈을 찾고 싶다거나 그런 거면, 포기하는 게 좋아. 그 아이랑은 엮이지 않는 게 나아. 인생의 쓴맛 단맛 다 본 언니가 하는 충고야."

세이라는 애수에 잠긴 표정을 지으며 "뭐 하고 있으려나, 그 계집애"라고 중얼거렸다.

"…죽었어."

아키호가 중얼거리자, 세이라의 움직임이 멈췄다. 담배에서 재가 툭 떨어졌다. 세이라는 몇 초 굳어 있다가 "그래, 죽었구나" 하며 힘없이 고개를 흔들었다.

"별로 안 놀라네." 아키호는 세이라의 옆얼굴을 응시했다.

"그러게, 별로 놀랍지 않네. 언젠가는 이렇게 될 줄 알았거든."

"뭐? 무슨 말이야?!"

아키호가 침대에서 일어나자, 세이라는 재떨이에 담배를 눌러 불을 껐다.

"무슨 말이고 자시고, 너, 우밍의 팔 본 적 없어? 자해한 흔적이 바코드처럼 남아 있었어."

그 광경을 상상하자, 뺨이 경직됐다.

"게다가 위험한 약에도 손댄 거 아닐까? 가끔 눈에 초점이 안 맞고 혀가 굳었거든. 철저히 자기 자신을 망가뜨리는 느낌이었어."

"어쩌다 그렇게…?"

"글쎄? 엄마가 갑자기 죽었다고 했나? 집에 가보니까 죽어 있었다나 뭐라나."

세이라가 새로운 담배에 불을 붙이는 것을 보며 아키호는 경악했다. 유키에의 어머니는 '한밤중의 토막살인마'의 피해자다. 다시 말해 귀가한 유키에는 토막 난 어머니의 시신을 목격했다는 뜻이다. 평생 서로 의지하던 어머니가 여기저기 잘린 채 방치된 광경. 겨우 스무 살이던 유키에의 마음이 망가져 버릴 만도 하다.

시신을 목격하지 않은 나조차 마음에 금이 가서 그 상처가 지금도 낫지 않고 곪아가는데.

"그런 느낌이었으니까 언제 자살해도 이상하지 않았어."

세이라는 입을 오므리고 연기를 내뿜었다.

"…자살이 아니었어."

아키호가 작게 말하자, 세이라가 "뭐?" 하며 눈을 끔뻑였다.

"자살도 병사도 아니었어. 우미 씨는 살해당했어."

세이라의 눈이 휘둥그레졌다. 그 손에서 미끄러진 담배가 바닥에 떨어졌다.

"누가 우밍을 죽였어? 혹시 그 스토커?!"

주운 담배를 재떨이에 비벼 끄면서 아키호는 "스토커?" 하며 미간에 주름을 잡았다.

"그래. 끈질기게 스토킹했어. 그 남자가 우밍을 죽였지?!"

"잠깐 진정해. 우미 씨가 스토킹을 당했어? 자세히 말해 봐."

"자세히? 손님이 우밍을 쫓아다닌 게 다야."

유키에를 쫓아다녔다…. 아키호는 황급히 스마트폰을 조작해서 병실에서 찍은 료스케의 사진을 띄웠다.

"그 스토커, 얘 아니야?"

"어? 누구야, 얘? 엄청 잘생겼다."

"그게 중요한 게 아니라! 얘가 우미 씨를 쫓아다닌 남자 아니야?"

"아니야, 아니야. 나도 두세 번 본 게 전부고 선글라스를 쓰고 있어서 얼굴은 제대로 보이지 않았지만, 이런 귀엽고 가녀린 애는 아니었어."

유키에에게는 스토커가 있었다. 그리고 그것은 료스케가 아니었다. 설마, 그 남자가 바로 '한밤중의 토막살인마'…? 갑자기 나타난 큰 단서에 체온이 올라갔다.

"그 스토커에 대해 알려줘! 가능한 한 자세히!"

아키호가 강하게 말하자, 세이라의 표정에 경계하는 빛이 어렸다.

"…너, 혹시 경찰이나 뭐 그런 거야? 이거 신문하는 거야?"

"아니야, 경찰은 아니야." 아키호는 천천히 고개를 가로저었다.

"그럼 왜 우밍을 조사해? 뭔가 우밍을 죽인 범인을 찾는 것 같잖아. 난 이상한 일에 휘말리기 싫어."

"우미 씨를 죽인 범인이 내 약혼자도 죽였을지 몰라."

숨을 삼키며 말문이 막힌 세이라에게 아키호는 이어서 말했다.

"내 약혼자는 우미 씨와 비슷한 방식으로 죽었어. 그래서 범인을 가리키는 단서가 없는지, 소중한 사람의 원수를 갚을 방법이 없는지 죽을힘을 다해 찾고 있어."

이제 꼼수 같은 것을 부릴 생각은 없었다. 이 가게에서 많은 어둠을 봐온 이 여자에게서 정보를 끌어내기 위해서라면 모든 것을 밝혀도 좋다. 그런 기분이 들었다. 숨도 쉬지 않고 말을 토해낸 아키호는 세이라의 반응을 기다렸다.

세이라는 몇십 초 동안 복잡한 표정으로 생각하다가 "자" 하며 담뱃갑을 내밀었다.

"아니, 나는 담배는…."

"됐으니까 피워. 조금은 진정될지도 모르잖아. 안 피우면 말 안 해."

어쩔 수 없이 담배를 한 개비 물었다. 세이라가 곧바로 라이터로 불을 붙였다.

"힘껏 빨아들여 봐."

시키는 대로 연기를 빨아들이려고 했다. 하지만 그 전에 기관지가 격렬한 거부 반응을 일으켰다. 가슴속에서 기침이 올라왔다. 몸을 구부리고 눈에 눈물을 글썽이며 기침 발작을 참는 아키호의 손에서 담배를 거둬 간 세이라는 과시하듯 그것을 피웠다.

"겨우 담배 따위에 울다니 애구나."

작은 웃음소리를 낸 세이라는 아키호의 얼굴에 연기를 뿜었다.

"그런 건…, 됐고…, 스토커, 이야기를…."

계속 기침하며 아키호가 말하자, 세이라는 입꼬리를 올렸다.

"뭐, 이제 같은 담배를 피운 사이니까 얘기해줄게. 겨우 담배에 이렇게 되는 애가 경찰일 리도 없고."

세이라는 천장을 향해 올라가는 담배 연기를 눈을 가늘게 뜨고 바라보았다.

"3개월 전쯤부터였나? 우밍이 일하는 시간이 되면, 똑같은 남자가 항상 예약을 잡았어. 우밍은 몸매는 꽤 좋았지만, 애교도 전혀 없고 테크닉도 그저 그랬고, 심지어 자해한 흔적투성이였잖아. 거의 지명이 없었어. 그래서 단골이 생겨서 다행이라고 생각했어. …처음에는."

"처음에는? 나중에는 무슨 문제가 있었어?"

"그 손님이 오고 나서 그 아이가 전보다 불안정해져서 자해하는 횟수도 늘었어. 그래서 빚쟁이인가 싶기도 했는데, 그것도 이상하잖아. 몇만 엔이나 플레이 요금을 내고 빚을 독촉할 리가 없으니까."

"우미 씨한테 빠진 스토커였어?"

"몰라." 세이라는 힘없이 고개를 흔들었다. "만약 스토커한테 쫓기는 거면 힘이 돼주겠다고 우밍한테 말했어. 나도 그런 경험이 없지는 않으니까. 그랬더니 걔가 '시끄러워! 그냥 내버려둬!' 하면서 대기실에서 난리를 쳤어."

"그 이후에는 어떻게 됐어?"

아키호의 질문에 세이라는 나른하게 대답했다.

"지난달에 그 남자가 우밍을 지명했을 때, 헬프콜이 들어왔어."

"헬프콜?"

되묻자, 세이라는 침대 옆 벽에 달린 버튼을 가리켰다.

"손님한테 폭행을 당하거나 강제로 당할 것 같으면 저 버튼을 눌러. 그러면 웨이터들이 구해주러 와."

"…그런 게 필요해?"

갈라진 목소리로 아키호가 물었다. 세이라는 "엄청 필요해" 하며 입술 끝을 올렸다.

"그럼 우미 씨는 그 남자한테…, 폭행을 당했다는 뜻이야?"

"우밍은 그렇게 말했어. 강제로 당할 뻔했다고. 근데 이상했어."

그때 일을 떠올리는지 세이라는 이마에 손가락을 대고 눈을 감았다.

"경보가 울렸을 때, 나는 바로 옆방에서 한탕 끝낸 참이라 무슨 일이 있는지 봤어. 남자가 웨이터한테 방에서 끌려 나오고 있었는데, 그 사람은 옷을 입고 있었어. 정장을 단단히."

"성적인 서비스를 받지 않았다는 뜻이야?"

"꼭 그렇다고 볼 수는 없어. 다양한 성벽이 있으니까. 이 가게에 오는 남자들은 특히 더."

세이라의 입술에 야릇한 미소가 번졌다가 금방 진지한 표정이 돌아왔다.

"다만 그때 그 남자의 태도는 너무 흥분해서 우밍을 덮치려는 느낌이 아니었어. '나는 절대 포기 못 해'라는 말을 뱉고 나가기도 했고."

"절대 포기 못 해…."

아키호는 그 말을 중얼거렸다. 여러 번 비싼 돈을 내고 지명한 남자. 그는 대체 무엇을 '포기할 수 없었던' 것일까.

유키에의 목숨을 빼앗고 그 몸을 조각내는 것….

소름 끼치는 상상에 몸속에서 떨림이 솟아올랐다.

"내가 아는 건 그 정도야. 그 이후에 그 남자는 두 번 다시 나타나지 않았고, 우밍도 가게에 오지 않게 됐어. 어때? 내 얘기가 도움이 됐어?"

"고마워. 엄청나게 도움이 됐어."

상상 이상으로 많은 정보를 얻었다. 유키에를 쫓아다니던 스토커. 사건의 진상을 알아낼 열쇠다. 어떻게든 정체를 밝혀내야 한다.

어쩌면 그 남자가 바로 '한밤중의 토막살인마'일지도 모르니까.

집에 돌아가서 앞으로 어떻게 할지 고민해 보자. 그렇게 생각하며 일어선 아키호의 손을 세이라가 붙잡았다.

"잠깐. 어디 가?"

"어디냐니? 집에 가려는데…."

"무슨 소리야? 너 두 시간 서비스 요금을 냈잖아. 지금 가면 내 평가가 떨어져. 앞으로 한 시간 반은 이 방에 있어야 돼."

"한 시간 반이나…."

아키호가 당황하자, 세이라는 침대를 가리켰다.

"누워봐. 기분 좋게 해줄게."

"아니, 그건…."

아키호는 가슴 앞에서 두 손을 흔들었다. 세이라는 키득거리며 소리 죽여 웃었다.

"아니야. 시간 될 때까지 마사지해 준다는 뜻이야. 받은 돈만큼은 기분 좋게 해줘야지. 자, 얼른 엎드려."

독촉을 받은 아키호가 머뭇거리며 지시에 따르자, "그럼 실례하겠습니다, 주인님"이라고 연극 같은 투로 말하며 세이라가 목을 문질러 주었다.

"뭐야, 너. 목이 너무 뭉쳤잖아. 아, 등 전체가 철판이 든 것처럼 뻣뻣해. 무슨 일 해?"

"으음, 뭐, 서서 하는 일…."

"그렇구나. 서 있으면 몸이 굳지. 나중에 종아리도 주물러 줄게."

근육을 풀어 주는 세이라의 손가락이 기분 좋게 느껴졌다. 아키호는 자기도 모르게 눈을 감았다.

"자도 돼. 시간 되면 깨워줄게."

"…고마워."

료스케가 병원에 온 뒤로, 아니, 약혼자를 잃고 난 뒤로 계속 몸 깊숙이 똬리를 튼 경직된 무언가가 풀리는 느낌이었다. 아키호는 수마에 저항하지 않고 눈을 감았다. 문득 눈꺼풀 뒤편에 며칠 전 몰래 들어간 료스케의 집이 떠올랐다.

아, 맞다. 그것도 한번 물어봐야겠다.

"저기, 침대 옆 테이블 서랍에 피임 기구가 가득 들어 있었잖아."

아키호는 하품을 참으며 물었다.

"응. 뭐, 이런 데에서는 다양한 순간에 사용하니까. 그게 왜?"

"만약 어떤 사람 방에 훨씬 많은 피임 기구가 준비돼 있다면, 어디에 쓸 것 같아?"

"훨씬 많으면, 한 몇백 개쯤 돼?"

아키호가 고개를 끄덕이자, 세이라는 "그야 뻔하지"라고 어이없다는 듯 대답했다.

"여기랑 똑같아. 일하는 데 쓰는 거야. 개인적으로 콘돔을 그렇게 많이 갖고 있다면, 그 사람은 틀림없이 몸을 팔고 있다는 뜻이야."

2

"스토커…요?"

료스케가 반듯한 얼굴을 찌푸렸다. 성매매 업소에서 세이라에게 이야기를 들은 이튿날 오후, 아키호는 료스케의 병실을 방문해서 어젯밤 들은 정보를 공유했다.

"뭐 짚이는 데 없어? 유키에 씨한테 들이대는 남자 몰라?"

"몰라요. 그 남자랑 유키에 선배가 나눈 대화를, 그 아르바이트 동료는 못 들었대요?"

"못 들었나 봐."

아키호는 말을 흐렸다. 전 여자친구가 빚을 갚으려고 성매매 업소에서 일한 사실을 알리면 료스케가 충격을 받을 것 같아서 유키에가 카페에서 아르바이트했다고 말했다.

"적어도 나랑 사귀는 동안에 유키에 선배가 스토킹을 당한 적은 없어요. 선배가 아르바이트한 곳에서 스토커를 만난 거 아닐까요?"

아키호는 애매하게 고개를 끄덕였다. 손님이 성매매하는 아가씨에게 연애 감정을 품고 스토커로 변했다. 흔히 있을 법한 일이다. 하지만….

"하지만 그 남자는 단순한 스토커가 아니라 '한밤중의 토막살인마'일지도 몰라."

"그 남자가 유키에 선배를 죽였다는 거예요?"

료스케의 얼굴에 고통을 견디는 표정이 번졌다. 아키호는 살짝 고개를 끄덕였다.

"하지만 선생님, 좀 이상해요. 그 남자가 유키에 선배를 스토킹하기 시작한 건 3개월 전이잖아요. 근데 1년도 더 전에 유키에 선배의 어머니는 '한밤중의 토막살인마'에게 살해당했어요. 시간 순서가 안 맞아요."

"그렇지. 근데 스토커가 사건과 아무 관련도 없을 것 같지는 않고…."

아키호가 턱에 손을 대며 고민에 잠기자, 료스케가 낮은 목소리로 중얼거렸다.

"…혹시 3개월 전이 아니었나?"

"응? 무슨 말이야?"

"그 스토커가 유키에 선배에게 접근한 건 3개월 전이었다고 했죠? 하지만 스토커는 원래 처음에는 스토킹 대상 앞에 잘 나타나지 않잖아요."

"유키에 씨가 몰랐을 뿐이고 훨씬 전부터 스토킹 당했다는 거야?"

"그럴 수도 있다고 생각해요. 유키에 선배는 뭐라고 할까…, 서글서글하고 별로 경계심이 없는 성격이었거든요."

서글서글하고 경계심이 없다. 세이라에게 들은 유키에와는 전혀 다른 인상이라 아키호는 입을 굳게 다물었다. 아마 료스케와 세이라 둘 다 틀리지 않았을 것이다.

어머니의 토막 난 시신을 목격하는 바람에 아사토 유키에의 인격이 산산이 부서져서 다른 사람으로 변해 버렸다. 지금껏 들은 정보를 집약해 보면 그렇게 됐으리라는 생각이 든다.

유키에만큼 급격한 변화는 아니어도, 자신도 같은 길을 걷고 있다. 사랑하는 사람을 잃은 절망, 분노, 슬픔이 인격을 좀먹고 서서히 썩게 하는 것을 아키호는 자각하고 있었다.

료스케가 "괜찮아요?"라고 말을 걸자, 아키호는 생각에서 빠져나왔다.

"아, 아무것도 아니야. 만약 유키에 씨가 사실은 훨씬 전부터, 어머니가 살해되기 전부터 스토킹을 당했다면…."

"유키에 선배의 어머니는 과보호가 심했어요. 사사건건 유키에 선배를 지키려고 했어요. 그런 특성은, …스토커한테 방해가 되겠죠."

"설마, 유키에 씨한테 접근하려고 어머니를 죽였다는 거야?"

"가능성은 있어요. 그 스토커가 바로 '한밤중의 토막살인마'고, 그놈의 진짜 표적은 유키에 선배였다면요. 그러니까 선배한테 접근하려고 방해가 되는 어머니를 먼저 없앤 거죠."

"하지만 '한밤중의 토막살인마'는 결국 유키에 씨도 죽였어."

료스케의 얼굴이 괴롭게 일그러졌다. 아키호는 반사적으로 "미안" 하며 사과했다.

"사과하지 마세요. 선생님은 사실을 말했을 뿐이니까. 맞아요…. '한밤중의 토막살인마'는 유키에 선배를 죽일 생각이 없었을지도

몰라요. 단순히 선배한테 호의를 갖고 친해지고 싶었을 뿐이었을
거예요…."

"그런데 유키에 씨한테 거부당해서 목숨을 빼앗기로 했나?"

"그게 가장 그럴듯한 시나리오 같아요. 아니면 그 반대든가…."

료스케가 고개를 푹 숙였다. 불길한 예감을 느끼며 아키호는
"반대?"라고 되물었다.

"'한밤중의 토막살인마'는 유키에 선배를 뼛속까지 원망했을
지도 몰라요. 그래서 가장 소중한 어머니의 토막 난 시신을 유키
에 선배에게 보여주고 괴로울 만큼 괴로워하게 한 다음 죽인 거
죠…."

섬뜩한 내용에 오한을 느낀 아키호는 눈을 의심했다. 고개를
숙인 료스케의 입꼬리가 올라가 있었다.

"뭐가…, 웃겨…?"

천천히 고개를 든 료스케는 아키호를 응시했다. 끝없는 늪처럼
어두운 두 눈동자로.

"나한테서 유키에 선배를 뺏은 그놈을 절대 용서 못 해…. 반
드시 뼈저리게 깨닫게 해주겠어…. 태어난 걸 후회하게 해줄 거
야…."

료스케가 귀신 들린 것 같은 말투로 중얼거렸다. 무서울 정도
로 수려한 얼굴에 잔인한 미소를 건 그 모습은 아키호의 눈에는
괴이한 괴물처럼 비쳤다.

지금 당장 이 자리에서 도망치라고 본능이 보내는 경고를 모르
는 체하며 아키호는 떨리는 입술을 열었다.

"나한테서라니…, 너랑 유키에 씨는 헤어졌잖아."

"그런 건 상관없어요. 유키에 선배가 살아 있다는 게 내 기쁨이

없어요. 선배가 없는 세상은 아무 가치도 없어요."

자신의 손이 닿지 않는 곳에 있어도, 그저 살아 있어 주는 것만으로도 좋았다. 순애, 혹은 집착으로 가득한 그 말이 아키호의 고막을 흔들었다.

아사토 유키에의 편지가 사라지고 그녀에게 스토커가 있었다는 증언을 듣는 사이에 무의식적으로 료스케에 대한 경계가 풀어졌다. 그를 '한밤중의 토막살인마' 용의자 명단에서 제외할 뻔했다.

하지만 그것은 실수다. 여전히 이 이시다 료스케가 '한밤중의 토막살인마'일 가능성이 큰 첫 번째 용의자다.

"선생님, 계속 조사해 주세요. 지금처럼 계속 정보를 모아 봐요."

료스케의 얼굴에 어두운 미소가 사라지고 그 대신 해맑은 미소가 번졌다.

"…불공평해."

공포심을 억누르며 아키호가 중얼거리자, 료스케는 "네?" 하며 고개를 갸웃했다.

"나만 조사하러 돌아다니다가 너한테 정보 제공하잖아."

"어쩔 수 없잖아요. 나는 지금 이 병실에 갇혀 있으니까요. 게다가 이런 튜브가 심장에 꽂혀 있고요."

료스케는 환자복 자락에서 뻗어 나온 드레인 튜브를 가리켰다.

"심장이 아니라 심낭. 그리고 빼려고 하면 언제든 빼도 되는 상태야."

아키호는 침대 난간에 매달린 플라스틱 용기에 시선을 던졌다. 드레인 튜브와 연결된 그 용기에는 붉은 혈액이 겨우 몇 밀리리터

담겨 있었다.

"네? 그래요? 그럼 지금 빼주세요. 너무 걸리적거려요."

"빼면 너는 경찰 병원으로 옮겨질 텐데, 그래도 괜찮아?"

료스케의 얼굴이 굳는 것을 보고 아키호는 코웃음을 쳤다.

"이동 중에 날뛰다가 튜브가 빠지면 너는 목숨을 잃을지도 몰라. 그래서 아직 경찰 병원에 못 가. 그런 명목으로 이송을 막고 있어. 조금 더 참아."

"…알았어요." 료스케는 입을 삐죽였다. "근데 내가 못 움직이는 건 어쩔 수 없잖아요."

"못 움직여도 정보는 넘길 수 있잖아. 너는 사건에 깊이 연관돼 있으니까."

어쩌면 범인으로서. 아키호는 속으로 덧붙였다.

"유키에 선배에 관해 아는 정보는 전부 말했어요. 그거 말고 무슨 얘기를 하면 될까요?"

연극 같은 몸짓으로 어깨를 으쓱이는 료스케를 보며 아키호는 질문을 고민했다. 료스케가 말한 것처럼 피해자인 아사토 유키에의 정보는 꽤 모았다. 그렇다면 다음에는 어떤 정보를 모아야 할까.

아키호는 조금 전에 본, 끝없는 늪 같은 두 눈이 뇌리에 되살아나서 몸을 떨었다.

이 아이다. 정체불명의 불길한 존재인 이시다 료스케, 이 소년의 진짜 모습을 밝히는 것이 사건의 진상을 알아낼 열쇠다. 이 소년이 불쌍한 희생양인지 아니면 '한밤중의 토막살인마'인지 확실히 해야 한다.

"…뭐든 대답하는 거지?"

턱을 당긴 아키호가 살짝 치켜뜬 눈으로 시선을 보내자, 료스케는 "네!"라고 쾌활하게 대답했다.

"그럼 알려줘. 너희 집에 있던 그 많은 콘돔. 그건 어디에 쓰는 거야?"

료스케의 얼굴에서 썰물이 지듯 웃음이 가셨다.

"…그건 묻지 않기로 약속했잖아요."

"뭐든 대답한다고 했잖아."

"…그거 말고는 대답할게요."

"그럼 내 추측을 말해줄게. 너, …매춘했지?"

료스케의 표정이 일그러지는 것을 보고 아키호는 추측이 맞았음을 확신했다.

"너만 한 미모면 돈을 내서라도 관계를 맺고 싶어하는 여자가 얼마든지 있겠지."

"…여자만이 아니에요."

료스케는 입술을 비틀었다. 그 말의 의미를 이해하고 아키호는 말을 잃었다. 너무나 점도 높은 침묵이 방에 가득 찼다. 숨 막힘을 느낀 아키호는 "…너" 하며 료스케에게 말을 걸었다.

"왜…, 그렇게까지 해서 돈을 벌어? 평범한 아르바이트로도 생활할 수 있는 정도의 돈은 들어오잖아."

"…생활할 수 있는 정도로는 안 돼요. 그 정도로는 내 목표를 이루기에 너무 부족해요."

료스케가 모깃소리로 말했다. 아키호는 "목표가 뭔데?"라고 물었다.

"미국에 가는 거요."

"미국? 미국에 가서 뭘 하려고?"

"이 얼굴을 살려서 일하고 싶어요. 아, 그런 표정 짓지 마세요. 선생님이 생각하는 그런 거 아니에요. 난 배우가 되고 싶어요."

"배우?"

"네. 얼굴이 무기가 되는 직업 하면 제일 먼저 생각나잖아요. 미국은 쇼 비즈니스의 본고장이에요. 거기서 성공할 거예요. 그게 내 꿈이에요."

"…쉽지 않을 텐데."

눈을 빛내는 료스케를 보고 자기도 모르게 직언이 입 밖으로 나왔다.

"알아요, 쉽지 않을 거. 그야말로 피를 토할 정도로 노력해야 한다는 거. 그래서 몇 년이나 계속 연기랑 영어 회화를 공부했어요. 번 돈 중에 비행깃값이랑 거기서 지낼 때 쓸 돈, 나중에 자잘하게 취미에 쓸 비용 빼고는 전부 레슨에 썼어요. 이제는 원어민 수준으로 말할 수 있어요. 그걸 활용해서 최근에는 외국의 부유층을 상대로도 '일'을 했을 정도예요."

료스케는 아무렇지 않게 말하고 은근한 눈빛을 보냈다.

"아, 혹시 원하면 선생님의 상대가 돼 줄게요. 선생님은 특별히 첫 서비스로 정가의 반값에 나를 마음대로 하게 해줄게요."

료스케가 갑자기 손을 뻗어서 아키호의 귀를 만졌다. 떨쳐 내려고 했지만, 물 위에 파문이 일 듯 귓불에서 하복부로 퍼지는 관능의 파도에 몸이 움직이지 않았다.

"어때요? 대단하죠, 내 테크닉? 많이 연구했거든요."

"…왜 그렇게까지 해서 굳이 미국에 가려고 해? 너라면 일본 연예계에서 성공하는 것도 충분히 가능할 텐데."

숨을 흐트러뜨리며 아키호가 목소리를 짜냈다.

"일본은 안 돼요. 나는 이 나라를 떠나고 싶었어요."

료스케는 손가락을 현란하게 움직이며 계속해서 아키호의 귀에 음란한 자극을 주었다.

"지금까지 살아온 내 인생은 고통으로 가득했어요. 나는 진흙탕 속에서 허우적대며 살아왔어요. 이 나라에서 나는 완전히 '이질적인 존재'로 박해받아 왔어요."

료스케의 손가락에 힘이 들어갔다. 아키호의 입에서 작게 "아" 하는 소리가 새어 나왔다. 그것이 고통의 비명인지 쾌감의 탄성인지 아키호 자신도 알 수 없었다.

"인생을 리셋할 거예요. 과거를 버리고 싶어요. 유일하게 남는 아쉬움은 유키에 선배랑 멀리 떨어진다는 거였어요. 하지만 선배가 없는 이 나라에 미련은 없어요."

"미국에 간다고 완전히 받아들여질 거라는 보장은 없어."

"그렇겠죠." 료스케는 시원스레 인정했다. "난 미국에서도 '이질적인 존재'일지 몰라요. 하지만 인종 때문에 '이질적인 존재'로 소외되는 건 나 혼자가 아니에요. 나랑 마찬가지로 박해받는 사람들이 많을 거예요. 나는 그 안에서 살고 싶어요."

같은 고통을 공유할 수 있는 친구를 갖고 싶다. 그 마음이 미국에 가고 싶은 욕구로 변환된 것일까. 아키호가 달콤한 저릿함이 퍼지는 뇌를 필사적으로 움직이는데, 료스케가 몸을 앞으로 내밀고 귓가에 입을 댔다.

"그러니까 나는 유키에 선배를 죽이지 않았다는 걸 증명해야 해요. 내 꿈을 응원해 준 선배에게 보답하기 위해서, 그리고 원수를 갚기 위해서. 무슨 수를 써서라도요. 그걸 위해서라면 어떤 서비스든 할 거예요. 이 튜브가 빠지지 않는 한에서는."

료스케의 속삭임은 에코가 들어간 것처럼 지독하게 머릿속에서 울렸다.

"어때요, 선생님? 약혼자가 죽고 나서 계속 못 하지 않았어요?"

그 말을 들은 순간, 속박이 풀렸다. 관능의 파도가 분노의 불꽃에 잡아먹혔다.

종이풍선이 찢어지는 것 같은, 경쾌한 소리가 방 공기를 흔들었다.

"두 번 다시 그 사람을 입에 담지 마! 안 그러면 당장이라도 경찰 병원에 보낼 거야."

료스케의 따귀를 때린 아키호는 거친 숨을 쉬며 경고했다. 맞은 뺨을 부여잡은 료스케는 멍하니 입을 반쯤 벌렸다.

"…죄송해요. 너무 들떠서."

요염한 분위기가 온데간데없고 어깨를 움츠린 채 두려움이 감도는 눈동자로 눈치를 보는 료스케의 모습은 길 잃은 강아지 같았다. 너무 급격한 변화에 혼란스러워서 두통이 몰려왔다.

이 소년은 뭘까. 눈앞에 있는데 신기루처럼 정체를 파악할 수 없다. 확실히 이시다 료스케는 '이질적인 존재'다. 방심하면 마음을 통째로 집어삼켜 버릴 것 같다.

"저기…, 선생님, 용서해 주실래요?"

"경찰 병원에는 안 보내. 너는 사건을 해결하기 위한 단서니까."

게다가 네가 진범이면, 내 수중에 둬야 복수할 수 있으니까.

아키호가 마음속으로 덧붙이자, 료스케는 힘없이 고개를 흔들었다.

"아니요, 그냥 용서받고 싶어요. 사과하고 싶어요. 상처 줄 생각은 없었어요."

"상처 줄 생각은 없었다고…?"

"나한테는 그게 유일하게 할 수 있는 보답이거든요. 지금까지 선생님한테는 숨겼지만, 이왕 매춘하는 걸 들켰으니 그냥 선생님한테 보답하고 싶어서…."

당장이라도 울음을 터뜨릴 것 같은 얼굴로 료스케가 기어들어 가듯 해명했다.

정말 그럴지도 모른다. 너무 아름다운 탓에 주변 사람들에게 농락당해 온 소년. 그에게 성적인 관계를 맺는 것은 타인의 박해를 피하는 수단이었을지도 모른다.

강한 동정심이 분노를 잠재웠다. 하지만 동시에 료스케의 계략에 걸려드는 것일지도 모른다는 의심이 들었다. 아키호는 머리를 흔들어 의심을 떨쳐 냈다.

"알았어, 용서해 줄게."

한숨 섞인 목소리로 말하자, 료스케의 얼굴이 환하게 빛났다. 아키호는 "단" 하며 말을 이었다.

"두 번 다시 내 약혼자를 조롱하지 않겠다고 약속해."

"네, 알겠어요."

"그리고 사건이 해결되면 지금 하는 '일'에서 손 떼."

료스케의 얼굴이 "어…" 하며 어두워졌다.

"건전한 일 해. 아르바이트든 뭐든 좋아. 그렇게 한 번에 많이 벌지는 못해도 차근차근 돈을 벌어 봐. 이런저런 인간관계로 고생할지도 모르지만, 거기에 올바른 방법으로 대처해 봐. 그것도 사회 경험이 될 테니까. 알았지?"

료스케는 불만스럽게 "…알겠어요"라고 대답하고 가슴 앞에서 두 손을 모았다.

"맞다. 그럼 선생님이 나를 고용해요. 의사 선생님은 월급 많이 받죠?"

"내가 방금 뭐라고 했어? 지금 하는 일은…."

"밤 상대를 하겠다는 뜻이 아니에요. 내가 파출부 할게요. 선생님 집을 청소하고 밥도 만들고. 선생님, 그런 거 못 하죠?"

"…왜 그렇게 생각해?" 정곡을 찔려서 뺨 근육이 굳었다.

"보면 알죠. 여태 다양한 여자의 집에 들어가 봤으니까."

료스케는 개구쟁이 같은 미소를 지었다.

"생각해 볼게."

쓴웃음을 지은 아키호의 머리에, 앞에 있는 소년이 앞치마를 입고 요리하는 모습이 그려졌다.

그것도 나쁘지 않을지 모른다. 그런 생각이 가슴을 스쳤다. 소중한 것을 '한밤중의 토막살인마'에게 빼앗긴 자들끼리 가까워지고 상처를 치유해 줄 것이다. 복수가 아니라 그런 평온한 일상이 악몽에서 자신을 해방시켜 줄지도 모른다. 그런 예감이 들었다.

"약속한 거예요. 손가락 걸어요."

료스케는 천진난만하게 말하며 새끼손가락을 세웠다. 아키호는 쓴웃음을 지으며 료스케와 새끼손가락을 걸었다.

시계로 시선을 내려 보니, 대화한 지 한 시간 가까이 지난 시각이었다. 상태는 안정됐지만, 상대는 중증 환자다. 너무 무리하게 하는 것은 좋지 않다. 그리고 지금까지 모은 정보를 종합해서 집에서 천천히 머리를 정리하고 싶었다.

이 소년이 '한밤중의 토막살인마'인지 아닌지 확실해지지 않는 한, 방금 맺은 약속은 덧없는 이야기일 뿐이니까.

아키호가 일어서려고 했을 때, 원내 휴대전화가 벨 소리를 냈다. 흰 가운 주머니에서 꺼낸 휴대전화 액정에는 '야나이 과장'이라는 이름이 떠 있었다.

무슨 일이지? 아키호는 '통화' 버튼을 눌렀다. 익숙한 상사의 목소리가 들려왔다.

"어, 아키호 선생. 전화를 받은 걸 보니 지금 병원에 있군. 어디 있나?"

아키호는 잠시 망설이다가 "탈의실인데, 무슨 일이세요?"라고 대답했다.

"오늘은 응급의학과 교대 근무가 없어서 이시다 료스케 군을 살펴보러 온 거지? 이제 병실에 가는 건가?"

애써 피한 주제를 야나이가 언급했다. 아키호는 "그런 셈입니다"라고 모호하게 대답했다.

"그럼 지금 와. 나도 2, 3분 후면 도착하니까 먼저 병실에 가서 기다리고 있을게."

"네? 병실이라니, 무슨 말씀이세요?!"

자기도 모르게 목소리가 커졌다. 침대에 누운 료스케가 불안한 눈빛으로 쳐다보았다.

"아, 형사님이 이시다 료스케 군의 상태가 궁금하다고 찾아왔어."

"근데 왜 과장님을요?!"

"주치의인 자네가 오늘 근무 일정에 없어서 접수대 직원이 부재 중인 줄 알고 나한테 연락했어. 그래서 지금 이시다 료스케 군의 상태를 보러 갈 거야."

"왜 형사를 만나게 해야 하죠?!"

"형사님이 엄청 끈질겨."

근처에 형사가 있는지 야나이의 목소리가 작아졌다.

"자꾸 어떤 상태인지 자세히 설명하라는 거야. 근데 나는 환자를 직접 보지 못했으니 일단 진찰해 보고 설명하겠다고 했지. 원장님도 언제 다른 병원으로 옮길 수 있냐고 자꾸 재촉하시니까 한 번은 보는 게 좋을 것 같아서."

아키호는 침대 난간에 매달린 플라스틱 용기를 보았다. 바닥에 혈액이 겨우 몇 밀리리터 찼다. 이 정도 출혈량이면 드레인 튜브를 제거해도 문제가 없다.

만약 진찰한 야나이가 그렇게 말하면, 형사는 바로 튜브를 빼고 경찰 병원으로 데려가려고 할 것이다. 원장도 그러기를 바라니 당장 내일이라도 이송될 것이다.

"갑자기 형사가 오면 환자가 놀라서 난리를 칠지도 몰라요."

"그러니까 자네가 같이 있어 줘야지. 그럼 먼저 병실에 가서 기다릴게."

전화가 끊겼다. 아키호는 멍하니 서 있었다.

"왜 그래요, 선생님?"

쭈뼛거리며 묻는 료스케에게 반응하지 않고 아키호는 필사적으로 머리를 굴렸다.

어떻게 하면 이송을 막을 수 있지? 상대가 형사라면 전문용어로 정신없게 만들어서 주치의의 권한으로 요령껏 넘겼을 것이다. 하지만 상대는 야나이다. 그건 무리다.

어떡하지? 어떻게 하지? 어떻게 해야….

머리를 싸매던 아키호의 시야에 수액 걸이에 걸린 수액 팩이 날아들었다. 눈을 크게 뜬 아키호는 달려들 듯 료스케의 팔을 붙잡고 소매를 걷었다.

"뭐 하는 거예요?!"

겁먹은 료스케에게 아키호는 "가만히 있어!"라고 일갈하고 그의 위팔에 달린 수액 라인 고정용 투명 패치를 거칠게 떼더니, 정맥에서 수액 줄을 뽑았다. 가느다란 플라스틱 튜브가 꽂혀 있던 상처에서 약간의 혈액이 수액과 함께 흘러나왔다.

"이걸로 눌러 놔."

손수건을 료스케에게 쥐여준 아키호는 방울이 뚝뚝 떨어지는 수액 튜브 끝을 잡고 남은 손으로 혈액을 담는 플라스틱 용기 뚜껑을 열었다.

튜브 끝을 용기에 넣은 아키호는 수액 조절 장치를 완전히 열어 풀 드롭으로 용기 안에 수액을 흘려 넣었다. 바닥에 찬 혈액과 수액이 섞이자, 엷은 붉은 색 액체의 수위가 올라갔다. 그때 노크 소리가 들렸다. 조절 장치를 만져서 수액을 멈춘 아키호는 튜브를 용기에서 빼고 재빨리 뚜껑을 닫았다. 동시에 문이 열렸다.

"어, 아키호 선생. 일찍 왔네." 뒤에서 야나이의 목소리가 들렸다.

"네, 형사님이 온다는 걸 환자분한테 미리 알리는 게 좋을 것 같아서 서둘러 왔습니다."

숨을 헐떡이며 뒤돌아본 아키호의 뺨이 경직됐다. 야나이 뒤에 크고 우락부락한 중년 남자, 경시청 수사1과 미노베가 서 있었다. 그 옆에는 쿠라시키도 보였다.

하필 저 사람이… 기이할 정도로 료스케에게 집착하는 형사가 등장하자, 아키호는 입술을 깨물었다.

"처음 뵙겠습니다, 료스케 군. 응급의학과장 야나이라고 합니다."

. 야나이가 다가왔다. 료스케는 경계심을 드러내면서도 "안녕하세요…"라고 인사했다.

"어? 수액은 왜?"

아키호가 손에 든 수액 라인을 알아차린 야나이가 고개를 갸웃했다.

"료스케 씨의 수액 라인이 새길래 뺐습니다." 아키호는 황급히 대답했다.

"아, 그래? 근데 수액은 이제 필요 없지 않나?"

"외상이 꽤 있어서 감염 방지로 항생제를 투여했습니다."

조금이라도 중증으로 보이려고 수액을 계속 주입한 것을 어찌어찌 얼버무리려고 했다.

"그래? 근데 병원에 온 지 꽤 됐으니 항생제도 내복하면 충분할 것 같은데."

아키호가 "네, 그렇게 하겠습니다"라고 중얼거렸을 때, 미노베가 성큼성큼 다가왔다.

"이야, 이시다 료스케. 건강해 보이네."

미노베는 두꺼운 입술 한쪽 끝을 올렸다. 료스케는 말없이 눈을 내리깔았다.

"당장이라도 사람을 죽이고 토막 낼 것처럼 건강해 보이는데?"

"이상한 소리 하지 마세요! 당신이 면회하도록 허가한 적 없습니다."

아키호가 항의하자, 미노베는 "어이쿠, 무서워라" 하며 과장되게 어깨를 움츠렸다.

"선생님, 그놈 외모에 혹하지 마십쇼. 그렇게 어수룩한 놈 아닙니다."

얕잡아보듯 말한 미노베는 야나이에게 시선을 던졌다.

"과장 선생님의 의견은 어떠십니까? 이 꼬맹이는 면회 사절입니까?"

야나이는 입가에 손을 대고 료스케를 보았다. 아키호는 침을 삼키며 상사의 말을 기다렸다.

"아니, 면회 사절까지는 아닌 것 같은데요. 잠깐 정도는 대화를 나눠도 문제없겠습니다."

미노베가 의기양양하게 입꼬리를 올렸다. 야나이는 "다만" 하며 덧붙였다.

"료스케 군과 대화하고 싶으면 의사가 입회해야 합니다."

미노베가 "뭐요?!" 하며 위협하듯 목소리를 높였다. 하지만 오랫동안 응급 현장에서 온갖 난장판을 경험해 온 야나이는 동요하는 기색이 없었다.

"료스케 군이 중증 환자인 건 확실합니다. 너무 흥분하거나 겁먹어서 혈압이 올라가면 상태가 악화될 수도 있습니다. 그걸 막기 위해서라도 의사가 입회해야 합니다. 이를 거부하시면 면회는 허가할 수 없습니다."

단호한 선언에 미노베는 벌레 씹은 표정을 지었다.

"알겠습니다. 그럼 과장 선생님, 이놈은 언제 다른 병원으로 데려갈 수 있겠습니까?"

"심낭에 삽입된 튜브를 뺄 수 있으면요."

"그건 어떻게 하면 뺄 수 있죠? 지금 빼 버리면 안 됩니까?"

"심낭 안에서 생기는 출혈이 적으면 당장이라도 제거할 수 있는데…."

야나이는 쪼그려 앉아서 침대 난간에 매달린 플라스틱 용기를 바라보았다.

수액으로 수위를 높인 것을 들키지 않을까. 숨 쉬는 것도 잊을 것 같은 긴장감을 느끼며 아키호는 야나이의 판단을 기다렸다. 료스케도 경직된 표정을 지었다.

"150밀리리터라…."

조용히 중얼거린 야나이는 뒤돌아서 미노베를 보았다.

"역시 지금 뺄 상태는 아니군요. 아직도 하루에 이만큼이나 출혈이 있으니 튜브를 빼면 또 심낭 압전을 일으켜서 생명이 위험해질 수 있습니다."

들키지 않았다…. 아키호가 안도의 한숨을 내쉬자, 미노베는 크게 혀를 찼다.

"그럼 언제쯤 그 튜브를 뺄 수 있죠?"

"그건 알 수 없습니다. 하지만 일주일 이상 출혈이 계속될 것 같지는 않습니다."

"그러니까 일주일 안에는 경찰 병원으로 옮길 수 있는 상태가 된다는 말씀이죠?"

"단언은 못 하지만, 그럴 가능성이 큽니다."

"그 정도면 기다리겠습니다. 여기서도 이야기는 들을 수 있으니까."

미노베는 성큼성큼 침대로 다가가서 곁눈으로 아키호를 노려보았다.

"앞으로 이 꼬맹이랑 중요한 대화를 할 거라 선생님은 나가 주실까요?"

"무슨 소리예요? 신문할 때는 의사가 옆에 있어야 한다고…."

"그건 과장 선생님께 부탁드리죠."

미노베가 아키호의 말을 막았다. 야나이는 "제가요?" 하며 미간을 좁혔다.

"네, 그렇습니다. 의사가 아무나 옆에 있으면 되는 거 아닙니까? 그럼 과장 선생님께 부탁드립니다. 이 여의사 선생님은 안 되겠습니다."

"저는 왜 안 되죠? 이시다 료스케 씨의 주치의는 접니다."

아키호가 항의하자, 미노베는 코웃음을 쳤다.

"주치의라서 그렇습니다. 게다가 당신은 여자죠."

모욕적인 태도에 아키호는 "무슨 뜻이죠?!" 하며 뺨 근육을 굳혔다.

"당신은 이 꼬맹이랑 너무 많이 접촉했어요. 이놈은 타고난 제비족이에요. 이놈이랑 있으면 남자든 여자든 농락당합니다. 특히 당신 같은 연상 여자는 더더욱."

미노베는 불쾌한 미소를 지었다.

"그쪽 테크닉도 초일류라는 소문이 있습니다. 선생님, 그쪽 서비스까지 받으셨습니까?"

머리에 피가 쏠렸다. 고함을 치려고 떨리는 입술을 열었을 때, "그만!" 하는 박력 넘치는 목소리가 방을 울렸다. 야나이가 지금까지 보이던 느긋한 태도와 다르게 험악한 표정으로 미노베를 노려보았다.

"이 친구는 일류 의사이자 내 소중한 부하입니다. 계속 모욕하면 우리 병원에서 정식으로 경찰에 항의하겠습니다."

"아아, 제가 오버했군요. 이놈한테 방심하는 바람에 깍둑썰기 당한 피해자를 알아서요. 정말 죄송합니다, 아키호 선생님."

지나치게 정중하게 말하는 미노베 앞에서 아키호는 주먹을 꽉 쥐는 것밖에 할 수 없었다.

"그런데 저 같은 무신경한 놈이랑 있으면, 아키호 선생님이 또 화나실지도 모릅니다. 그러니까 과장 선생님, 입회 부탁드립니다."

미노베는 아첨하듯 말했다. 야나이는 마지못해 "알겠습니다" 하며 턱을 당기고는 곁눈으로 아키호에게 시선을 보냈다.

"여기는 나한테 맡겨."

"하지만…."

반론하려는 아키호를 야나이의 날카로운 눈빛이 꿰뚫었다. 더 물고 늘어지면 료스케와의 관계를 들킬지도 모른다. 하는 수 없이 아키호는 출입구로 향했다. 문을 열고 병실을 나가서 빠른 걸음으로 복도를 지나갔다. 그때, 뒤에서 발소리가 들렸다. 돌아보니 쿠라시키가 잰걸음으로 쫓아오고 있었다.

"아키호 선생님, 잠깐만요."

"무슨 용건이세요? 료스케 씨를 신문하셔야죠."

"아쉽게도 미노베 씨가 저더러 신문에 방해되니까, 저는 선생님과 얘기를 나누라고 하더라고요."

머리를 긁적이는 쿠라시키에게 아키호는 "딱히 할 얘기 없어요"라고 차갑게 말했다. 미노베처럼 오만하지는 않지만, 이 사람도 형사다. 입을 잘못 놀려서 꼬리를 밟힐 위험을 감수할 필요는 없다.

"부탁드립니다. 선생님과 얘기 못 나누면 미노베 씨한테 야단맞아요."

쿠라시키가 매달리듯 말하자, 아키호는 작게 한숨을 쉬었다.

"대체 뭐가 궁금한데요?"

"이시다 료스케는 아직도 자기가 '한밤중의 토막살인마'가 아니라고 하나요?"

"그거야말로 제가 아니라 료스케 씨한테 직접 물어볼 질문 아닌가요? 지금쯤 미노베 씨가 료스케 씨한테 추궁하고 있겠죠."

"네, 그렇겠죠. 하지만 이시다 료스케는 말하지 않을 겁니다."

쿠라시키의 목소리에서 경박한 느낌이 사라졌다.

"어수룩해 보이지만, 이시다 료스케는 진흙탕 속에서 살아온 놈입니다. 끈질기고, 무엇보다 경찰을 싫어하죠. 특히 미노베 씨 같은 사람을요. 그래서 선생님께 물어보는 겁니다."

"왜 저한테요?"

"이시다 료스케가 선생님한테 마음을 열었으니까요. 방금 이시다 료스케가 선생님께 도움을 청하는 눈빛을 보냈습니다. 제가 알던 그 녀석한테서는 상상도 못 할 모습이죠. 저도 그 녀석을 어떻게든 도우려고 해왔지만, 한 번도 저를 그렇게 의지한 적은 없었습니다."

적절한 분석이었다. 스스로 말한 것처럼 이 사람은 료스케를 잘 안다. 그렇다면….

몇 초 고민하다가 아키호는 "알겠습니다"라고 수긍했다.

"잠깐 정도는 얘기할 수 있어요. 하지만 여기서 얘기할 내용은 아니네요."

아키호는 "이쪽으로 오세요" 하며 바로 옆에 있는 '병세 설명실'이라고 적힌 문을 열었다. 문자 그대로 환자나 그 가족에게 병세를 설명할 때 사용하는 작은 방. 책상과 철제 의자만 놓인 살풍경한 공간에 들어간 아키호는 책상을 끼고 쿠라시키와 마주 앉았다.

"료스케 씨는 요즘도 저한테 자기가 무죄라고 주장하고 있어요."

아무 서론 없이 아키호가 말하자, 쿠라시키는 "그렇군요" 하며 고개를 끄덕였다.

"수사는 진전이 있나요? 료스케 씨가 '한밤중의 토막살인마'라는 증거는 나왔나요?"

성매매 업소에서 아사토 유키에와 관련된 정보를 얻었지만, 아직 사건의 진상에 접근했다고 할 수는 없는 상황이다. 어떻게든 경찰에게 있는 단서를 손에 넣고 싶었다.

"죄송합니다. 아무래도 그런 건 말씀드릴 수 없습니다."

혀를 찰 뻔했다. 이 사람이라면 쉽게 걸려들 줄 알았건만, 그리 녹록하지는 않은 듯하다.

"이시다 료스케는 사건과 관련해서 아무 말도 안 하던가요?"

아키호가 다음으로 물을 내용을 고민하는 사이에 역으로 쿠라시키가 질문했다.

"…이번 사건의 피해자가 아사토 유키에 씨 맞죠? 그 사람을 진심으로 사랑했다고, 죽일 리가 없지 않냐고 말했어요."

"사랑과 미움은 한 끗 차이라고 하죠. 전 여자친구를 죽여서 자기만의 것으로 만들려고 한 걸지도 모릅니다. 제가 필사적으로 갱생시키려고 했지만, 그 녀석의 마음에는 전혀 닿지 않았던 거죠."

"갱생시키려고 했다면서 매춘을 그만두게 하지도 못하셨네요."

짜증이 나서 비꼬듯 말하자, 쿠라시키의 눈이 슥 가늘어졌다.

"흐음, 그것까지 아시는군요."

실언을 깨달았지만, 이미 늦었다. 쿠라시키는 턱을 당기고 관찰하는 시선을 던졌다.

"그 녀석은 웬만해서 자기가 몸을 판다는 이야기를 하지 않습니다. 선생님은 어떻게 그 사실을 아셨죠?"

"당연히 료스케 씨한테 들었습니다."

"그렇군요. 이시다 료스케한테. 선생님은 그 녀석한테 꽤 신뢰받는 모양이군요."

쿠라시키는 한 박자 쉬고 "하지만" 하며 말을 이었다.

"방심은 금물입니다. 이시다 료스케의 사랑스러운 얼굴과 태도에 빠진 사람들은 남자든 여자든 말라비틀어질 때까지 착취당했습니다. 아시다시피 그 녀석은 몸을 팔았습니다. 하지만 성적 관계를 맺고 그 대가를 받는 단순한 행위가 아닙니다. 그 녀석은 손님과 유사 연애 관계를 맺습니다."

"유사 연애?"

"연인…, 아니, 애완동물처럼 어리광을 부려서 피해자의 보호욕과 독점욕을 미치도록 자극합니다. 게다가 다른 '유사 연인'과의 관계를 은근히 내비치죠. 그 피해자들은 이시다 료스케를 어떻게든 자기 것으로 만들려고 온 힘을 다해 돈을 대주고 환심을 사려고 합니다."

"그런 일을 료스케 씨가…?"

"네. 심지어 무시무시하게도 이시다 료스케는 의도적으로 그러는 게 아니라 무의식적으로 그런 태도를 취하면서 피해자들을 가지고 노는 경향이 있습니다. 그놈은 타고난 포식자입니다."

"포식자…. 그냥 사람들이 료스케 씨한테 반해서 이것저것 선물하는 거겠죠…."

"그렇게 말할 수도 있겠습니다. …하지만 그 사람들은 자신의 '모든 것'을 선물하죠."

쿠라시키는 감정을 죽인 목소리로 말했다 아키호는 "모든 것이라면…" 하며 갈라진 목소리를 짜냈다.

"말 그대로 모든 것 말입니다. 이시다 료스케에게 환심을 사려고 성매매 업소에서 일해서 돈을 갖다 바친 사람, 자기가 가진 아파트를 판 사람도 있었습니다. 언제는 이시다 료스케를 뺏으려고 여자들끼리 칼부림을 한 적도 있습니다. 다행히 사망자는 없었지만요."

담담히 언급되는 내용에 말을 잃은 아키호를 보며 쿠라시키는 입술 끝을 올렸다.

"흔히 '마성의 여자'라고 불리는 여자가 있지 않습니까? 이시다 료스케는 그야말로 '마성의 소년'입니다. 게다가 어마어마한 '마'를 숨긴 괴물이죠. 처음 만났을 때부터 저는 그걸 눈치챘습니다. 선생님도 방심하시면 그 녀석에게 휘말립니다."

겨우 십몇 분 전, 료스케가 귓불을 애무했을 때 느꼈던 달콤한 저릿함을 떠올렸다. 어쩌면 자기도 모르는 사이에 료스케의 '사냥감'이 됐는지도 모른다.

"처음부터 눈치챘다면서 왜 쿠라시키 씨는 료스케 씨를 갱생시키려고 했죠? 본질적으로 그렇게 위험한 소년을요."

말을 찾는 듯 쿠라시키의 시선이 몇 초간 허공을 떠돌았다.

"그놈이 '본질적으로' 위험하기 때문이었습니다."

선문답 같은 말에 아키호의 콧잔등에 주름이 졌다.

"다시 말하면, 이시다 료스케는 딱히 악의를 갖고 있지 않기 때문입니다. 역으로 그 녀석은 어디까지나 순수한 어린아이입니다. 하지만 너무나도 아름다운 그 외모와 모성 본능을 자극하는 그 태도에 주변 사람들이 알아서 현혹되고 파멸해 가는 겁니다."

"다른 사람을 대하는 법을 잘 가르치면 료스케 씨가 갱생할 가능성이 있다고 생각하셨나요?"

"갱생뿐만 아니라 사회에 강한 영향력을 끼칠 인물로 성장할 거라고 기대했습니다. 그 녀석의 가정환경에 동정심을 품기도 했죠. 뭐, 제 오산이었지만요. 그 녀석의 본질이 그렇게까지 '악'인 줄은 몰랐습니다."

"가정환경이요? 부모에게 학대를 당했나요?"

"으음, 상당히 복잡해요. 이시다 료스케한테 어머니 이야기는 들으셨나요?"

"네." 아키호는 고개를 끄덕였다. "료스케 씨가 초등학생 때 돌아가셨다고요."

"그냥 돌아가신 게 아니에요. 이시다 료스케의 어머니는 자살했습니다. 그리고 시신을 발견한 사람은 초등학생이던 이시다 료스케였어요."

참혹한 이야기에 말을 잃은 아키호 앞에서 쿠라시키는 계속 이야기했다.

"그 일이 있기 몇 년 전부터 어머니가 우울증을 앓은 모양인데, 어린 이시다 료스케는 어머니를 최대한 살갑게 대했다고 합니다. 그런 어머니가 스스로 목숨을 끊었으니 어린 이시다 료스케가 트라우마를 겪을 만큼 충격을 받은 건 당연하지만, 그 이상으로 충격을 받은 사람이 있었습니다."

"그게…, 누구죠?"

"이시다 료스케의 아버지입니다." 쿠라시키는 힘없이 고개를 흔들었다. "원래도 아이에게 별로 관심이 없었다는데, 아내가 죽고 나서는 훨씬 심해졌어요."

"폭력을 행사했나요?"

"직접적인 폭력은 없었던 것 같습니다. 하지만 철저히 이시다 료스케를 피했고, 부모로서 할 역할을 거의 포기했다고 합니다."

"방임…."

"그렇습니다. 하지만 초등학생치고 제법 똘똘하던 이시다 료스케는 부모의 도움 없이도 최소한의 생활을 유지할 수 있었습니다. 그래서 아동 상담소의 도움을 받을 기회도 없이 살았죠. …자신을 철저히 거부하는 아버지와 함께요."

어린아이에게 그 삶이 얼마나 힘들었을지, 아키호는 상상조차 할 수 없었다.

"역시 그런 아버지와 같은 지붕 아래에 있는 게 고통이었는지, 중학생이 될 즈음에 이시다 료스케는 집에 들어가지 않게 됐습니다. 그리고 그 녀석은 자신의 무기를 깨달았죠."

"얼굴…이군요."

"그렇습니다." 쿠라시키는 고개를 끄덕였다. "그 비정상적일 만큼 수려한 외모만 있으면 여자의 집에 기생하기도 쉬웠습니다. 인터넷에서 그런 만남도 쉽게 가질 수 있으니까요."

"인터넷? 상대는 중학생인데요?!"

"물론 불법입니다. 하지만 인터넷상에서 지하에는 불법 행위와 관련된 정보가 넘쳐납니다. 약물, 사기, 범죄 동료 모집, 그리고…, 매춘."

혐오감에 아키호의 얼굴이 일그러졌다.

"물론 이시다 료스케도 처음부터 지금처럼 제비족 같은 짓을 하지는 못했습니다. 처음에는 반사회 집단을 이끄는 보스의 여자와 관계를 맺고 그걸 들켜서 반죽음당한 적도 있었어요. 그 무렵이었죠, 제가 그 녀석을 처음 만난 게. 가련한 소년을 그런 삶에서 꺼내주고 싶었습니다. 하지만 그 녀석은 서서히 경험을 쌓아서 제비로서 실력을 갈고닦았습니다. 여자를…, 아니, 자신의 몸에 관심을 보이는 놈들을 홀리는 방법을 익히고 어느새 피식자에서 포식자로 성장했습니다."

"그건 살기 위해 어쩔 수 없었던 것 아닌가요? 게다가 다른 사람을 사냥감으로 본다면, 일부러 죽일 필요는 없잖아요. 죽이면 그 사람에게 기생할 수도 없고, 처벌되는 큰 리스크가 생기니까요. 말이 안 돼요."

말을 토해낸 아키호는 쿠라시키의 조용한 시선에 정신을 차렸다. 하지만 이미 늦었다.

"그러니까 선생님은 이시다 료스케가 '한밤중의 토막살인마'가 아니라고 생각하시는군요."

"아니요, 그건…" 아키호는 뭐라고 대답해야 할지 몰라서 웅얼거렸다.

"선생님, 조심하세요. 미노베 씨가 말한 대로 이시다 료스케는 다른 사람을 조종하는 데 달인입니다."

쿠라시키가 똑바로 눈을 들여다보았다.

"이시다 료스케가 살아온 환경에는 아시다시피 동정할 여지가 많습니다. 하지만 그 환경에서 이시다 료스케는 자신의 본질인 '악'을 숙성시켜 괴물로 변했습니다. 절대 방심하지 마세요. 안 그러면, …당신도 토막 날 겁니다."

쿠라시키는 침을 꿀꺽 삼키는 아키호에게 단전을 울리는 목소리로 말했다.

"그 녀석은 틀림없이 '한밤중의 토막살인마'입니다."

3

가로등에 비친 길을 걸었다. 오후 일곱 시경, 코토구 스미요시역에서 도보로 10분 정도 걸리는 한산한 주택가. 저녁 시간대라 주변에는 희미하게 식욕을 부르는 냄새가 떠돌았다.

아키호는 한 손으로 배를 붙잡고 걸음을 재촉했다. 오후 여섯시까지인 응급의학과 근무를 마치자마자 여기에 오느라 점심부터 아무것도 먹지 못했다.

하지만 식사할 겨를이 없었다. 아랫배에 힘을 주어 허기를 모르는 체하며 고개를 들었다. 십몇 미터 앞에 목적지가 보였다. 참지 못하고 잔달음질하며 다가간 아키호는 콘크리트 블록 담 너머에 선 건물을 보았다. 2층짜리 독채. 노출 콘크리트에 큰 창문이 인상적인, 전위적인 건축물. 토지 가격도 포함하면 2억 엔은 금방일 것 같다.

아키호는 큰 문기둥에 걸린 문패를 보았다. 거기에는 '이시다'라고 적혀 있었다.

이시다 료스케의 본가. 어제 쿠라시키와 대화를 마치고 병세 설명실을 나가자, 마침 료스케에게 신문을 마친 미노베가 야나이와 함께 복도를 지나가고 있었다.

"아, 미노베 씨, 이시다 료스케랑 이야기 잘 나누셨나요?"

그렇게 물은 쿠라시키를 노려본 미노베는 분한 듯 내뱉었다.

"아무 말도 안 해. 마네킹처럼 무반응이야. 좀 더 쥐어짜고 싶었는데, 그 이상은 허가가 안 된대."

"중증 환자한테 너무 부담을 주는 건 좋지 않으니까요."

천연덕스러운 말투로 야나이가 말하자, 미노베는 짜증스럽게 머리를 긁적이더니 "본부로 가자"하며 쿠라시키를 데리고 돌아갔다.

형사들이 떠나고, "그럼 뒷일 잘 부탁해" 하며 사라지는 야나이의 등을 끝까지 지켜본 아키호는 곧바로 료스케의 병실로 돌아가서 그에게 본가 주소를 물었다. 료스케의 출발점은 그 가정환경에 있다. 쿠라시키와 나눈 대화로 그 사실을 깨달은 아키호는 다음으로 해야 할 행동을 알아차렸다.

료스케의 아버지를 만나야 한다.

처음에 료스케는 주소 알려주기를 꺼렸지만, 연락처로 본가 주소가 필요하다고 설득해서 겨우겨우 알아내는 데 성공했다.

대문 너머에 선 집을 바라보니 가슴속에서 괴로운 감정이 솟아올랐다.

이렇게 부유한 집에 태어난 아이가 몸을 팔 정도로 궁핍하다니….

문기둥에 달린 인터폰 버튼을 눌렀다. 전자음이 울렸지만, 대답은 없었다.

아무도 없나? 고개를 든 아키호는 2층 구석에 달린 방 창문에서 빛이 새어 나오는 것을 보고 계속해서 버튼을 눌렀다. 1분 넘게 연속으로 전자음을 울리니, 끈기에 졌다는 듯 "시끄러워!" 하는 고함이 인터폰에서 들려왔다.

"이시다 류세이 씨죠?"

아키호는 잽싸게 료스케에게 들은 아버지의 이름을 불렀다. 몇 초 침묵 끝에 경계심에 찬 목소리가 들려왔다.

"…누구야?"

"저는 린카이 제1병원 응급의학과 의사 코마츠 아키호라고 합니다. 아드님 일로 드릴 말씀이…."

"난 아들 없어!"

음량 때문인지 목소리가 찢어졌다. 귀에 아픔을 느끼면서도 아키호는 물고 늘어졌다.

"이시다 료스케 씨가 아드님이시잖아요. 그분 상태에 대해서 보호자님께 알려드릴 의무가 있습니다."

"그런 놈 몰라. 내 아들은 한참 전에 죽었어! 알아들었으면 얼른 꺼져!"

난폭하게 내뱉는 목소리를 듣고 아키호는 이상함을 느꼈다. 왠지 그 말투에 분노뿐만 아니라 공포가 섞여 있는 듯 들렸다.

이 인터폰 너머에 있는 사람은 무엇을 두려워하는 것일까? 곰곰이 생각한 아키호는 천천히 입을 열었다.

"…경찰이 왔다 갔군요?"

인터폰 너머에서 전달되는 숨을 삼키는 기척에, 아키호는 확신했다. 이 사람은 이미 아들이 연쇄 살인범으로 구속된 사실을 안다.

"무슨…, 소리야? 이제, 끊어… 됐어…."

"그럼 동네 분들한테 이야기를 들어야겠네요. 그래도 괜찮으세요?"

희미하게 신음하는 목소리가 들렸다. 조금만 더 밀어붙이면 된다. 그렇게 판단한 아키호는 인터폰에 입을 가까이 댔다.

"어쩔 수 없네요. 그럼 일단 옆집을 찾아가 보겠습니다."

"잠깐! 기다려! 알았어. 얘기하자고!"

거품을 무는 목소리와 함께 철컥하고 잠금이 풀리는 소리가 났다. 원격으로 문을 열 수 있나 보다. 아키호는 조심스레 대문을 열었다.

부지 안에 들어간 아키호는 현관 앞까지 이어지는 디딤돌을 밟고 나가며 주위를 둘러보았다. 꽤 넓은 정원이지만, 전혀 정비되지 않아서 무릎 높이만 한 잡초에 덮여 있었다. 안쪽에는 녹슨 그네가 설치돼 있었다. 가까이서 자세히 보니 노출 콘크리트 외벽도 노후화됐는지 얼룩덜룩했다.

폐허 같다…. 천천히 걸어가니, 현관문이 열렸다. 좁은 틈새에서 얼굴을 덮을 정도로 수염이 무성한 남자의 모습이 보였다. 아키호는 공포를 느끼며 걸음을 멈췄다.

"저기…, 이시다 류세이 씨세요?"

머뭇거리며 묻자, 남자는 "얼른 들어와" 하며 턱짓했다.

위험하지는 않을까? 혼자 온 것은 실수였을까?

잠시 주저했지만, 여기서 물러설 수는 없었다. 료스케가 경찰 병원으로 이송되기까지, 다시 말해 단서와 용의자가 동시에 수중에서 사라지기까지 이제 며칠 남지 않았다.

아키호는 각오를 굳히며 현관으로 다가갔다. 이시다 류세이가 말없이 문을 활짝 열었다. 아키호는 "실례하겠습니다"라고 인사하며 건물로 들어갔다. 현관 야간등만 켜져서 실내는 어둑했다.

펌프스를 벗으려고 하자, 류세이가 문을 잠갔다. 철컥하는 금속
소리가 유독 크게 들렸다.

입안에서 급속히 수분이 사라지는 것을 느끼며 재빨리 주위를
관찰했다. 현관은 2층까지 천장이 탁 트여서 개방감이 좋은 구조
였지만, 등이 들어오지 않아서 천장 주변에 어둠이 떠돌았다. 대
리석 바닥에는 털이 긴 카펫이 깔려 있었지만, 청소가 되지 않았
는지 어스름한데도 얼룩덜룩해 보였다.

"자…."

나른하게 중얼거리며 류세이가 뒤돌아보았다. 병적일 정도로
야위었다. 광대뼈가 두드러진 얼굴은 수염에 덮였고, 어깨에 닿을
정도로 긴 머리는 기름졌다. 셔츠 사이로 엿보이는 팔과 목은 가
늘게 힘줄이 튀어나와 있었다. 목욕은 거의 하지 않는지 피부가
무척 건조하고 거무스름했다.

그저 노숙자로 보이는 이 사람이 이런 저택에 산다는 사실에
강한 부조화가 느껴졌다. 정신적으로 몹시 불안정한 상태인 것
같다. 가슴속에서 공포가 부풀었다.

"여, 여기에 오는 걸 친구한테 말해 놨어요."

아키호는 새된 목소리로 말했다. 류세이는 "뭐?" 하며 한쪽 눈
썹을 들어 올렸다.

"만약 저랑 연락이 끊기면 경찰에 신고하라고 그 친구한테 말
해 놨어요."

이것도 허풍이었다. 만에 하나 습격당해도 도망칠 수 있도록 대
비하며 아키호는 상대의 반응을 기다렸다. 류세이는 얼굴을 들이
밀며 다가왔다. 반사적으로 뒤로 물러난 아키호를 스쳐 지나간

류세이는 복도를 지나갔다.

"네가 쳐들어왔잖아. 가고 싶으면 얼른 꺼져."

"모, 못 가요."

당황해서 류세이의 뒤를 쫓아간 아키호는 얼굴을 찌푸렸다. 쉰 내가 코끝을 찔렀다. 그 냄새는 앞으로 가면 갈수록 짙어졌다.

복도 맨 구석에 있는 문을 "여기야" 하며 연 류세이는 벽 스위치를 눌러 전등을 켰다. 그 순간, 지금까지와는 비교할 수도 없을 만큼 강렬한 썩은 내가 밀려왔다.

열 평은 될 것 같은 널찍한 거실. 손님맞이용 소파와 테이블 앞에 거대한 액정 TV가 있었고, 부엌 옆에는 고풍스러운 다이닝 테이블이 자리했다. 그 위에는 다 먹은 간편식 용기 여러 개와 알코올음료 캔이 산더미 같았고, 바닥에까지 흐트러져 있었다. L자 소파 앞에 있는 낮은 테이블도 비슷한 상태였고 카펫에는 컵라면 국물로 추측되는 얼룩이 보였다.

부엌 싱크대에는 식기가 가득 쌓여 있고 파리가 득시글거렸다.

류세이는 소파에 앉아서 낮은 테이블에 놓인 맥주 캔을 흔들어 안이 비지 않은 것을 확인하고는 그것을 망설임 없이 입에 흘려 넣었다.

아키호는 위가 경련하듯 올라오는 구역질을 필사적으로 참으며 냄새를 최대한 맡지 않으려고 입으로 호흡하며 소파에 다가갔다.

"앉아도 돼."

"…아니요, 괜찮습니다."

아키호가 작게 고개를 흔들자, 류세이는 빈 캔을 아무렇게나 내던졌다.

이 호화로운 저택에 계속 산 것을 보면 류세이에게 일정 이상의 재산이 있음은 분명했다. 그런데도 이렇게 산다는 것은 역시 정신의 균형이 무너진 것이 틀림없다. 전문적인 치료가 필요한 상태일 것이다.

무엇이 이 사람을 이렇게까지 망가뜨렸을까.

뇌리에 해맑은 미소를 짓는 료스케의 모습이 떠올랐다. 아키호는 세차게 고개를 흔들었다.

아니다. 류세이가 방임해서 료스케를 망가뜨렸다. 이 사람이 아들에게 무슨 짓을 했을까. 과거에 무슨 일이 있었는지 반드시 알아내야 한다.

"아까 말씀드렸듯이 저는 아드님의 주치의…."

"나한테 아들 같은 거 없어!"

갑작스러운 격분에 아키호는 경직되었고, 류세이는 손으로 눈가를 덮으며 어깨를 떨었다.

"우리 아들은 죽었어…. 한참 전에 죽었어…."

"저기, 아드님은 돌아가시지 않았어요. 저희 병원에 이송됐을 때는 중태였지만, 제가 처치해서 목숨을 구했습니다."

다음 순간, 류세이가 고개를 획 들며 핏발 선 두 눈을 아키호에게 향했다.

"너냐?! 네가 료스케를 살렸어?!"

"그, 그렇습니다…."

겁먹은 아키호가 목소리를 떨자, 류세이는 소파에서 일어서서 옆에 있던 맥주 캔을 들입다 던졌다. 캔은 완전히 빗나갔지만, 맥주 방울이 아키호의 뺨을 때렸다. 부패했는지 무척이나 끈적거리고 악취가 났다.

"무슨 짓을 한 거야! 그놈을 살리다니! 그 살인자를, 그 악마를 지옥으로 떨어뜨릴 기회였는데…."

"가까이 오지 마세요!"

아키호는 날카롭게 말하며 가방에서 스마트폰을 꺼내 치켜들었다.

"더 다가오면 경찰에 신고할 겁니다!"

목에 힘이 들어가고 공포로 목소리가 떨리려는 것을 가까스로 억눌렀다.

숨조차 제대로 쉬기 힘들 만큼 공기가 팽팽한 공간에서 아키호와 류세이의 시선이 격렬하게 부딪쳤다. 만약 여기서 눈을 피하면 류세이에게 공격을 당해서 죽을지도 모른다. 그런 공포가 혈류를 타고 전신 세포를 잠식했다.

몇십 초 후, 먼저 눈을 돌린 사람은 류세이였다. 소파에 힘없이 털썩 앉는다.

"왜…, 왜 그놈을 살린 거야…."

오열이 섞인 목소리를 짜내는 그 모습이 애처로워서 자기도 모르게 눈을 다른 곳으로 돌릴 뻔했다.

"아직 아드님…, 료스케 씨가 살인범이라고 확정되지 않았어요. 경찰은 료스케 씨가 '한밤중의 토막살인마'라고 단정하지만, 누명일 가능성도 있습니다."

경계하면서도 위로하듯 말을 걸자, 류세이는 투정 부리는 아이처럼 고개를 흔들었다.

"아니야. 그놈은 틀림없이 살인자야. …료스케는 동생을, 내 아들을 죽였어."

"무, 무슨 말…."

"그놈은 아내가, 루카가 데려온 아이야. 아내는 대학생 때 료스케를 임신했는데, 상대 남자가 도망가서 긴자에서 호스티스로 일하며 료스케를 키웠어. 그리고 나를 만나서 결혼했어."

"그럼 당신 아들이라는 건…."

"당연히 료스케가 아니야." 류세이는 눈을 살짝 가늘게 떴다. "나는 진심으로 아내를 사랑했어. 정말 아름다운 여자였어."

그토록 용모가 빼어난 료스케의 어머니다. 어마어마하게 아름다운 여성이었을 것이다. 이런 집에 사는 부호가 빠져들 만큼. 아키호는 혼란스러운 머리로 열심히 상황을 파악했다.

"루카는 내 아이를 임신해서 낳았어. 남자아이였어. 아내를 닮아서 정말 귀여운 아이였어."

"당신은 그 아이만 예뻐하고 료스케 씨를 거부했나요?"

아키호가 묻자, 류세이는 짜증스럽게 고개를 저었다.

"그러지 않았어. 아내와 나 사이에 생긴 아이를 더 예뻐했을지는 몰라도 료스케한테도 나 나름대로 충분한 애정을 쏟았어. …그놈이 아들을 죽이기 전까지는."

류세이의 목소리에 증오가 뱄다. 아키호는 "무슨 일이 있었던 거죠?"하며 침을 삼켰다.

"첫돌이 되기 직전에 아들이 죽었어. 10년 전 일이야."

"설마, 료스케 씨가 그랬다고…."

"당연하지! 휴일 오후에 아들이 낮잠을 자서 나랑 아내가 거실에 있었어. 그런데 료스케가 다가와서 말했어 '아기가 숨을 안 쉬어'라고. 당황해서 아이 방에 가보니까 아들이 이미… 차가웠어."

"어쩌다 그렇게 됐죠?"

"내가 어떻게 알아! 곧바로 구급차를 불렀지만, 아들은 살지 못했어. 의사는 원인 불명이라고 했어. 하지만 나는 바로 알았어. 료스케가 그랬다는 걸."

"하지만 원인 불명이라고…."

"그때 료스케는 아들하고 있었어! 그놈이 그런 게 분명해!"

기름진 머리카락을 헝크는 류세이를 보고 아키호는 어금니를
꽉 물었다.

유아 돌연사 증후군. 건강한 유아가 돌연사하는, 원인불명의 증
상. 그 불행을 맞닥뜨린 부모는 현실을 받아들이지 못하고 정신에
불균형이 일어나는 경우가 적지 않았다.

분명 앞에 있는 이 사람도 그랬을 것이다. 누군가를 탓하지 않
으면 마음이 무너져 버릴 것 같았으리라. 그리고 료스케에게 아
들이 죽은 책임을 덮어씌웠다.

"나뿐만이 아니라 루카도 심각한 우울증에 걸려서 계속 잠만
자는 시간이 많아졌어. 료스케는 루카 옆에 계속 붙어 있었지. 그
놈 때문에 가족이 엉망진창이 됐는데…."

류세이는 이를 갈았다. 불쾌한 소리에 아키호는 얼굴을 찌푸렸
다.

"료스케 씨가 동생을 죽인 것 같다고 아내에게도 말했나요?"

"당연하지! 당장 그놈을 버려야 한다고, 계속 말했어. 그놈만 없
었으면 우리는 다시 행복한 가족을 만들 수 있었는데!"

입가에 거품을 물며 소리치는 류세이에게 아키호는 차가운 시
선을 쏟았다.

차남이 돌연사한 것은 확실히 료스케의 어머니가 우울증에 걸
리는 방아쇠였을 것이다. 하지만 그녀를 지옥 밑바닥에 처박은 사
람은 류세이가 분명하다.

목숨을 걸고 키워 온 장남이 살인자라는 말을 남편에게 매일같

이 들어야 했다. 그럴 리가 없다고 믿으면서도 계속해서 쏟아지는 말은 독처럼 마음을 좀먹고 사랑하는 아들을 향한 의심이 솟아올랐을 것이다.

아름답고 사랑스럽고, 그리고 항상 살갑게 다가와 주는 존재가 살인자일지도 모른다. 어머니의 사랑을 독점하려고 새로 태어난 경쟁자의 목숨을 앗아갔을지도 모른다. 그런 의심에 끊임없이 시달렸을 테니 우울증이 악화된 것도 당연하다.

"…그래서 아내분은 자살한 거죠?"

아키호가 낮은 목소리로 묻자, 류세이는 "아니야!"라고 소리쳤다.

"아내를 죽인 것도 료스케야. 그놈이 학교에서 집으로 돌아왔을 때, 아내는 손목을 자르고 죽어 있었어. …이 거실에서."

여기서…. 코를 찌르는 악취가 썩어 문드러진 시체에서 나는 것 같은 착각에 휩싸여서 한순간 겁을 먹었지만, 아키호는 배에 힘을 주어 혐오감을 억눌렀다.

"역시 아내분은 자살이었군요. 그런데 왜 료스케 씨가 죽였다고 하시죠?"

"그놈이 아들을 죽이지 않았으면, 아내가 죽을 일도 없었어. 다 그놈 때문이야!"

너무나도 억지스러운 논리에 열심히 억눌렀던 혐오감이 또다시 부풀어 올랐다.

"그래서 아내분이 돌아가신 뒤에 료스케 씨를 학대했나요? 이 집에 있는 료스케 씨를 완전히 없는 사람 취급하고, 아무리 친자식은 아니어도 아버지로서 해야 할 의무를 내팽개쳤나요?"

"학대…?" 류세이는 흐린 눈을 끔뻑거렸다. "그 이후 일은 몰라.

그딴 놈은 아내가 없으면 나랑은 아무 상관 없어. 아니, 그놈만이 아니야. 전부 나랑 상관없어… 이제 다 끝났어… 그놈 때문에, 그 새끼 때문에…"

초점 잃은 눈으로 허공을 바라보며 딸꾹질하듯 웃음소리를 흘리는 류세이를 보고, 무슨 말을 해도 소용없음을 깨달았다. 젖먹이 아들을 잃고, 사랑하는 아내가 스스로 목숨을 끊자, 이 사람도 완전히 망가지고 말았다.

이제 이 사람에게 들을 수 있는 정보는 없다. 그렇다면 이 지독한 집에 더는 용건이 없었다. "실례하겠습니다"라고 인사하고 걸음을 돌렸다. 류세이는 반응하지 않았다.

구역질로 턱 막힌 가슴께를 누르며 아키호는 거실을 뒤로했다.

뒤에서 쫓아오는 기묘한 웃음소리가 아키호에게는 오열처럼 들렸다.

목덜미에서 열을 뺏어가는 밤바람이 가슴속 화를 어느 정도 희석해 주었다. 아키호는 크게 심호흡하고 찌꺼기처럼 폐 속에 차 있던 공기를 토해냈다.

이시다 류세이와 대화를 끝낸 지 이미 한 시간 정도 지났다. 그 집을 뒤로한 아키호는 그대로 전철을 타고 귀가했다.

집은 츠키시마역에서 도보로 10분 정도 떨어진 곳에 있다. 시간은 오후 아홉 시경. 저녁에는 집으로 돌아가는 회사원이 많이 다니는 길이지만 지금은 한산하다.

아키호는 골목으로 들어갔다. 블록 담으로 만들어진 미로 같은 이 골목은 집으로 이어지는 지름길이었다.

엷은 가로등 빛에 비친 길을 걸으며 아키호는 턱에 손을 댔다.

류세이와 대화한 덕분에 료스케가 자라온 환경을 알 수 있었다.

어머니가 스스로 목숨을 끊은 뒤, 료스케는 그 저택에서 완전히 망가져 버린 양아버지와 둘이서 살았다. 폐인으로 변한, 심지어 자신에게 원한을 품은 사람과 한 지붕 아래에 있어야 하는 견디기 힘든 환경. 그래서 그는 집을 나와서 혼자 살아야 했다.

유일한 무기인 미모를 이용해서.

이시다 료스케라는 소년이 왜 그렇게 꼬였고, 사회의 구석에서 숨듯이 살아야 했는지 이해됐다. 하지만 가장 궁금한 것은 아직 안개 속에 있다.

"료스케가 '한밤중의 토막살인마'인지…."

중얼거림이 밤공기에 녹아들었다. 그때 희미하게 발소리가 고막을 흔들었다. 아키호는 걸음을 멈추고 뒤돌아보았다. 하지만 골목이 죽 이어져 있을 뿐, 사람 그림자는 보이지 않았다.

잘못 들었나…. 다시 걸음을 떼고 십몇 초쯤 지나자, 또다시 발소리가 들렸다. 방금보다 훨씬 명료하게. 재빨리 뒤돌아봤지만, 역시 아무도 없었다.

복잡하게 뒤얽힌 이 골목은 블록 담과 전봇대 그늘처럼 몸을 숨길 장소가 많다. 누군가가 거기에 숨어서 이쪽을 엿보고 있다. 그런 확신이 심장 박동을 가속했다.

치한인가? 하지만 비교적 치안이 좋은 이 지역에서 그런 사건이 일어났다는 이야기는 들은 적이 없다. 게다가 주위에는 민가가 늘어서 있다. 큰 소리를 내면 금방 소란이 일어날 것이다. 이런 데서 여자를 덮치려고 할 것 같지는 않다.

그런데 만약 폭행이 목적이 아니라면…. 거기까지 생각했을 때, 척추에 찬물을 맞은 것 같은 느낌이 들었다.

"한밤중의…, 토막살인마…."

입에서 흘러나온 목소리가 자신이 듣기에도 이상할 만큼 떨렸다.

료스케가 무죄라면, 며칠 전에 료스케의 집에 몰래 들어갔을 때 마주칠 뻔한 인물이 바로 '한밤중의 토막살인마'일 것이다. '한밤중의 토막살인마'는 료스케를 유인하기 위해서 사용한 아사토 유키에의 편지를 없애 버렸다. 하지만 그것만으로는 증거 은닉이 충분하지 않았다.

내가 그 편지를 목격했으니까….

공포가 가슴속에서 폭발했다. 아키호는 다시 앞으로 몸을 돌리고 머뭇머뭇 다리를 움직였다. 동시에 뒤에서 작은 발소리가 또 들려왔다. 목구멍에서 작은 비명을 흘린 아키호는 지면을 차고 달렸다. 추적자를 따돌리려고 샛길이 나올 때마다 뛰어 들어갔다. 같은 구조의 골목을 계속 달리는 사이에 자신이 어디에 있는지 알 수 없게 되었다.

운동 부족인 몸이 비명을 질렀다. 폐에 통증이 번지고 다리가 납처럼 무거워졌다.

같은 곳을 계속 빙빙 도는 느낌이었다. 미친 듯 날뛰는 심장 박동이 펌프스가 아스팔트를 차는 소리와 함께 고막에 울려서 추적자를 따돌렸는지, 아니면 바로 뒤에서 쫓기고 있는지조차 알 수 없게 되었다.

젖산이 축적되어 뇌의 명령을 거부하기 시작한 다리가 휘청였다. 크게 균형을 잃었을 때, 양쪽에 늘어서 있던 블록 담이 사라졌다. 아키호는 꽤 넓은 보도에 쓰러졌다. 가드레일 너머에는 편도로 2차선인 차도가 다녔고, 짐을 옮기는 트럭 따위가 오갔다.

쓰러진 채 뒤돌아보았다. 어둠이 흔들리는 좁은 골목에 사람의 모습은 없었다.

귀가 중인 회사원으로 보이는 남자가 아키호를 이상하게 보며 지나갔다.

자꾸 휘청이는 다리로 걸으며 아키호는 고개를 들었다. 몇십 미터 앞에 집이 보였다.

골목을 빠져나온 지 30분 가까이 지났다. 큰길로 나온 아키호는 그 이후 인적이 많은 길을 골라서 수시로 뒤를 경계하며 크게 우회해서 여기에 도착했다.

정말 누가 쫓아왔나? 내 망상은 아니었을까?

뇌신경이 혼선을 일으키듯 사고가 복잡하게 엉켰다. 이 감각을 안다. 반년 전, 약혼자를 잃은 것을 받아들이지 못하고 현실과 나 사이에 흐릿한 막이 생겼을 때와 똑같은 증상이다. 또다시 병세가 악화된 것일지도 모른다.

이제 손을 떼는 것이 나을까? 뒷일은 경찰에 다 맡기고…. 거기까지 생각했을 때, 아키호의 뇌리에 두 남자의 얼굴이 떠올랐다. 한 명은 사랑스러운 약혼자, 그리고 다른 한 명은 현실감이 없을 만큼 아름다운 중성적인 소년. 머리에 끼어 있던 안개가 걷혔다.

그렇다. 사랑하는 사람의 원수를 갚지 않으면, 그 소년이 '한밤중의 토막살인마'인지를 밝혀내지 않으면, 나는 해방될 수 없다. 악몽이라는 감옥을 부술 수 없다.

진정해라. 만약 방금 미행한 사람이 '한밤중의 토막살인마'라면, 상대는 경계하고 있다는 뜻이다. 다시 말해 료스케는 누명이고, 내가 진상에 접근하고 있다는 의미다.

다시 생각하기 시작한 아키호는 퍼뜩 깨닫고 고개를 흔들었다.

우선 몸의 안전을 확보하는 것을 우선해야 한다. 아키호는 아파트 입구에 들어가서 열쇠로 잠금을 해제했다. 열린 자동문을 지나서 엘리베이터로 가려고 하는데, 또다시 뒤에서 발소리가 들렸다. 뒤돌아보니, 닫히기 직전인 자동문 틈으로 젊은 남자가 몸을 욱여넣어 들어왔다. 우두커니 선 아키호에게 남자는 잰걸음으로 달려왔다.

이 사람이 '한밤중의 토막살인마'? 비명을 지르려고 입을 열었지만, 공포로 목이 경련을 일으켜 소리를 낼 수 없었다. 눈앞까지 다가온 남자가 재킷 주머니에 손을 넣었다.

죽는다. 지금까지 살아온 인생이 주마등처럼 뇌리를 스쳐 지나갔다. 웬일인지 부모님과 약혼자에 섞여서 침대 위에서 수줍어하는 료스케의 모습도 비쳤다.

남자가 주머니에서 손을 뺐다. 아키호는 눈을 굳게 감았다.

"코마츠 아키호 선생님이죠? 저는 이런 사람입니다."

유독 살가운 목소리가 울려 퍼졌다. 아키호가 "네…?"라고 얼빠진 목소리를 내며 실눈을 뜨자, 비즈니스 미소를 지은 서른쯤 되어 보이는 남자가 두 손으로 명함을 내밀었다.

명함에 시선을 떨어뜨렸다. 거기에는 '주간 코분 키류 마코토'라고 적혀 있었다.

"주로 강력 범죄를 취재하는 키류라고 합니다. 앞으로 잘 부탁드립니다."

"강력 범죄…."

머릿속에서 경고음이 울렸다. 키류라고 자신을 소개한 남자가 얼굴을 들이밀 듯 다가왔다.

"네, 그렇습니다. 현재는 '한밤중의 토막살인사건'을 쫓고 있습니다. 그 사건과 관련해서 선생님께 여쭤보고 싶어서요."

"무슨…, 말이죠? 무슨 말씀인지 모르겠네요."

동요해서 목소리가 떨렸다. 키류는 검지를 세우고 메트로놈처럼 좌우로 흔들었다.

"모르는 척하셔도 소용없습니다. 다 알아봤습니다. '한밤중의 토막살인마'가 큰 부상으로 입원해서 선생님이 주치의를 하신다고요."

"어떻게 그걸…?"

료스케의 정보는 병원 직원 중에서도 극히 일부만 알고 그마저도 철저한 함구령이 떨어졌다. 그리 쉽게 정보가 샜을 리가 없다.

"뭐, 이런 일을 하다 보면 여러모로 연줄이 생기거든요."

강력 범죄 전문 기자의 연줄… 우락부락한 중년 남자의 얼굴이 머릿속을 스쳤다.

"설마 그 형사가 정보를 흘렸나요?"

"글쎄요. 어떨까요?" 키류가 입술 끝을 올렸다. 그것은 긍정이나 다름없었다.

미노베는 이 사람에게 정보를 흘렸다. 이것은 경고다. 료스케가 이송되는 것을 계속 방해하면 언론을 부추겨서 병원을 에워싸겠다는 경고.

"에이, 너무 그렇게 경계하지 마세요. 바로 기사를 쓰지는 않을 겁니다. 정보 제공자한테서 오케이 사인이 떨어질 때까지는 기다릴 거예요. 그러니까 조금만 얘기해주실 수 있을까요?"

"…거절하면, '한밤중의 토막살인마'가 우리 병원에 입원했다는 기사를 내려고요?"

그렇게 되면 곧 다른 매체도 그 뒤를 따를 것이다. 언론에 대응하는 데 익숙하지 않은 린카이 제1병원은 제 기능을 다하지 못해 많은 환자에게 민폐를 끼칠지도 모른다.

"글쎄요. 그걸 결정하는 건 제가 아니라 정보 제공자거든요."

키류는 어깨를 으쓱했다. 아키호는 그 따귀를 후려갈기고 싶은 충동을 필사적으로 참았다.

"그럼 거두절미하고 얘기를 들을 수 있을까요? 아, 안심하세요. 선생님이 알려주신 정보라는 건 절대 발설하지 않겠습니다. 취재원의 익명성을 지키는 건 기자의 의무거든요. 우선은⋯."

"얘기 안 합니다!"

아키호는 단전에서 목소리를 냈다. 키류는 "⋯네?"라고 얼빠진 목소리를 흘렸다.

"담당 환자의 정보는 절대 발설할 수 없다는 말입니다. 이만 가주세요."

"⋯병원이 곤란해져도 괜찮으십니까?"

협박하는 말을 들으며 아키호는 입을 굳게 다물었다. 이건 허세다. 료스케의 정보가 새서 기자들이 밀려오면, 이송하기도 힘들어진다. 가만히 있어도 앞으로 며칠 후면 비밀리에 경찰 병원으로 옮길 수 있는 현재 상황에서 경찰이 그런 위험을 감수할 리가 없다.

이성을 되찾은 머리로 시뮬레이션을 돌린 아키호는 천천히 입을 열었다.

"당신이 기자로서 취재원의 익명성을 지킬 의무가 있듯이 저한테도 의사로서 환자의 정보를 절대 발설하지 않을 비밀 유지 의무가 있습니다."

"그 말을 들으니, 같은 프로로서 억지로 이야기를 끌어내기가 망설여지네요."

팔짱을 끼고 미간에 주름을 잡은 키류는 "좋습니다"라고 목소리를 높였다.

"교환 조건은 어떠세요? 알아봐 줬으면 하는 게 있으면, 뭐든 조사해 드리죠. 남자친구의 바람, 라이벌 의사의 스캔들, 뭐든 좋습니다."

"남자친구도 라이벌도 없습니다."

"예를 들면 그렇다는 겁니다. 어떤 사람이든 누군가의 비밀을 알고 싶은 욕구를 가슴속에 숨기고 있습니다. 저는 그걸 채워드립니다. 기자가 되기 전에는 탐정 사무소에서 일했거든요. 어떤 성인군자라도 이면의 얼굴을 갖고 있죠. 그걸 발가벗겨 드리겠습니다."

아키호는 "필요 없습니다" 하며 엘리베이터 버튼을 눌렀다.

"그런 말씀 마시고요. 뭔가 생각나시면 바로 연락 주세요."

키류는 억지로 명함을 쥐여 줬다. 아키호는 그것을 청바지 주머니에 쑤셔 넣었다.

"여기 주소도 형사님한테 들었어요?"

만약 그렇다면, 정식으로 항의할 것이다.

"이름과 근무지만 알면 주소를 알아낼 방법은 얼마든지 있죠. 배달 기사인 척 병원에 연락해서 '병원에서 코마츠 아키호 선생님께 보낸 서류 주소가 잘못돼서 전달할 수가 없는데, 올바른 주소를 알려주세요' 하면 돼요. 그러면 쉽게 알려주거든요."

너무나 허술한 개인정보 보안에 아키호의 뺨이 굳었다.

"병원을 책망하지 말아 주세요. 이 분야 전문가답게 신뢰를 얻기 위해서 다양한 테크닉을 사용하거든요."

의기양양하게 콧바람을 뿜는 키류를 보고 자기도 모르게 혀를
찼을 때, 엘리베이터 문이 열렸다. 키류를 밀어내듯 하고 엘리베이
터를 탔다.

"주소까지 알면서 미행할 필요는 없었잖아요. 치한인 줄 알았
다고요."

아니면 '한밤중의 토막살인마'…. 아키호가 마음속으로 덧붙이
자, 키류는 의아한 표정으로 고개를 갸웃했다. 닫혀 가는 문 사이
에서 목소리가 들려왔다.

"미행이요? 그런 적 없는데요. 저는 몇 시간 동안 이 아파트 앞
에서 선생님이 돌아오기를 기다렸어요."

4

쪼그려 앉은 채로 플라스틱 용기 뚜껑을 열고 주사기를 넣었다. 끝에서 생리식염수가 나와서 플라스틱 안에 조금밖에 없던 혈액과 섞인다.

"이제 됐어."

용기를 가볍게 흔들어 액체를 섞은 아키호는 빈 주사기를 흰 가운 주머니에 쑤셔 넣었다.

"끝났어요?"

머리 위에서 목소리가 내려왔다. 고개를 젖히자, 침대 난간 밖으로 몸을 내민 료스케가 내려다보고 있었다. 여전히 비현실적일 정도로 반듯한 그 생김새에 자기도 모르게 심장이 뛰었다.

"응, 끝났어. 이제 심낭 안에 출혈이 아직 있는 걸로 보일 거야."

"당분간 이 튜브는 못 빼는 거예요? 걸리적거리는데, 이거."

"그게 빠지면 그대로 경찰 병원으로 옮겨져서 거기서 형사들한테 하루 종일 신문 받을 거라는 뜻이야. 그래도 좋아?"

"신문은 마음을 비우고 묵비권을 행사할 거라서 상관없는데, 선생님이랑 떨어지는 건 싫어요. 옆에 있어 주세요. 선생님은 저한테 '특별한 사람'이니까요."

쓸쓸한 미소를 띤 료스케의 시선을 받고 아키호는 "…어?"라고 목소리를 흘렸다.

"선생님만 내 무죄를 믿어주잖아요. 경찰 병원에 끌려가면 이제 아무도 제 편이 되어주지 않을 거예요. 그러니까 선생님, 같이 있어 주세요."

료스케는 윙크했다. 머리에 피도 안 마른 소년에게 아무렇게나 농락당하자, 얼굴이 뜨거워졌다.

"너, 이제 조금 위기감을 가져. 이런 잔재주로 어물쩍 넘기는 것도 이제 한계야. 게다가 나는 네가 무죄라고 믿지 않아. 여전히 네가 '한밤중의 토막살인마'일 가능성도 있다고 생각해."

굴욕감과 수치심을 감추듯 재빠르게 말하자, 료스케는 슬며시 눈을 가늘게 떴다.

"그런데 선생님, 저희 아버지는 어땠어요? 뭐, 정확히는 양아버지지만."

"무슨…."

"모르는 척하지 않으셔도 돼요. 저희 본가에 가셨죠? 입원한 지 며칠이나 지났는데, 갑자기 본가 주소를 알려달라고 하니까 싫어도 눈치챌 수밖에 없잖아요."

반론의 여지도 없는 지적에 아키호는 말문이 막혔다

"심각한 상태였죠? 마지막으로 봤을 때는 쓰레기 저택에 사는 유인원 같았어요. 얘기는 잘 됐어요? 아직 말은 통하던가요?"

신랄한 평가에 료스케의 아버지에 대한 감정이 배어 나왔다.

아키호는 "얘기했어" 하며 턱을 당겼다.

"끔찍한 소리 했죠? 내가 동생을 죽였다느니, 나 때문에 엄마가 죽었다느니."

아키호는 딱딱한 표정으로 재차 고개를 끄덕일 수밖에 없었다.

"어떻게 생각했어요? 내가 정말로 동생을 죽였다고 생각해요?"

"아마, …아니겠지. 동생은 유아 돌연사 증후군으로 죽었을 거야. 이시다 류세이는 그걸 받아들이지 못하고 네 책임이라고 굳게 믿어서 정신이 안정되기를 원했어."

"나를 믿어주는 거예요? 엄마의 애정을 독점하려고 동생을 죽인 타고난 살인자라고 생각하지 않아요?"

놀리듯 묻는 말에 아키호는 자신의 마음속을 살폈다. 지금까지 이어진 상황으로 보면, 료스케가 타고난 살인자고, 그가 바로 '한밤중의 토막살인마'일 가능성은 충분히 있다. 하지만 왠지 그렇지 않다고 느꼈다. 그가 범인이 아니기를 바랐다.

'포로가 되지 않게 조심해요.'

며칠 전 미노베에게 들은 말이 귓가에 맴돌았다.

나는 나도 모르게 이 천사 같은 얼굴을 한 소년에게 사로잡혀버린 것일까? 약혼자의 원수에게 마리오네트처럼 조종당하고 있는 것일까?

아키호는 가벼운 현기증이 일어 균형을 잃었다. "위험해!" 하는 말과 함께 침대에서 몸을 내민 료스케가 팔을 뻗어 몸을 붙잡아주었다. 아키호는 료스케와 코앞에서 눈이 마주쳤다. 살짝 갈색이 도는 그 눈동자에 빨려들 것 같았다.

"괜찮아요, 아키호 선생님?"

부러진 늑골이 아픈지 얼굴을 찌푸리며 료스케가 말했다. 아키호는 허둥지둥 료스케의 팔에서 빠져나왔다.

"괘, 괜찮아."

아키호가 허둥대며 흰 가운 옷깃을 정돈하는데, 료스케가 "감사합니다" 하며 쑥스러워했다.

"감사하다니, 뭐가?"

"동생을 죽이지 않았다고 믿어주셔서요. 지금까지 아무도 믿어주지 않았거든요."

"아무도…? 어머니는?"

아키호가 신중하게 묻자, 료스케는 슬프게 미소 지었다.

"물론 엄마는 나를 믿어줬죠. …처음에는."

료스케의 얼굴에 어두운 그늘이 졌다.

"그런데 그 남자가 엄마한테 말했어요. '료스케가 아들을 죽였어. 그놈을 버리자'라고요. 매일, 매일, 반복해서, 내가 있는 데서."

아키호는 그 광경을 상상하고 주먹을 꽉 쥐었다.

"엄마는 진심으로 나를 사랑해 줬어요. 나를 항상 안아줬어요. 하지만 나를 보는 엄마의 얼굴에 점점 공포가 떠올랐어요. 그 남자한테 내가 살인자라는 말을 계속 듣다가 뭐가 뭔지 알 수 없게 된 거겠죠. 엄마는 날마다 쇠약해졌고, 정신적으로 불안정해졌어요. 갑자기 나를 밀쳤다가도, 정신을 차린 얼굴로 '미안해, 미안해' 하면서 안아줬어요."

"…힘들었겠다."

료스케는 "아니요" 하며 가냘프게 고개를 흔들었다.

"힘들기는커녕, 행복했어요. 하지만 엄마는 확실히 쇠약해졌어요. 아기를 잃은 데다 그 범인이 나라는 말을 그 남자에게 계속 들어야 해서 절망에 빠졌어요."

고개를 들어 천장에 시선을 던진 료스케는 무언가를 그리워하 듯 눈을 가늘게 떴다.

"비쩍 말라서 슬픈 표정을 지을 때가 많아졌지만, 그래도 엄마 는 예뻤어요. 아니, 점점 더 예뻐졌어요. 패닉에 빠져서 나를 거부 할 때도 있었지만, 그때 말고는 항상 나에게 다정했어요. 사랑해 줬어요. 이런 얼굴 때문에 학교에서도 괴롭힘당했고, 양아버지는 못되게 굴었지만, 아름다운 엄마 옆에 있을 수 있어서 그냥 행복 했어요. 그런데…, 그런 일이…."

료스케가 무슨 일을 말하는 것인지 이해하고 아키호는 입을 꾹 다물었다.

"그날, 초등학교를 마치고 집에 돌아갔어요. 그랬더니, …피투 성이었어요. 소파가 피투성이였고, 거기에 엄마가 누워 있었어요. 손목을 벤 채로요."

"손목을 그어서 동맥을 잘랐구나…."

"아니요…." 료스케는 눈을 내렸다. "정말로 손목을 절단했어요. 류세이의 집에 있던, 서류 절단용 재단기로요."

너무나 끔찍한 이야기에 아키호는 말을 잃었다.

"엄마는 그전에도 여러 번 손목을 칼로 그었지만, 그래도 죽지 못했어요. 그래서 확실히 죽으려고 재단기를 썼나 봐요. 아니면 평범한 칼로 느낄 수 있는 아픔으로는 더는 괴로움을 덮을 수 없 었는지도 모르죠."

너무나 강한 마음속 고통을 조금이라도 잊기 위해서 몸에 상처 를 내야 할 것만 같은 기분을 아키호는 이해한다. 문자 그대로 뼈 아프게.

아키호는 왼손에 찬 손목시계를 살짝 틀었다. 그 아래에 뚜렷한 상처가 모습을 드러냈다. 료스케의 눈이 휘둥그레졌다.

반년 전, 사랑하는 사람을 잃은 아픔을 견디지 못해 충동적으로 손목을 그었을 때 생긴 상처.

"선생님도…, 힘들었군요. 우리 엄마랑 비슷하게…."

료스케는 두 손으로 살짝 감싸듯 아키호의 손을 잡고 손목에 난 상처에 입술을 댔다. 약간 촉촉한, 부드러운 감촉. 하지만 며칠 전 귓불을 애무 당했을 때처럼 관능의 파도에 휩싸이지는 않았다. 그 대신 가슴 속에서 희미하게 따뜻한 불꽃이 피어올랐다.

카즈키와 약혼했을 때, 언젠가는 사랑의 결실을 가슴에 품을 것이라고 믿었다. 그 장면을 상상했을 때와 비슷한, 부드러운 따뜻함. 아키호는 자기도 모르게 료스케의 머리를 쓰다듬었다.

료스케는 눈을 감고 아키호의 가슴에 이마를 댔다. 아키호는 료스케의 머리를 살짝 안았다.

시간이 사르르 흘러갔다. 이 소년을 지키고 싶다. 지금까지 느낀 적 없는 모성애가 혈류를 타고 전신 세포에 흘러갔다.

료스케가 약혼자를 앗아 간 바로 그 '한밤중의 토막살인마'일지도 모른다. 어쩌면 나는 거미줄에 걸린 나비처럼 살인마의 덫에 걸렸는지도 모른다. 이성이 던진 그런 경고는 약혼자를 잃은 뒤로 내내 잊고 지내던 따뜻한 감정에 씻겨 내려갔다.

료스케를 얼마나 안고 있었을까. 몇십 초였던 것도 같고, 몇십 분이나 그 머리카락의 부드러움에 빠져 있었던 것도 같다. 가슴 속 엷은 감정이 잦아들기를 기다리며 아키호는 살며시 료스케의 머리를 놓았다. 눈꺼풀을 천천히 들어 올린 료스케는 어딘가 아쉬운 눈빛을 보냈다.

"뭔가…, 엄마가 생각났어요…."

료스케가 부끄러워하며 코끝을 긁적였다. 아키호는 "그렇게 나이 많지 않거든" 하며 그를 노려봐서 어색함을 얼버무리고 천천히 입을 열었다.

"료스케, 나는 너를 믿어. 너는 '한밤중의 토막살인마'가 아니야. 너는 살인자가 아니야."

꽃봉오리가 벌어지듯 료스케의 얼굴에 아름다운 미소가 번졌다.

"정말 믿어 주는 거예요? 엄마도 믿어주지 않았는데…"

아키호는 목이 메는 료스케를 향해 강하게 고개를 끄덕였다.

"너는 '한밤중의 토막살인마'에게 조종당했을 뿐이야. 마리오네트처럼. 너는 아사토 유키에 씨를 죽이지 않았고, 유키에 씨를 정말 진심으로 사랑했어."

한 손으로 입가를 막고 작게 오열을 흘리는 료스케를, 아키호는 눈웃음을 지으며 바라보았다.

그래, 엄마를 잃은 료스케에게 아사토 유키에는 유일하게 마음을 허락한 존재였다. 육욕이 아니라, 순수한 애정을 나눌 수 있는 여자였다. 지금까지 료스케가 말한 유키에를 향한 마음, 그리고 그녀를 잃은 절망은 연기가 아니었다. 아키호는 그저 눈앞에 있는 소년을 믿기 위한 이유를 찾았을 뿐임을 자각하면서도 자신을 타일렀다.

우선은 료스케를 믿자. 그러면 마음을 연 그가 정보를 줄 것이다. '한밤중의 토막살인마'의 정체를 알아낼 정보를.

"지금 중요한 건 네가 유키에 씨를 죽이지 않았다는 증거를 찾는 거야. 그걸 경찰이 수긍하게 하는 거."

"그건…, 어렵지 않을까요? 나를 '현행범'으로 쫓아왔어요. 엄청

난 일이 벌어지지 않는 한, 나 말고 다른 범인이 있을 가능성은 생각도 안 할걸요."

코를 훌쩍이는 료스케에게 아키호는 상두대에 있던 휴지를 건네며 입가에 손을 댔다.

"너한테 알리바이가 있으면 좋았을 텐데. 사건 당일에 누구를 만났다든가."

"그거라면 있어요."

코를 풀며 료스케가 말했다. 아키호는 "있다고?!" 하며 눈을 부릅떴다.

"네, 유키에 선배가…, 살해당한 시간에 나는 어떤 곳에서 다른 사람을 만났어요."

"왜 경찰한테 말하지 않았어?!"

"경찰은 믿을 수 없어요. 그놈들이 유키에 선배의 편지를 없애 버렸잖아요."

맞다. 료스케는 아직 편지를 없앤 게 경찰인 줄 아는구나. 아키호는 속으로 중얼거렸다. 그날 료스케의 집에 침입한 인물이 누구인지 알 수 없어서 입을 다물었는데, 그것이 나쁜 방향으로 작용하고 말았다. 하지만….

"하지만 나한테는 말해줘도 됐잖아."

나무라듯 말하자, 료스케는 고개를 푹 숙인 채 "…선생님한테는 말하고 싶지 않았어요"라고 목소리를 짜냈다. 아키호는 그 모습을 보고 눈치챘다. 그 시간에 료스케가 '일'을 했음을.

"말하기 힘든 건 진심으로 이해해. 하지만 알려줘. 그때 누구를 만났는지. 그 사람한테 증언만 받아내면 네 무죄를 입증할 수 있어."

아키호가 어깨에 살짝 손을 얹자, 료스케는 가냘프게 고개를 흔들었다.

"나도 몰라요. 상대는 당연히 신원을 밝히기 싫어해요. 나도 장사하면서 그 사람이 누구인지 알려고 하지 않고요. 플리 마켓에 놓인 상품과, 그걸 사는 사람. 나랑 손님의 관계는 그런 식이에요."

자학으로 가득한 말을 들으며 아키호는 료스케의 어깨를 잡은 손에 힘을 주었다.

"포기하면 안 돼! 내가 반드시 그 사람을 찾아내 줄게."

"소용없다니까요. 만약 찾아낸다 해도 알리바이 증언은 절대 안 해줄 거예요. 상대는 나이 많은 남자라고요. 나는 꽤 비싸요. 나를 살 수 있다는 건 어느 정도 돈과 사회적 지위가 있다는 뜻이에요. 그런 사람이 나 같은 걸 위해서 미성년 매춘을 인정할 리가 없잖아요."

"아니야!"

아키호는 단전에서 목소리를 냈다. 료스케의 몸이 움찔 떨렸다.

"내가 반드시 그놈을 찾아내서 증언하게 만들어 줄게. 그러니까 단서를 줘. 그놈을 찾을 수 있는 단서."

아키호는 얼굴을 가까이 댔다. 두 사람은 서로를 응시했다. 몇 초 후, 료스케가 가녀린 목소리로 말했다.

"…선생님, 팔이 아파요."

손톱이 파고들 정도로 강하게 팔을 붙잡았다는 사실을 깨닫고 아키호는 "미안" 하며 얼른 손을 뗐다. 료스케는 일부러 과장되게 팔을 비비며 치켜뜬 눈으로 의심 어린 눈빛을 보냈다.

"찾아내겠다니, 어떻게 하려고요? 경찰이면 몰라도, 아마추어인 선생님이 어떻게 사람을 찾아요?"

아키호는 작은 한숨을 쉬었다.

"맞아. 그래서…, 프로한테 부탁할 거야."

5

"아니, 아무리 그래도 바로 다음 날 연락하실 줄은 몰랐습니다."

맞은편 자리에 앉은 키류가 잔에 든 맥주를 들이켰다. 황금색 액체를 단숨에 비운 키류는 큰 숨을 뱉으며 입가를 닦았다.

"연락하고 싶어서 한 게 아니에요."

아키호는 블랙커피를 홀짝였다. 쓴맛이 유독 강하게 느껴졌다.

료스케에게 알리바이 이야기를 듣고 몇 시간 후, 아키호는 오다이바에 있는 소탈한 카페에서 키류를 만났다. 전면 유리창 밖에는 불 켜진 레인보우 브리지가 보였다.

"냉정하시네요. 아, 누님, 맥주 한 잔 더요." 키류는 종업원에게 주문했다.

"여기는 이자카야가 아니에요. 이제 중요한 이야기를 할 건데 취하면 곤란해요."

"저한테 맥주는 물이나 다름없어요. 그보다 이제 저녁 시간인데 커피만 마셔도 괜찮으세요? 같이 저녁이라도 어떠세요?"

"첫 만남에 협박하던 사람이랑 느긋하게 밥 먹을 생각은 없어서요."

"이건 협상이죠. 선생님한테 있는 정보를 제공해 주시는 대신에 뭐든 조사해 드리겠다는 협상. 선생님도 제 정보 수집 능력을 높이 사서 연락 주신 거잖아요?"

허를 찔려서 입을 다문 아키호 앞에서 키류는 테이블에 팔꿈치를 짚고 몸을 앞으로 내밀었다.

"자, 그럼 이야기를 들려주세요. 저는 뭘 조사하면 되죠? 남자친구의 바람? 아니면 상사의 약점?"

"이시다 료스케예요."

아키호가 목소리를 낮추자, 키류의 얼굴이 순식간에 굳었다.

미성년자라서 경찰이 발표하지 않은 '한밤중의 토막살인마' 용의자의 이름까지 이 사람은 안다. 아키호는 신중하게 키류의 반응을 살폈다.

"그렇군요. 이시다 료스케…요." 키류는 낮은 목소리로 중얼거렸다. "대체 '한밤중의 토막살인마'의 어떤 정보가 필요하신 거죠?"

"료스케가 '한밤중의 토막살인마'가 아니라는 증거요."

"이시다 료스케가 '한밤중의 토막살인마'가 아니라고요? 무슨 소리예요? 그놈은 전 여자친구를 죽인 현장에서 발각됐어요."

"아니요, 아니에요. 료스케는 전 여자친구의 토막 난 시체를 발견했을 때 경찰에게 발각됐어요. 료스케는 덫에 걸려서 누명을 썼을 뿐이에요."

"덫? 누가 그 덫을 놨다는 겁니까?"

"'한밤중의 토막살인마'요."

키류는 눈을 슬쩍 가늘게 떴다. 상대의 마음속까지 꿰뚫을 듯한 두 눈. 앞에 있는 기자가 지금껏 지옥 같은 현장을 수없이 헤쳐 왔음이 느껴졌다.

"다시 말해 이시다 료스케는 희생양일 뿐이라는 말씀입니까?"

"네, 저는 그렇게 믿어요." 자기 자신을 타이르듯 아키호는 분명하게 말했다.

"왜 그렇게 믿으시죠? 그놈이 그렇게 사랑스러운 얼굴이어서? 사진으로만 봤지만, 확실히 남녀를 불문하고 어마어마한 미모더군요."

아키호는 비꼬는 말에도 동요하지 않고 몸을 앞으로 내밀었다.

"여러모로 정보를 모았기 때문입니다. 료스케가 '한밤중의 토막살인마'가 아니라는 정보를요."

"정보?" 키류의 한쪽 눈썹이 움찔하며 올라갔다. "어떤 정보죠?"

미끼를 물었다. 아키호는 속으로 미소를 지었다.

"그건 아직 말씀드릴 수 없어요. 거래 요소니까요. '한밤중의 토막살인마' 용의자가 마음을 연 주치의에게 털어놓은 모든 것. 엄청난 특종 아닌가요?"

키류가 사나운 표정으로 생각에 잠기는 모습을 아키호는 입꼬리를 올리며 지켜보았다.

기자는 특종을 잡는 것을 삶의 보람으로 여긴다. '한밤중의 토막살인마'로 체포된 소년의 고백. 그리고 그가 누명일지도 모른다. 그런 엄청난 미끼를 눈앞에 들이밀었으니 저항할 수 없을 것이다. 분명 이 사람을 꼭두각시로 만들 수 있을 것이다.

예상대로 몇 초 만에 키류는 누가 총을 들이댄 것처럼 두 손을 머리 위로 올렸다.

"항복입니다. 선생님의 승리예요. 그래서 뭘 알고 싶은데요?"

"당신이, '한밤중의 토막살인마'에 대해서 아는 전부요."

"전부…요." 키류는 목덜미를 긁적였다. "그야 이것저것 조사했죠. 하지만 선생님, 그에 상응하는 정보를 선생님이 갖고 계실까요? 제가 귀중한 정보를 일방적으로 탈탈 털어주는 꼴이 되면 부아가 치미지 않겠습니까? 우선은 조금이라도 선보상을 부탁드려도 될까요?"

"선보상이라…."

아키호는 중얼거리며 머리를 굴렸다. 과연 이 사람에게 어디까지 말해야 할까. 가능하면 쓸 만한 패는 남겨 두고 싶다. 하지만 이 사람의 협조 없이는 '한밤중의 토막살인마'의 정체를 밝혀낼 수 없을 것 같다.

어젯밤, 골목에서 누군가에게 미행당한 기억이 떠올랐다. 그것은 착각이었을까? 아니면 그냥 치한이었을까? 그것도 아니면 '한밤중의 토막살인마'…? 등에 차가운 떨림이 일었다.

힘겨루기에서 우위에 있는 것처럼 보이지만, 사실 초조한 사람은 아키호 자신이다. '한밤중의 토막살인마'의 정체를 밝히지 못하면, 자신은 악몽을 넘어서서 연쇄 살인마에게까지 쫓기는 공포에 시달려야 한다.

아니, 더 나아가 '한밤중의 토막살인마'의 다섯 번째 피해자로 몸이 찢길 가능성도 있다. 내 것을 내어주기 아까워할 처지가 아니다.

"사실 료스케 씨가 입원한 날…."

각오를 굳힌 아키호는 유키에의 편지를 찾으러 료스케의 집에 몰래 들어간 사실, 그리고 누군가가 침입해서 편지를 없앤 사실을 전했다.

이야기를 다 듣자, 키류는 이미 거품이 꺼진 맥주를 반쯤 마셨다.

"믿을 수가 없네요."

"믿을 수 없다니, 무슨 뜻이죠?"

"말 그대로예요. 선생님이 그런 짓을 했다니, 도무지 믿을 수가 없어요. 선생님은 그냥 주치의입니다. 이시다 료스케를 위해서 왜 그런 위험한 행동을 하셨죠?"

당연한 의문에 아키호는 "그건…"하며 제대로 대답하지 못했다.

반년 전에 약혼자를 잃고 빈 껍데기가 됐을 때의 기억이 스쳐 지나갔다. 아플 정도로 심장이 두근거려서 아키호는 신음하며 가슴을 부여잡았다. 이대로 있으면 또다시 과호흡 발작이 일어날 것이다. 아키호는 두 손을 밥그릇 모양으로 만들어 입을 덮었다.

"괜찮으세요? 왜 그래요?"

자리에서 일어나려는 키류를 어찌어찌 발작을 가라앉힌 아키호가 한 손을 들어서 막았다.

"약혼자였어요."

필사적으로 목구멍 안쪽에서 말을 짜냈다. 키류는 "네?"라고 의아하게 되물었다.

"'한밤중의 토막살인마'의 세 번째 피해자 아라마키 카즈키는 제 약혼자였다고요."

"피해자의 약혼자…. 그게 사실이면 경찰과 병원이 선생님한테

이시다 료스케의 주치의를 맡겼을 리가 없잖아요."

"약혼을 발표하지 않았거든요. 그 사람은 이혼한 지 3년밖에 안 됐고, 심지어 저는 수련의 시절에 그 사람과 같은 직장에서 일했어요. 이상한 상상을 불러일으키지 않으려고 최대한 교제 사실을 숨겼어요."

빠르게 말을 토해낸 아키호는 강한 피로감을 느꼈다.

"한 마디로 선생님은 약혼자의 원수인 이시다 료스케의 주치의가 됐다는 거군요. 왜죠?"

아키호가 침묵하자, 키류가 조용히 말했다.

"복수를 위해서…였어요?"

몸을 떠는 아키호를 키류가 응시했다.

"약혼자의 원수를 갚으려고 이시다 료스케를 수중에 뒀군요. 아닙니까?"

아키호는 "…네, 죽일 생각이었어요"라고 작은 목소리로 대답했다. 이미 거기까지 꿰뚫어 보았으니 부정해 봤자 소용없다. 그렇다면 전부 털어놓고 앞에 있는 사람에게 신뢰를 얻자.

"주치의라면 수액으로 고농도 염화칼륨을 정맥에 주사해서 아무 증거도 남기지 않고 죽일 수 있어요. 그럴 생각이었어요."

"하지만…, 선생님은 그러지 않았네요."

"네, 료스케가 자기는 '한밤중의 토막살인마'가 아니고, 덫에 걸린 거라고 했거든요. 그래서 그 진위를 확인하려고 리스크를 감수하고 료스케의 집에 들어갔어요."

아키호가 "이제 납득이 되세요?"라고 묻자, 키류는 크게 한숨을 쉬었다.

"네, 납득이 됩니다. 왜 그렇게까지 이시다 료스케에게 집착하는지도 이해됐습니다."

"집착이 아니에요. 저는 그냥 약혼자의 원수, '한밤중의 토막살인마'의 정체를 밝혀서 죗값을 치르게 하고 싶을 뿐이에요."

그렇다. 집착이 아니다. 몇 시간 전 료스케와 진심이 통하던 광경을 머릿속에서 떨쳐내며 자신을 타이른 아키호는 두 손을 테이블에 얹고 엉덩이를 뗐다.

"자, 어쩌실 거죠? 저한테 협조하시겠어요? 아니면 지금 제가 한 말을 경찰에 알리고 저를 료스케의 주치의 자리에서 물러나게 할 건가요?"

"이미 답은 정해져 있죠." 키류는 대담한 미소를 지었다. "당연히 협조할 겁니다. 입원한 이시다 료스케의 상태를 듣기만 해도 이득이다 싶었는데, 피해자의 약혼자였을 줄이야. 게다가 이시다 료스케는 희생양이고 '한밤중의 토막살인마'는 다른 인물일 수 있다고요? 그런 특종을 코앞에서 놓치면 기자가 아니죠."

"괜찮으세요? 경찰 쪽 정보 제공자의 의향을 거스르는 일일 텐데요."

"상관없습니다. 이렇게 큰 특종이면 형사 한두 명쯤 적으로 돌려도 수지타산이 맞아요. 그보다 얘기를 좀 더 해주시죠. 우선은…."

아키호는 신나게 질문하려는 키류를 "잠깐만요" 하며 막았다.

"인터뷰는 '한밤중의 토막살인마'의 정체가 밝혀지고 나서 받겠습니다. 우선은 제가 제 손에 있는 걸 보여줬잖아요. 이번에는 기사님이 정보를 줄 차례예요."

"정보요? 뭐가 궁금하신데요?" 키류는 불만스럽게 입을 삐죽였다.

"우선 경찰의 상황이요. 수사본부는 료스케 말고 다른 사람이 '한밤중의 토막살인마'일 가능성을 염두에 두고 있나요?"

"그럴 리가 없죠." 키류는 어깨를 으쓱였다. "이시다 료스케는 현장에서 잡혔어요. 이제 수사본부는 완전히 이시다 료스케가 바로 '한밤중의 토막살인마'라고 결론을 내린 채로 움직이고 있어요. 이시다 료스케를 경찰 병원으로 이송해서 신문하다가 정식으로 검찰에 송치하고 수사본부를 해산하겠죠."

"그렇군요⋯." 아키호는 턱에 손가락을 대고 다음에 해야 할 질문을 생각했다. "아사토 유키에 씨가 살해당한 시간은 밝혀졌나요?"

"네. 사건 당일 오후 여섯 시경, 일을 마치고 귀가하려던 관리인이 집에 돌아온 아사토 유키에를 목격했습니다. 그리고 다음 날로 넘어갈 무렵, 현장에 출동한 형사가 그 여자의 시신을 발견했어요. 다시 말해 그 여섯 시간 사이에 범행이 있었던 거죠."

"여섯 시간⋯. 그런데 시신은 해체된 상태였잖아요? 아무리 생각해도 시간이 꽤 걸릴 텐데요."

"몇 시간은 필요했을 거라고 하더군요. 아무리 손에 익었어도요."

"그럼 유키에 씨는 귀가 직후에 살해당했고, 몇 시간에 걸쳐⋯, 토막 났겠군요."

다시 말해 그 여섯 시간의 알리바이만 증명하면 료스케가 '한밤중의 토막살인마'가 아님을 입증할 수 있다. 아키호는 계산하면서 질문을 거듭했다.

"CCTV에 범인의 모습이 찍히지는 않았나요?"

"정문에 CCTV가 있지만, 사건 며칠 전에 고장 났대요. 자동 잠금 시스템도 없는 아파트인 데다 저녁 이후에는 관리인도 없어요. 게다가 방은 1층이고 창문은 열려 있었죠. 범인은 어디서든 들어갈 수 있었을 거예요."

"젊은 여자가 사는 아파트치고는 보안이 허술하네요."

"돈에 여유가 없었겠죠. 정신적으로 불안정해서 일하던 업소에도 제대로 나가지 않았다니까요."

"그러게요."

맞장구를 치자, 키류가 빤히 쳐다보았다. 아키호는 자기도 모르게 "왜요?" 하며 몸을 뒤로 뺐다.

"아니, 아사토 유키에가 업소에서 일한 거에, 최근에 출근하지 않은 것까지 아실 줄은 몰랐거든요. 선생님, 이 사건에 꽤 열정적이시네요."

"약혼자가 살해당했으니 당연하죠. 그리고 무슨 수를 써서라도 특종을 잡으려고 하는 기사님도 마찬가지 아닌가요?"

"듣고 보니 일리가 있네요." 키류는 어깨를 으쓱했다.

"계속 진행하죠. 아사토 유키에 씨를 죽인 게 '한밤중의 토막살인마'가 아닐 가능성은 없나요?"

"혹시 모방범, 카피캣이 저지른 범행인가 싶어서요?"

아키호는 작게 고개를 끄덕였다. 만약 모방범일 가능성이 있다면, 유키에가 살해된 시간의 알리바이를 증명해도 료스케가 '한밤중의 토막살인마'가 아니라고 단정할 수 없다. 어쩌면 모방범이 진범인 료스케를 함정에 빠뜨려서 없애 버리고, 이후에 자신이 새로운 '한밤중의 토막살인마'가 되려고 벌인 일일지도 모른다.

"그럴 가능성은 없어요. 아사토 유키에를 죽인 건 틀림없이 '한밤중의 토막살인마'예요."

"어떻게 그렇게 단언하죠?"

"아사토 유키에의 시신에 '한밤중의 토막살인마'의 마킹이 남아 있었거든요."

아키호는 제대로 이해가 되지 않아 "무슨 말이에요?"하며 고개를 기울였다.

"'한밤중의 토막살인마'가 시신을 해체하고 그 일부를 가져가는 건 대대적으로 보도돼서 다들 압니다. 하지만 그것만이 아니에요. '한밤중의 토막살인마'는 시신으로 오브제를 만들어요."

"시신으로 오브제를…?"

"네." 키류는 무겁게 고개를 끄덕였다. "현장에 남은 시신 조각은 매번 같은 형태로 쌓여 있다고 합니다. 전위예술 작품처럼요."

아키호는 너무나 소름 끼치는 사실에 구역질을 느끼고 입을 틀어막았다.

"구체적으로…, 어떤 식으로…?"

목소리를 쥐어짜자, 키류는 "글쎄요?"하며 어깨를 으쓱했다.

"그에 관해서는 수사본부가 엄격한 함구령을 내렸어요. 저도 토막 난 시신이 정해진 형태로 쌓여 있다는 것까지만 들었습니다."

"왜 그렇게까지 숨기는 거죠?"

"모방범을 방지하려고요. 연쇄살인 사건에는 모방범이 쉽게 꼬여요. 정보를 감추면 '한밤중의 토막살인마'를 흉내 내는 살인이 일어나도 바로 가짜라는 걸 알 수 있죠."

"그럼 유키에 씨의 시신은…."

"지금까지 일어난 세 건과 똑같은 방식으로 쌓여 있었대요. 다시 말해 아사토 유키에는 확실히 '한밤중의 토막살인마'에게 살해당하고 해체된 거라는 뜻이죠. 이해되셨습니까?"

아키호는 "네"하며 고개를 끄덕이고 상황을 정리했다. 그렇다면 료스케의 알리바이를 입증하는 것이 곧 그가 '한밤중의 토막 살인마'가 아니라는 증거가 된다.

"첫 번째 피해자는 아사토 유키에 씨의 어머니 치요 씨. 그리고 세 번째 피해자는 카즈키 씨…, 제 약혼자였죠."

"네, 그렇습니다. 아사토 치요는 오른쪽 발목부터 아래가 사라졌고, 아라마키 카즈키는 왼손 약지가…."

키류는 거기까지 말하다가 숨을 헉 삼키고 아키호를 바라보았다.

"네, 그 사람 왼손 약지에 '이게' 끼워져 있었을 거예요."

아키호는 목걸이에 단 결혼반지를 잡았다.

"그, 뭐라고 해야 할지…, 고인의 명복을 빕니다."

"그런 상투적인 말은 됐으니까 두 번째 피해자에 관한 정보를 주세요."

"으음, 두 번째는…." 키류는 헛기침했다. "무라모토 사키코, 서른두 살 주부였습니다. 지금으로부터 한 9개월 전에 살해됐습니다. 그 여자는…, 자궁이 사라졌어요."

"자궁…, 어떻게 그런…." 목구멍에서 신음이 새어 나왔다.

"네, 끔찍한 일이죠. 그리고 이 사건이 경찰의 분노를 폭발시켰습니다."

"폭발이요? 왜죠?"

"무라모토 사키코의 남편이 현역 경찰이었거든요. 게다가 경찰청에 소속된 유망한 경찰입니다. 그리고 사키코도 예전에 경찰로 일했죠. 조직의 연대가 강한 경찰로서는 가족이 살해당한 거나 마찬가지입니다. 소문으로는 경시총감이 직접 범인을 속히 체포하라고 엄명을 내렸다고 합니다."

거기서 말을 끊은 키류는 의미심장한 시선을 보냈다.

"다시 말해 경찰에게 이시다 료스케는 '가족의 원수'입니다. 선생님은 그런 놈을 감싸주는 방해꾼이라는 뜻이죠. 경찰의 분노를 사고 있어요. 조심하세요."

"그보다 그 두 번째 피해자와 료스케 사이에는 어떤 연결고리가 있었죠?"

"연결고리? 그런 거 없습니다. 무라모토 사키코의 교우관계를 철저히 파헤쳤지만, 이시다 료스케는 나오지 않았어요. 그 대신 위험한 정보가 나온 모양이지만."

아키호가 "위험한 정보요?"라고 묻자, 키류는 손사래를 쳤다.

"아뇨, 아뇨, 혼잣말입니다. 아무튼 이시다 료스케랑 무라모토 사키코 사이에는 접점이 없어요."

"그럼 료스케가 그 여자를 죽일 동기가 뭐죠?"

"동기? 그냥 죽이고 싶어서가 아닐까요?"

"죽이고 싶어서…?"

"네, 그렇습니다. 평범한 살인이었으면 원한이나 치정, 돈 문제 같은 동기가 있었겠죠. 하지만 연쇄살인 사건 중에는 그런 '평범한 살인'과는 차원이 다른 것들이 있습니다. 죽이기 위해서 죽이는 것. 사람을 살해하면서 쾌락을 느끼는 정신 나간 놈이 저지르는 살인이죠."

"연쇄 묻지 마 살인사건 같은 거요…?"

"맞습니다. 세 피해자 사이에 이렇다 할 관계성을 찾지 못했어요. 그래서 '한밤중의 토막살인마'는 무작위로 사냥감을 고른다는 게 수사본부의 견해였습니다."

"무작위로…, 제 약혼자는 우연히 살해당했다는 건가요?"

얼굴 근육이 경직됐다. 목소리가 갈라졌다.

"그렇게 무서운 표정 짓지 마세요. 그냥 수사본부는 그렇게 생각한다는 얘기입니다."

"하지만 그럼 이상하잖아요. 료스케와 첫 번째 피해자는 아는 사이였어요. 게다가 유키에 씨와 억지로 헤어지게 했다는, 살해 동기가 될 법한 사건도 있었어요. 료스케가 '한밤중의 토막살인마'라면 무차별 살인이 전혀 아니잖아요."

"맞는 말입니다. 그래서 원래는 수사본부도 이시다 료스케에게 그다지 주목하지 않았어요. 하지만 그래도 현장에서 발각됐으니 이시다 료스케가 '한밤중의 토막살인마'라고 판단할 수밖에 없죠."

억지스러운 느낌이 든다. 셔츠 단추를 잘못 끼운 것 같은 억지스러움. 역시 이것은 료스케가 '한밤중의 토막살인마'였다는 한마디로 끝날 단순한 사건이 아니다. 아키호 안에서 확신이 생겨났다.

"이시다 료스케는 과거의 원한으로 아사토 치요를 살해하면서 살인 쾌락을 맛본 겁니다. 충동을 억누를 수 없게 된 이시다 료스케는 '한밤중의 토막살인마'가 되어 무차별하게 사람을 죽이고 시신을 토막 내기 시작했습니다. 그런데 살인 충동에 지배당하다 보니, 지금껏 가장 집착하던 전 여자친구를 죽이고 싶다는 욕망을 누르지 못하고 아사토 유키에를 살해한 겁니다. 이게 수사본부의 견해입니다."

"너무 억지스럽잖아요."

"억지여도 상관없습니다. 경찰은 이시다 료스케가 범인이라고 확신하니까요."

"그 무슨 과격한…."

"경찰은 과격한 조직입니다. 게다가 토막 난 전 여자친구의 시신 옆에 있는 현장을 발각당한 건 의심의 여지 없는 진실입니다. 이시다 료스케가 아무리 무죄를 주장해도 이대로면 '한밤중의 토막살인마'로 기소돼서 사형 판결을 받고 죽을 겁니다."

거기서 말을 끊은 키류는 도발적인 미소를 지었다.

"선생님은 이시다 료스케의 무죄를 증명할 수 있으세요? 경찰도 모르는 정보를 아세요?"

"…알아요."

아키호가 대답하자, 키류는 사냥감을 앞에 둔 육식 동물처럼 입맛을 다셨다.

"그걸 들을 수 있을까요? 선생님이 말한 것처럼 정말로 이시다 료스케의 무죄를 증명할 수 있는 정보라면, 어마어마한 특종입니다. 우리 잡지에서 연재를 편성하겠습니다."

키류의 목소리에 열이 배었다.

"비참한 환경에서 자란 죄 없는 소년에게 연쇄 살인범이라는 오명을 씌운 경찰의 횡포를 드러내고 '한밤중의 토막살인사건'의 진상에 다가선다. 아아, 그렇지. 이시다 료스케를 독점 인터뷰 할 수 있으면, 정보의 가치가 더 올라갑니다. 이렇게나 세상을 떠들썩하게 한 사건이잖아요. 책을 출간할 수도 있을 거예요. 그렇게 되면…."

김칫국을 마시며 계산하는 키류에게 차가운 시선을 보내던 아키호는 입을 열었다.

"그런데 료스케의 무죄를 증명하려면 기자님의 힘이 필요해요.

협조해 주실래요?"

"협조요? 당연하죠. 무슨 일이든 하겠습니다. 그래서 제가 뭘 하면 되죠?"

두 팔꿈치를 테이블에 대고 손깍지를 낀 키류는 살짝 치켜뜬 눈으로 아키호를 응시했다.

아키호는 가늘고 길게 숨을 뱉고는 아사토 유키에가 살해된 시간대에 료스케가 '일'을 한 사실, 하지만 그 상대를 찾을 방법이 현재로서 없다는 사실을 이야기했다.

"그러니까 알리바이가 있다는 말이군요." 이야기를 다 들은 키류가 낮은 목소리로 중얼거렸다.

"맞아요. 경찰에 말하면 좋았겠지만, 료스케는 경찰을 전혀 믿지 않아서 신문 받을 때도 묵비권을 지키고 있어요."

"그건 현명한 판단이네요."

"현명하다고요?" 아키호는 미간에 주름을 잡았다. "왜죠? 경찰은 사건 당시에 료스케와 함께 있던 사람 정도는 쉽게 찾을 수 있을 텐데요."

"네, 그렇겠죠. 하지만 그놈들은 절대 찾지 않을 겁니다."

"왜요?! 무죄라는 증거인데!"

목소리를 뒤집으며 자기도 모르게 일어섰다. 주변 손님들이 무슨 일인가 하고 의아한 시선을 던졌다. 이성을 찾은 아키호는 목을 움츠리며 의자에 다시 앉았다.

"설명해 주세요. 왜 경찰에 말해도 수사해 주지 않을 거라는 거죠? 료스케의 무죄를 증명할 결정적인 증거잖아요."

"뻔하지 않습니까. 이시다 료스케의 무죄를 증명하고 싶지 않으니까요."

"무죄를…, 증명하고 싶지 않다?"

"어라, 선생님, 설마 경찰을 정의의 편이라고 생각하세요? 아닙니다, 그놈들은 어떻게 보면 폭력조직보다 더 난폭한 국가 권력이에요. 만약 이시다 료스케가 무죄인 게 밝혀지면, 체포한 경찰의 체면이 구겨집니다. 그런데 왜 굳이 힘들게 수사해서 이시다 료스케의 알리바이를 확인하겠어요? 묵살할 게 뻔합니다."

"말도 안 돼요! 그럼 어떻게 해야 하죠?!"

"보통은 변호사가 조사해서 그 '손님'을 찾아내면 됩니다. 형사 사건 전문 변호사 중에는 탐정을 고용해서 의뢰인의 무죄를 열심히 증명하려는 놈들도 있는데, 그 사람들은 변호료가 아주 비싸기도 하고, 연쇄 살인 용의자를 변호한다는 세간의 반발을 살 만한 사건은 맡지 않아요. 이시다 료스케가 고용하기는 무리일걸요."

절망적인 상황을 맞닥뜨리고 아키호는 입술을 꽉 깨물었다.

"그렇게 무서운 표정 짓지 마세요. 저는 어디까지나 경찰도 변호사도 도움이 안 된다는 말을 했을 뿐입니다. 선생님도 어렴풋이 눈치채셨잖아요. 평범한 방법으로는 이시다 료스케의 알리바이를 증명할 수 없다는 걸요. 그래서 굳이 저한테 연락한 거죠."

"…기자님은 그날 료스케와 함께 있던 사람을 찾아낼 수 있다는 뜻인가요?"

"네, 물론이죠."

키류는 남아 있던 맥주를 단숨에 목구멍에 흘려 넣고 자신만만한 미소를 지었다.

"전문가가 괜히 전문가가 아니거든요."

6

"정말 이래도 돼요?"

아키호는 벤치에 앉으며 옆에서 스포츠 신문을 펼치고 있는 키류에게 말을 걸었다.

"너무 긴장할 것 없어요. 괜찮다니까요."

경마 결과를 예상하며 적당히 대답하는 키류를 보며 아키호는 얼굴을 찌푸렸다.

이튿날 오후 여덟 시 전, 아키호는 이케부쿠로역 서쪽 출구에 있는 공원에 왔다. 가로등에 비친 공원 안에는 취한 직장인과 대학생, 길거리 연주를 하는 뮤지션, 손을 잡고 공원 가운데에 있는 분수를 바라보는 커플, 다양한 사람들이 있다.

어젯밤 오다이바 카페에서 이야기하고 헤어진 지 세 시간이 지나서 키류에게 연락이 왔다. 그날 료스케와 함께 있던 '손님'에게 접촉해서 오늘 밤 유인해 낼 것이라고. 그 말을 들은 아키호는 스마트폰을 두 손으로 쥐며 "저도 같이 갈게요!"라고 전했다. 키류는 처음에 떨떠름한 반응이었지만, 끈질기게 매달리자 결국 마음을 돌려 동행을 허락해 주었다.

"정말 '손님'이 여기에 올까요? 확실해요?"

조바심 내며 묻자, 키류는 일부러 크게 한숨을 쉬며 신문을 접었다.

"괜찮아요. 꼭 올 테니까 걱정하지 마세요."

"…어떻게 얘기하자마자 그다음 날에 바로 '손님'을 불러냈어요?"

"쉽지는 않았어요. 심지어 상대의 연락처도 몰랐잖아요."

료스케의 이야기에 따르면, 그 '손님'이 다음에 만나고 싶으면 자기가 먼저 연락하겠다고 하기에 전화번호를 줬을 뿐, 상대의 신원이나 연락처는 전혀 듣지 못했다고 했다.

"그렇게까지 경계한 걸 보면 사회적 지위가 꽤 있는 놈이에요. 매춘하는 걸 들켰다가는 지위, 가족, 재산, 모든 걸 잃을 테니까 최대한 경계한 거죠."

"맞아요. 그래서 '손님'을 못 찾을 줄 알았어요. 그런데 기자님은 겨우 하루 만에 유인해 냈다고 했잖아요. 대체 어떻게 한 거예요?"

"그 '손님'의 본능을 자극하는 미끼를 뿌렸죠."

"미끼요?"

"네. 확실히 그 '손님'은 자기 신원을 들키지 않으려고 신중하게 움직입니다. 하지만 반대로 말하면 모든 걸 잃을 리스크를 감수하고 있는 셈이죠. 왜 그런 짓을 하는 걸까. 답은 하나입니다. 일 그러진 욕구를 억누를 수 없기 때문이죠. 젊은 남자를 마음대로 하고 싶다는 성욕을요."

한밤중의 마리오네트 205

얼굴을 찌푸리는 아키호 앞에서 키류는 의기양양하게 이야기
했다.

"오랫동안 쌓아온 모든 걸 잃을 리스크를 짊어져서라도 발산해
야 할 만큼 성욕이 강한 사람이에요. 그렇다면 미끼는 정해져 있
죠. 이시다 료스케요."

"료스케가 미끼라니, 무슨 말이죠?"

"이시다 료스케와 그 '손님'이 쓰던 매칭 앱을 사용했습니다."

료스케의 이야기에 따르면, 그 '손님'과는 어느 매칭 앱으로 만
난 듯했다. 원래는 연애 상대를 찾는 앱이지만, 개중에는 매춘의
온상이 된 것도 있어서 료스케는 그런 앱을 이용해 돈 씀씀이가
넉넉한 상대를 찾았다고 했다.

"이시다 료스케의 계정과 비밀번호는 선생님한테 들어서 알고
있었으니까요. 그걸로 로그인해서 이력을 찾아보니, 그 '손님'으로
보이는 인물과 나눈 대화가 나오더군요."

"그럼 그 앱을 관리하는 회사에 연락해서 상대의 신원을 알아
낸 거예요?"

"그럴 리가 없잖습니까. 그쪽 업계에서 개인 정보 보호는 무엇
보다 중요합니다. 정보가 유출되면 가입자들이 한꺼번에 탈퇴할
테니까요."

"그럼 어떻게 '손님'을…?"

"그래서 그 사람의 억누를 수 없는 성욕을 이용한 겁니다."

키류의 얼굴에 음흉한 미소가 번졌다.

"그만한 미모를 지닌 이시다 료스케를 '손님'은 그리 쉽게 잊을
수 없을 겁니다. 그리고 이시다 료스케의 마성은 상대의 독점욕
을 자극하죠. 할 수만 있다면 이시다 료스케를 자신의 것으로 만

들고 싶을걸요. 관계를 맺었으니, '손님'의 속에서 그런 욕망이 끓어올랐을 겁니다."

"하지만 상대는 성인이잖아요. 아무리 원해도 행동으로 옮기지는 않겠죠. 빠지면 빠질수록 정체를 들킬 위험이 커지니까요."

"맞습니다." 키류는 가볍게 고개를 끄덕였다. "확실히 이성은 그렇게 판단하겠죠. 하지만 가슴속에는 일그러진 욕망의 불꽃이 피어올랐을 겁니다. 그러니 거기에 기름을 부어주기만 하면 됩니다. 그러면 이성은 쉽게 증발하거든요."

"…당신, 대체 무슨 짓을 한 거예요?"

"간단합니다. 이시다 료스케인 척 그놈의 계정으로 메시지를 보냈습니다. '당신과 보낸 밤이 잊히지 않아요. 계속 당신 생각으로 머리가 가득해요. 돈은 필요 없으니까 한 번 더 안아줘요. 당신의 그걸로 나를 채워줘요.'라고요."

너무나 노골적인 표현에 아키호의 뺨 근육이 굳었다.

"그렇게 보지 마세요. 어디까지나 '손님'의 정욕을 자극하기 위한 작전이니까. 생생할수록 상대를 마음대로 움직이는 꼭두각시 인형으로 만들기 쉽거든요."

"그럼 '손님'은 료스케를 만나러 이 공원에 오겠군요?"

혐오감을 감추지 않고 묻자, 키류는 공원 가운데에 있는 분수를 가리켰다.

"이제 10분 안에 '손님'은 저 분수 근처에 나타날 겁니다. 저기서 두리번거리면서 주변을 살펴보는 남자가 바로 이시다 료스케의 알리바이를 증언해 줄 사람입니다."

"그 남자를 찾아서 어쩌려고요?"

"당연히 사진을 찍은 다음 미행할 겁니다. 그리고 어디 사는 누구인지 모조리 알아낼 겁니다."

키류는 발밑에 놓인 가방에서 망원렌즈가 달린 카메라를 꺼내더니, 스포츠 신문으로 가리듯 벤치에 놓았다.

"미행이 잘 될까요?"

"쉽지는 않겠죠. 상대가 전철로 귀가하면 좋겠지만, 택시를 타면 귀찮아져요. 뭐, 바로 근처에 오토바이를 세워 둬서 그걸로 추적할 예정이지만요."

"그런데 미행에 실패하면 상대가 누구인지 알아낼 수 없잖아요."

"그럴 경우에는 촬영한 사진으로 '손님'이 누구였는지 찾으면 됩니다. 이만큼 경계하는 걸 보면 꽤 유명한 사람일 겁니다. 제 정보망이면 분명히 찾아낼 수 있을 거예요."

"시간이 얼마나 걸릴까요?"

"글쎄요. 한 2주 정도면 될 겁니다."

안 된다. 2주가 지나면 료스케는 경찰 병원으로 이송될 것이다. 그러면 료스케가 '한밤중의 토막살인마'라고 해도 복수할 수 없게 된다. 료스케가 약혼자의 원수가 아니라고 믿고 싶었다. 하지만 아직 자그마한 의혹이 가슴속에서 꿈틀거렸다. 이시다 료스케가 수중에 있을 때 그가 '한밤중의 토막살인마'가 아니라는 확신을 얻고 싶었다.

갑자기 입을 다문 아키호를 이상하게 생각했는지 키류가 "왜 그러세요?"라고 말을 걸었다.

"아무것도 아니에요."

어물쩍 넘겼지만, 키류는 어딘가 미심쩍은 시선을 보냈다.

"그러고 보니 두 번째 피해자 무라모토 사키코 씨를 경찰이 조사했을 때, 뭔가 좋지 않은 정보가 나왔다고 했죠? 그게 뭐였어요?"

아키호는 필사적으로 화제를 돌렸다. 키류가 "그건 좀⋯" 하며 말을 흐렸다. 그 태도로 키류가 무언가 중요한 것을 감추고 있다는 사실을 알아차렸다.

"그만 숨겨요. 저는 아는 걸 전부 말했다고요. 불공평하잖아요. 쓸데없이 숨기면 독점 인터뷰를 하겠다는 약속은 취소할 거예요."

"알겠습니다. 알겠으니까 진정하세요. 딱히 대단한 일은 아니에요. 그냥 경찰청 유망주의 스캔들인데, 제가 흘렸다는 걸 들키면 앞으로 경찰에서 정보를 받기 힘들어질 거예요. 혼자만 알고 계세요."

키류는 두 손을 모으더니, 마지못해 이야기를 시작했다.

"사건이 일어난 뒤에 경찰은 혹시 몰라서 무라모토 사키코 남편의 알리바이도 조사했습니다."

"남편분이 의심을 받았나요?"

"그건 아니지만, 형식적으로요. 처음에는 이야기하기를 꺼렸다는데, 추궁당하니까 남편이 자백했대요. 다른 여자랑 있었다고."

"바람을 피운 거예요?"

"네, 맞습니다. 술집 접대부와 깊은 관계였답니다. 사건이 일어난 날에도 그 접대부 집에 눌어붙어 있었대요."

"눌어붙어 있었다고요⋯? 그러면 아내분이 눈치채지 않나요?"

"그랬나 봅니다." 키류는 쌈박하게 말했다. "작년에 바람피운 걸 들켜서 분위기가 꽤 험악했대요. 이미 이혼 직전이었다고 합니다."

"이혼 직전…."

아키호는 입가에 손을 대고 고개를 숙였다. 왠지 모르지만, 그것이 중요한 정보라는 느낌이 들었다. 키류가 "그런데 선생님" 하며 말을 걸자, 아키호는 고개를 들었다.

"선생님은 정말 이시다 료스케에게 알리바이가 있다고 생각하세요? 이시다 료스케가 '한밤중의 토막살인마'가 아니라고 믿으세요?"

어떻게 대답해야 할지 망설이는데, 키류의 표정이 굳었다.

"저는 안 믿습니다. 일단은 알리바이를 조사하고 있고, 이시다 료스케가 범인이 아니면 큰 특종이 될 테니 고맙기는 하죠. 하지만 아마 '한밤중의 토막살인마'는 이시다 료스케가 맞을 거예요."

"어떻게 그렇게 확신해요?" 자기도 모르게 말투가 거칠어졌다.

"이시다 료스케가 초등학생 때 어머니가 손목을 자르고 자살한 건 아시죠? 그때 이시다 료스케가 뭘 했는지 아세요?"

"뭘 했냐니…."

"절단된 어머니의 손에 뺨을 비비면서 큰 소리로 울었대요. 양아버지가 집에 돌아와서 경찰에 신고할 때까지 몇 시간이나 계속."

"절단된 손목을, 몇 시간이나…."

갑자기 영하의 세계에 내던져진 것처럼 한기가 몰려와서 아키호는 자신의 두 어깨를 안았다.

"누가 뭐라고 하든 그놈은 정상이 아니에요. 그놈이라면 시신을 조각조각 해체해서 오브제로 만들었다고 해도 이상하지 않아요. 그러니까 선생님, 조심하세요. 그놈의 사랑스러운 얼굴 뒤에 악마의 얼굴이 있을지도 모르니까요."

그렇지 않다. 양아버지로부터, 그리고 사람들로부터 차별받았기 때문에 료스케는 세상을 거부하고 자신만의 껍데기 안에 틀어박히고 말았다. 그리고 지금 그 껍데기를 깰 수 있는 사람은 나뿐이다.

그 생각이 바로 료스케의 손바닥에서 놀아난다는 증거일지도 모른다는 가능성으로부터 아키호는 필사적으로 눈을 돌렸다. 그때 키류가 "오"라고 목소리를 높였다.

"왜 그래요?"

키류는 앞쪽을 가리켰다. 그쪽에 시선을 던진 아키호는 숨을 삼켰다.

분주하게 주변을 두리번두리번 살펴보며 분수 근처를 배회하는 남자가 있었다. 나이는 50대쯤 됐을까. 다부진 몸을 한눈에도 명품 같은 정장으로 감쌌고, 흰머리가 섞여 회색으로 보이는 머리카락은 왁스로 단단하게 굳혔다.

"언뜻 봐도 수완가 느낌이 나는 아저씨네."

키류는 즐겁게 중얼거리며 옆에 놓인 카메라를 손에 들고 망원렌즈를 남자에게 향했다. 연달아 찰칵거리는 셔터 소리를 들으며 아키호는 천천히 벤치에서 일어났다.

"선생님…?"

의아하게 말을 거는 키류를 모르는 체하며 아키호는 누군가에게 조종당하듯 비트적비트적 남자에게 다가갔다. 뒤에서 키류가 무어라 말했지만, 그런 것은 아무래도 상관없었다. 점점 다리 움직임이 빨라져서 남자에게 달려갔다.

"뭐, 뭐야…?"

동요하는 남자에게 아키호는 말없이 스마트폰 화면을 내보였다.

거기에는 입원중인 료스케의 모습이 찍혀 있었다.

희미한 가로등 빛 안에서도 남자의 얼굴에서 순식간에 핏기가 가시는 것이 보였다. 확실하다. 이 남자는 료스케를 안다. 아키호는 스마트폰을 남자에게 들이밀었다.

"이 사람 알죠?"

남자는 표정 근육을 복잡하게 꿈틀대며 도움을 청하듯 눈동자를 이리저리 굴렸다.

"9일 전 밤에 이 사람과 같이 있었죠? 이 사람한테 돈을 주고 관계를 맺었죠?"

떨리는 입술 사이에서 남자는 가냘픈 비명을 흘렸다. 확실하다. 이 남자가 바로 '손님'이다.

"이 사람이 누명으로 체포됐어요! 제발 같이 경찰서에 가서 료스케의 알리바이를 증언해 주세요. 이대로면 연쇄 살인범이라는 누명을 쓰고 사형될 거예요. 제발, 이 아이를 도와주세요."

아키호는 너무 흥분해서 이제 자신을 제어할 수 없었다. 간청하며 남자의 팔을 붙잡았다.

"이거 놔! 무슨 소리인지 모르겠네!"

아키호의 손을 뿌리친 남자는 몸을 돌려서 잽싸게 도망치려고 했다. 남자를 쫓아가려는 순간, 손목을 붙잡혔다. 뒤돌아보니, 무시무시한 표정을 지은 키류가 서 있었다.

"그런 식으로 몰아붙이면 당연히 도망치지!" 키류가 아키호를 다그쳤다.

"아니…, 그게 아니라, 나는…." 아키호가 변명하려고 했다.

"아니고 자시고! 됐으니까 당신은 여기 있어. 이미 얼굴을 들켰잖아. 내가 미행해서 어떻게든 신원을 밝혀낼 테니까, 더는 방해하지 마!"

키류는 크게 혀를 차고, 도망치는 '손님'을 쫓아갔다. 두 사람이 인파에 섞여 사라지는 모습을 보며 아키호는 우두커니 서 있었다. 그렇다. 아키호 때문에 '손님'의 신원을 알아내기는 어려워졌다. 하지만 그 대신 엄청나게 중요한 사실을 확인했다.

"료스케는 '한밤중의 토막살인마'가 아니야…."

입에서 흘러나온 중얼거림이 차가운 밤바람에 쓸려 사라졌다. 하지만 배 속에서 불꽃이 피어오르는 것처럼 몸은 뜨거웠다.

그 남자의 반응으로 보아 아사토 유키에가 목숨을 잃고 시신이 해체되던 시간에, 료스케에게 알리바이가 있는 것은 분명하다. 다시 말해 료스케는 약혼자의 원수가 아니었다.

그때, 꽉 쥐고 있던 스마트폰이 벨 소리를 울렸다. 액정화면을 보니 '야나이 과장님'이었다.

과장님이 무슨 일이시지? 고개를 갸웃하며 '통화' 버튼을 눌렀다.

"아키호 선생, 지금 어디지?"

매우 심각한 상사의 말투가 흥분을 잠재웠다.

"잠깐 일이 있어서 외출했는데…. 무슨 일이 생겼나요?"

"당장 병원으로 와. 이시다 료스케의 상태가 갑자기 변했어. … 위험한 상황이야."

전등 빛이 드리운 어두운 복도를 달렸다. 야나이에게 연락을 받은 아키호는 곧장 택시를 타고 린카이 제1병원으로 돌아왔다.

숨을 헐떡이며 복도 끝까지 걸음을 옮겼다. 어째서인지 항상 병실 앞을 지키던 제복 경찰이 지금은 없다.

왜? 이제 도망칠 걱정이 없어서? 불안으로 가슴이 터질 듯했다.

이 문 너머에서 어떤 광경이 펼쳐질까. 아키호는 손을 뻗어 손잡이를 잡고 천천히 미닫이문을 열었다.

형광등에서 쏟아지는 하얀 빛이 어둑한 복도에 익숙해진 아키호에게는 눈 부셨다. 방 안쪽에 놓인 침대 주변에는 커튼이 달려서 료스케의 모습을 확인할 수 없었다.

아키호는 머뭇거리며 걸어갔다. 진흙 속을 걷는 것처럼 발밑이 불안정했다.

좌우로 비틀거리며 침대 옆으로 다가간 아키호는 커튼을 쥐었다.

이 너머에 료스케의 주검이 누워 있을지도 모른다. 이제야 료스케의 무죄를 확인했는데. 그것을 증명하기도 전에 료스케는 목숨을 잃었을지도 모른다.

아키호는 커튼을 옆으로 밀었다. 침대에 료스케가 누워 있었다. 눈을 감은 료스케가.

"료스케…."

아키호는 떨리는 손끝으로 료스케의 뺨을 만졌다. 도자기처럼 매끄러운 피부는 따뜻했다. 모세혈관을 흐르는 혈액의 열이 전해졌다.

아키호가 눈을 휘둥그레 뜸과 동시에 료스케의 눈꺼풀도 천천히 열렸다.

"살아 있었어?! 괜찮아?!"

안도해서 그 자리에 주저앉을 뻔했다. 하지만 료스케는 슬프게 아키호를 바라볼 뿐이었다.

료스케의 상태가 이상한 것을 눈치챈 아키호는 퍼뜩 침대 난간으로 시선을 옮기고는 작게 목소리를 높였다. 거기에 달려 있던 플라스틱 용기가 사라졌다.

아키호는 료스케의 몸에 덮인 담요를 걷고 환자복 옷깃을 두 손을 쥐고 좌우로 당겼다. 코르셋이 밀려서 벌어진 환자복 사이로 야리야리한 가슴팍이 엿보였다.

신음이 새어 나왔다. 드레인 튜브가 빠졌다. 흉골 아래 심낭 안과 이어지는 튜브가 꽂혀 있던 부분은 의료용 호치키스로 상처가 봉합되어 있었다.

"누가 이런…."

멍하니 중얼거린 순간, 뒤에서 "나야" 하는 목소리가 날아왔다. 뒤돌아보니, 험악한 표정을 지은 야나이가 미노베와 쿠라시키, 두 형사를 대동하고 서 있었다.

"과장님이 왜…. 아직 심낭 안에 출혈이…."

더듬더듬 목소리를 쥐어짠 아키호는 미노베의 뒤에 누군가가 한 명 더 서 있는 것을 알아차렸다.

"안녕하세요, 아키호 쌤."

미노베를 밀치듯 앞으로 나온 그 사람을 본 순간, 극심한 현기증에 휩싸였다.

"왜…, 당신이 여기에…?"

아키호는 모깃소리 같은 목소리로 물었다. 아라마키 카즈키의 전처 요코야마 하루에에게.

"말했잖아. 직장에 항의하러 갈 거라고." 눈웃음을 띤 하루에는 의기양양하게 말했다.

"왜 하필 이런 순간에…."

"이런 순간이 뭔데요?"

미노베가 성큼성큼 다가왔다. 뒷걸음친 아키호의 허리가 침대 난간에 닿았다.

"쿠라시키가 하루에 씨를 알고 있었습니다. 세 번째 피해자 아라마키 카즈키 씨의 전 부인이라 한 번 이야기를 들으러 간 적이 있어요. 그리고 오늘 이시다 료스케의 상태를 살피러 병원에 와 보니 접수대에서 소란을 피우는 하루에 씨를 발견했습니다."

소란을 피운다는 말을 들은 하루에의 미간에 주름이 졌다.

"이야, 놀랐습니다. 전 남편을 죽인 '한밤중의 토막살인마'가 여기에 입원한 걸 눈치채고 쳐들어온 줄 알았거든요. 그런데 잘 들어보니 하루에 씨의 목적은 이시다 료스케가 아니라 당신이더군요. 그제야 당신이 바람을 피워서 아라마키 카즈키를 하루에 씨한테서 뺏었다는 걸 알았죠."

"바람을 피운 사람은 하루에 씨예요. 그래서 카즈키 씨가 이혼했고, 그 이후에 저랑 교제를…."

"그건 중요하지 않습니다." 미노베는 고개를 흔들었다. "중요한 건 당신이 '한밤중의 토막살인마'에게 살해당한 남자의 약혼자였으면서도 그 사실을 말하지 않았다는 겁니다."

"그건…, 물어보지 않았으니까…."

아키호가 가느다란 목소리로 해명하자, 미노베는 "물어보지 않아서요?" 하며 노려보았다.

"물어보지 않으면 말하지 않아도 됩니까? 자기가 담당하는 환자가 약혼자의 원수라는 걸?"

"아니에요. 료스케는 카즈키 씨를 죽이지 않았어요. 알리바이가…."

"그만!"

벽이 흔들릴 정도로 큰 호통이 울려 퍼졌다. 아키호는 온몸이 굳었다. 소리를 지른 사람은 미노베가 아니라 얼굴을 붉힌 야나이였다.

"자네의 행동은 명백히 의사의 직업 윤리에 어긋나. 의사 실격이야."

존경하는 상사가 찍은 의사 실격이라는 낙인이 가슴을 도려냈다.

"저는 그냥 환자분을 도우려고…."

"그럼 왜 드레인 튜브를 빼지 않았지?"

"왜냐하면 아직 심낭 안에 출혈이…." 얼음처럼 차가운 땀이 등을 타고 흘렀다.

"용기에 찬 액체를 조사해 봤어. 혈액은 거의 없길래 내가 튜브를 뺐다. 그건 수액이었어. 심낭 안에 계속 출혈이 있는 것처럼 보이게 조작한 거지."

이미 반박할 여지가 없었다. 아키호는 두 팔을 축 늘어뜨리고 고개를 푹 숙였다.

"왜 이런 짓을 했어? 왜 약혼자의 원수를 자기 수중에 두려고 했어?"

고개를 들었지만, 야나이의 날카로운 시선에 기가 눌려 혀가 굳어 버렸다.

"혹시 자네가 료스케 군에게 복수할 생각이었던 거 아닌가?"

아니다. 그렇게 반박하고 싶었다. 하지만 해명할 말은 입안에서 안개처럼 흩어졌다.

과장님이 말한 대로다. 나는 처음에 료스케를 죽이려고 했다. 아니, 처음뿐만이 아니다. 만약 그가 '한밤중의 토막살인마'라는 확신이 들면, 곧장 복수할 생각이었다.

아키호는 뒤를 돌아보았다. 길 잃은 강아지 같은 눈으로 료스케가 바라보았다.

그를 돕고 싶었다. 가족으로부터, 사회로부터 거부당하고 진흙탕 속을 허우적대며 필사적으로 살아온 이 소년이 무죄임을 증명하고 싶었다. 하지만 그러기 위한 계획은 끝장나고 말았다.

"아키호 선생님…."

도움을 청하듯 료스케가 이름을 불렀다. 하지만 이미 그 목소리에 대답조차 할 수 없었다. 눈을 내리깐 아키호에게 야나이가 다가왔다.

"집에 가. 내일부터는 출근하지 마."

"하, 하지만 료스케는…."

"내일 아침 일찍 경찰 병원으로 이송하기로 했다. 내가 허가했어."

아키호를 노려보며 야나이는 단전을 울리는 목소리로 말했다.

"자네는 이제 료스케 군의 주치의가 아니야."

제3장

인형들의 춤곡

제3장

인형들의 춤곡

1

밤새 켜놓는 등의 희미한 불빛이 드리운 복도에서 두 손으로 쟁반을 들고 천천히 나아갔다. 벽시계를 보니 오전 한 시를 넘은 시각이었다. 복도 끝으로 다가가니, 따분하게 철제 의자에 앉은 제복 경찰이 고개를 들었다.

"아, 간호사 선생님, 무슨 볼일 있으세요?"

"아뇨, 이렇게 밤늦게까지 망보느라 고생하시는 것 같아서요."

"일이니 어쩔 수 없죠. 한가한 걸로는 이보다 더한 게 없지만." 경찰은 어깨를 으쓱했다.

"코코아를 탔는데 괜찮으면 드실래요? 단 걸 마시면 피로가 풀릴 거예요."

"정말요? 그럼 사양 않고 감사히 받겠습니다."

쟁반을 내밀자, 경찰이 코코아가 든 종이컵을 들고 맛있게 홀짝였다. 몇십 초 만에 다 마신 경찰은 "잘 마셨습니다" 하며 쟁반에 컵을 올려놓았다.

"아직 하실 말씀 있으세요?" 경찰이 살가운 미소를 지었을 때, 그 몸이 크게 기울었다.

"괜찮으세요?" 하며 경찰의 몸을 잡아주었다.

"괜찮…, 괜찮아요. 아무렇지도 않아요…."

혀가 꼬이는 경찰의 몸을 붙잡으며 비어 있는 손으로 간호사복 주머니에서 주사기를 꺼내 망설임 없이 경찰의 허벅지를 찔렀다.

경찰이 눈을 휘둥그레 떴지만, 개의치 않고 주사기 안에 든 내용물을 대퇴직근에 흘려 넣었다.

경찰이 열려는 입을 재빨리 손으로 막았다. 손바닥 아래에서 웅얼거리는 목소리가 났다.

"괜찮아요. 잠깐 의식을 잃을 뿐이니까."

귓가에서 속삭이자, 경찰의 눈에 천천히 눈꺼풀이 덮였다. 힘이 빠진 경찰의 몸을 바닥에 눕힌 다음 잽싸게 미닫이문을 열고 병실에 들어가서 침대에 다가가 말을 걸었다.

"일어나!"

료스케는 작게 신음하며 잠에서 깼다. 그 눈이 아키호를 본 순간, 휘둥그레졌다.

"아키호 선생님?!"

"그래. 얼른 침대에서 나와. 이제 튜브가 없으니까 괜찮을 거야."

"선생님, 그 옷은…?"

료스케가 당황한 표정으로 시선을 쏟자, 아키호는 얼굴을 찌푸렸다.

"간호사복이야. 의심받지 않으려고 변장했어. 그보다 얼른 가야 돼."

"간다니, 어디요?" 상황이 이해되지 않는지 료스케가 눈동자를 이리저리 굴렸다.

"어디든 상관없어. 일단 이 병원에서 도망가야 돼."

"도망이요?!"

"뭘 놀라? 이대로 있으면 넌 몇 시간 후에 경찰 병원으로 이송돼. 거기서 숨 막히는 신문을 받은 다음에 '한밤중의 토막살인마'로 기소될 거야. 그래도 괜찮아?"

"괘, 괜찮지 않아요."

"그럼 도망쳐야지. 어떻게든 시간을 벌고 그 틈에 네가 무죄라는 걸 증명하면 돼."

"진심으로, 나를…, 믿어 주는 거예요?"

아키호는 미소를 지었다. 약혼자를 잃고 나서 한 번도 짓지 못한, 진심에서 우러나오는 미소를.

"그래, 믿어. 이 세상 누구도 믿지 않아도 나는 믿어줄게."

료스케는 오열을 삼키듯 입을 꾹 다문 채 아키호가 살며시 내민 손을 꽉 쥐었다.

"시간이 없어. 얼른 나가야 돼."

료스케는 "네!"라고 패기 넘치는 목소리로 외치고 침대에서 나왔다.

두 사람은 조심스레 미닫이문을 열었다. 힘없이 바닥에 쓰러진 경찰의 모습이 보였다.

"이 경찰, 설마 선생님이…, 죽였어요?"

"누가 들으면 오해할 소리 하지 마. 잠깐 재웠을 뿐이야. 리스페리돈 물약을 마시게 해서 멍하게 만든 다음, 진정제를 근육에 주사해서…. 아, 나중에 설명해 줄게."

아키호는 빠르게 말하며 얼굴만 내밀어서 복도를 내다보았다.

한밤중의 마리오네트 225

사람 형체는 보이지 않았다.

"좋아, 가자."

료스케에게 재촉한 아키호는 바로 옆에 있는 비상구 문손잡이를 잡았다. 그 순간, 뒤에서 "뭐 하시는 거예요?!" 하는 목소리가 들렸다. 뒤돌아보니, 손전등을 쥔 간호사가 몇 미터 앞에 있는 병실에서 나오고 있었다.

큰일이다. 그런 곳에 있었을 줄이야. 후회했지만, 이미 엎질러진 물이다. 손전등 빛이 얼굴을 비췄다. 시야가 새하얗게 물들었다.

"아키호 선생님?!"

들켰다. 이미 발뺌은 통하지 않는다. 그렇다면 가는 수밖에 없다.

"료스케!"

료스케의 손을 잡고서 문을 열고 밖으로 나갔다. 아키호는 비상용 외부 계단을 전력으로 뛰어 내려갔다.

"잠깐만요, 아키호 선생님. 가슴이 아파요."

료스케가 숨을 헐떡이며 말했다. 드레인 튜브는 빠졌지만, 늑골이 부러진 상태다. 진동으로 뼈가 울릴 것이다.

"참아. 저 간호사는 바로 경비실이랑 경찰에 연락할 거야. 서두르지 않으면 잡혀. 여기서 도망치지 못하면 끝이야!"

필사적으로 격려하자, 료스케는 반듯한 얼굴을 일그러뜨리면서도 "알았어요" 하며 고개를 끄덕였다. 료스케와 함께 비상계단을 뛰어 내려간 아키호는 "여기야" 하며 병원 뒤편에 있는 주차장으로 향했다.

한밤중이라 빈자리가 많은 주차장을 빠져나가면서 원격 키 버튼을 눌렀다. 전자음과 함께 십몇 미터 앞에 세워 둔 페어레이디

Z 비상등이 빛났다.

"타!"

아키호는 문을 열고 잽싸게 운전석에 올라탔다. 료스케가 조수석에 미끄러져 들어오는 것을 확인하고 아키호는 시동 키를 돌렸다. 좌석 아래에서 엔진의 숨소리가 전해졌다.

"안전벨트 매!"

아키호는 말하자마자 기어를 넣고 페어레이디Z를 출발시켰다. 그때 병원에서 경비원 몇 명이 뛰쳐나와서 달려오는 모습이 보였다. 아키호는 핸들을 꺾어 차를 주차장 입구로 빠르게 움직였다. 타이어의 비명이 들렸다. 차체가 기운차게 부지를 빠져나와서 바닷가 대로를 달리자, 조수석에 있던 료스케가 들뜬 목소리를 높였다.

"방금 엄청났어요. 액션 영화 같았어요. 이 스포츠카도 멋있어요."

"실없는 소리 하지 마. 이제 나도 완전히 범죄자 신세니까. 병원에서 잘린 건 그나마 낫지, 자칫하면 의사 면허도 취소될지 몰라."

"…죄송해요."

곁눈으로 료스케를 보니, 목을 움츠리고 몸을 작게 웅크리고 있었다. 아키호는 크게 한숨을 쉬었다.

"사과할 필요 없어. 내가 스스로 결정한 거니까."

"…왜 나 같은 인간을 위해서 그렇게까지 해주는 거예요? 역시 '한밤중의 토막살인마'를 찾고 싶어서예요?"

아키호는 자신의 가슴속을 살폈다. 확실히 처음에는 약혼자의 복수를 위해서 움직였다. 하지만 료스케와 시간을 보내는 사이에 조금씩 자신의 마음이 변화하는 것을 느꼈다.

"나랑 너, 뭔가 닮은 것 같아서."

앞 유리 너머에 펼쳐진 해안선을 바라보며 아키호가 중얼거렸다.

약혼자를 잃고 혼자 남겨진 여자와, 마음을 허락한 여자를 잃은 소년. 자신과 료스케는 닮았다. 언제부터인가 료스케의 모습에 자신의 모습을 겹쳐보고 있었다.

세상으로부터 고립된 자들끼리 상처를 보듬어주고 있을 뿐인지도 모른다. 하지만 료스케를 구해낸다면, 악몽에서 해방될 것이다. 그런 느낌이 들었다.

"나랑 선생님이 닮았다…. 정말 그렇다면 좋겠어요…."

료스케의 중얼거림이 고막을 다정하게 간질였다.

"여기 정말 괜찮아?"

아키호는 어두운 지하로 이어지는 계단을 겁먹으며 내려갔다.

"괜찮아요. 이런 수상한 지하 가게에 처음 와봐요?"

티셔츠와 청바지 차림으로 앞을 걷는 료스케가 뒤돌아보며 놀리듯 물었다.

"신주쿠 2가에 오는 거 자체가 처음이야."

병원에서 탈출한 아키호와 료스케는 그대로 신바시로 가서 무인 주차장에 차를 대고 가까운 공중화장실에서 옷을 갈아입었다. 아키호는 그대로 차를 타고 비즈니스호텔 같은 곳으로 가서 거기에 숨을 생각이었지만, 료스케로부터 "그러면 경찰에 위치를 들킬 거예요"라는 말을 듣고 어쩔 수 없이 아끼는 차를 두고 가기로 했다. 료스케가 GPS로 위치를 들킬 수 있다고 꼬집어서 스마트폰 전원도 껐다.

그러고 나서 곧 자정인데도 취한 직장인이 많은 신바시역 인파에 섞여 택시를 잡고 신주쿠역까지 이동한 다음, 얼굴을 숨기며 도보로 신주쿠 2가로 왔다.

"어라? 2가가 처음이에요? 요즘 게이바가 여자들한테 인기예요."

"아무튼 지금 어디로 가는 거야? 최고의 아지트가 있다고 해서 따라왔는데."

"곧 알게 돼요. 그럼 가요."

료스케는 망설임 없이 어둑한 지하로 내려갔다.

차에서 내린 뒤로 완벽하게 료스케가 주도권을 쥐고 있다. 입장이 역전됐다.

어쩔 수 없나. 아키호는 작은 한숨을 쉬고 료스케의 뒤를 쫓았다. 엄마를 잃은 뒤로 료스케는 뒷골목에서 살아왔다. 쿠라시키의 이야기를 들어보니 여러 번 경찰서를 들락거렸다고 했다. 자신과는 다르게, 이렇게 혼란스러운 상황을 경험한 적이 어마어마하게 많을 것이다. 지금은 료스케를 의지하는 수밖에 없다. 범죄자와 달리 대병원의 응급의학과 의사라는 위치를 잃은 자신은 이제 아무런 힘도 없으니까.

계단을 내려가자, 어둑한 복도가 뻗어 있었다. 좌우에 바와 펍, 식당으로 보이는 가게 이름이 적힌 문이 있었지만, 그 글자들은 해져서 한참 전에 폐업했음을 알 수 있었다.

"여기는…?"

불길한 분위기에 압도되어 묻자, 료스케는 장난스럽게 윙크했다.

"보시다시피 신주쿠 2가 변두리에 있는 상가 건물 지하예요."

"설마 여기에 숨는 건 아니지?"

"으음, 그것도 괜찮지만 가능하면 침대 정도는 있었으면 좋겠네요. 아무래도 이런 몸으로 바닥에서 자고 싶지 않아서요. 아까부터 가슴이 아파요."

료스케는 셔츠에 싸인 가슴께를 부여잡았다. 자세히 보니 이마에 비지땀이 맺혔다.

"잠깐만. 괜찮아?"

아키호는 반사적으로 묻다가 얼굴을 찌푸렸다. 이 무슨 바보 같은 질문인가. 괜찮을 리가 없다. 아무리 드레인 튜브가 빠졌어도 늑골과 흉골이 골절됐다. 코르셋으로 고정했어도 상당히 아팠을 것이다.

"괜찮아요, 이 정도는."

료스케는 명백히 무리하는 것이 느껴지는 미소를 짓고 "저쪽이에요" 하며 복도 끝을 가리켰다. 그 문 옆에는 '수염 여왕의 성'이라고 적힌 간판 등이 놓여 있었다. 료스케는 망설이지 않고 검게 빛나는 합성 피혁이 부착된 문을 열었다.

"어서 오세요!"

매우 굵은 목소리가 틈에서 날아왔다. 적포도주색 간접 조명에 비친, 카운터 석만 있는 오래된 바. 카운터 너머에서 몸집이 큰 중년 남자가 진홍색 드레스를 걸친 채 담배를 피우고 있었다. 풍성한 수염을 기른 얼굴에는 파운데이션이 발렸고, 두꺼운 입술에는 새빨간 립스틱이 칠해져 있었다.

"어머, 뭐야, 료스케잖아? 웬일로 손님인가 했더니."

"매정하네. 나도 손님이야."

료스케는 카운터석에 앉아서 "선생님도 와요" 하며 손짓했다. 하지만 갑작스레 나타난 강렬한 캐릭터에 압도되어 아키호는 우두커니 서 있을 수밖에 없었다.

"어머, 료스케가 여기에 여자를 데려오다니, 드문 일이네."

"사장님을 보면 다들 도망가니까 그렇지. 괴물한테 먹힐 것 같잖아."

남자는 큰 소리로 웃더니 "뭐라고, 요 꼬맹아?" 하며 익살맞게 주먹을 치켜들었다.

"선생님, 여기는 이 가게 사장님이 쿠레나이 씨예요. 생긴 건 이래도 덮치지는 않아요."

쿠레나이라고 소개받은 남자는 "잘 부탁해애"라고 몸을 과하게 꼬며 말했다.

"자, 잘 부탁드립니다."

아키호는 아직 상황 파악을 못 한 채 쭈뼛쭈뼛 카운터로 가서 료스케 옆에 앉았다.

"쿠레나이 씨, 나 김렛."

쿠레나이는 "네, 네, 알겠습니다" 하며 카운터 안쪽 벽 한 면에 펼쳐진 술병이 놓인 선반에서 익숙한 손놀림으로 진과 라임 주스 병을 꺼냈다.

"잠깐, 너 미성년자잖아."

아키호가 나무라자, 료스케는 눈을 동그랗게 떴다가 미소를 지었다.

"뭐, 어때요? 훨씬 큰 범죄의 용의자로 쫓기는 몸인걸요."

그런 말을 다른 사람이 들으면…. 아키호는 몸이 굳은 채 곁눈으로 쿠레나이를 살폈다. 하지만 그는 마치 아무것도 못 들었다는 듯 콧노래를 부르며 셰이커를 흔들었다.

"그래서 너는 뭐 마실래?"

쿠레나이가 물었다. 아키호는 "어, 저는…" 하며 눈동자를 굴렸다.

"여기는 바야. 술을 시키지 않는 건 실례야."

"그럼…, 캄파리 오렌지요."

"어머, 어린애 입맛이네. 자, 료스케. 김렛."

쿠레나이가 카운터에 놓은 쇼트 글라스를 료스케는 엄지와 검지로 집어서 들어 올렸다. 매우 그럴듯한 그 모습에서 평범한 소년의 얼굴은 사라지고 중성적인 옆얼굴이 남장한 미녀 같은 색기를 자아냈다.

칵테일 잔에 젖은 입술을 댄 료스케는 알코올 도수가 높은 투명한 액체를 한 모금 머금고 행복하게 눈을 감으며 음미한 뒤, 목을 울리며 삼켰다.

"고마워, 쿠레나이 씨. 맛있다."

"당연하지. 내가 몇 년이나 게이 바를 운영했는지 알아?"

쿠레나이는 의기양양하게 콧노래를 부르며 오렌지를 칼로 썰었다.

"잠깐 세면실 좀 쓸게. 땀이 나서 몸이 끈적끈적해."

쿠레나이는 "네, 네" 하며 수건을 던졌다. 그것을 받은 료스케는 안쪽에 있는 화장실로 사라졌다.

"저기…."

아키호는 운을 떼자마자 말문이 막혔다. 뭐부터 질문하면 좋을지 알 수 없었다.

"안심해. 경찰에 신고 같은 거 안 하니까."

등줄기가 쫙 펴졌다. 오렌지 과즙을 짜면서 쿠레나이가 시선을 보냈다.

"료스케가 살인 혐의로 쫓기는 건 알아. 그때 사고를 내서 병원에 입원했다는 것도. 이 거리는 그런 소문이 빨리 돌거든. 특히 료스케 일은 맨 먼저 내 귀에 들어오지."

"사장님 귀에요? 왜요?"

"이렇게 폐허 같은 가게지만, 옛날에는 꽤 장사가 잘됐어. 지금은 이 꼴이지만 그 나름대로 이 거리의 '얼굴'이었지. 게다가 료스케랑은 특별한 사이거든."

특별한 사이…. 어젯밤에 본 '손님'의 얼굴이 뇌리를 스쳤다. 쿠레나이는 익살스럽게 두 손을 들었다.

"무서운 표정 짓지 마. 미모가 아깝다. 네가 생각하는 관계가 아니야. 정반대야."

"정반대요…?"

"그래. 그 아이, 그렇게 생겨서 남녀노소 안 가리고 누구든 홀려 버리잖아? 하지만 나는 달라. 그렇게 호리호리한 닭 뼈 같은 애는 내 취향이 아니야."

쿠레나이는 입맛을 다시듯 새빨간 입술을 핥았다.

"남자는 조금 더 야성미가 있어야지. 뭐랄까, 이렇게, 커다랗고 털이 수북하고. 나를 망가뜨려 버릴 만큼 우람해야 감정이 올라와. 알지?"

"네에…, 대충요." 독기가 빠진 아키호는 어정쩡하게 수긍했다.

"나는 몇 안 되는, 료스케에게 성욕을 전혀 느끼지 않는 사람이야. 다시 말해 나는 다른 놈들과 달리 료스케를 한 인간, 한 친구로 볼 수 있다는 거지."

료스케를 처음 봤을 때, 그 아름다움에 동요한 것을 떠올리고 아키호는 고개를 떨궜다.

"너무 위축되지 마. 여자라면 그 아이에게 안기고 싶다는, 아니면 안고 싶다는 감정이 드는 건 아주 자연스러우니까. 하지만 너는 료스케의 외모에 끌리면서도 그 아이를 한 인간으로 존중하잖아. 단순히 취향이 아니었던 나보다 훌륭해."

쿠레나이는 매우 요염하게 윙크했다.

"쿠레나이 씨와 료스케는, 뭐랄까, 친구…같은 건가요?"

"친구이기도 하지만, 전우지."

쿠레나이는 과즙을 셰이커에 부은 다음 리큐어를 섞고 가볍게 흔들었다.

"요즘에 와서야 나 같은 존재도 어느 정도 인정을 받지만, 예전에는 사람 취급도 못 받았어. 괴롭힘…이라고 할까? 결국에는 학대를 받았어."

아키호는 "학대…"라고 중얼거렸다.

"그래, 학대. 그리고 료스케도 부모님으로부터, 학교로부터, 사회로부터 배척당해서 이 사회의 밑바닥으로 쫓겨나 몸을 팔 수밖에 없었어. 나랑 료스케는 겉모습은 완전히 딴판이지만, 비슷한 환경에서 지내며 싸워왔어."

쿠레나이는 엷은 주황색 액체를 셰이커에서 잔에 옮겨 담고 "음료 나왔어" 하며 내밀었다. 아키호는 고갯짓으로 인사하고 잔에 입을 댔다. 그윽한 오렌지 향과 함께 알코올의 희미한 쓴맛이 입안에 퍼졌다.

"맛있다…"

"말했잖아. 여기서 오랫동안 가게를 운영했다고. 긴자 바텐더한테도 지지 않을 실력이야. 너 같은 공주님한테는 취미로 하는 것처럼 보일지 모르지만, 나 같은 '여자'도 열심히 살고 있다고."

공주님이라는 말에 미간이 좁아졌다.

"아아, 화내지 마. 살짝 푸념한 거야. 이렇게 시궁창 같은 곳에서 살면 비굴해져서 바깥세상에서 사는 여자가 다 부러워지거든. 게다가…."

쿠레나이는 입술에 검지를 대고 얼굴을 가까이 댔다. 자기도 모르게 아키호는 몸을 뒤로 뺐다.

"너도 '공주님'을 졸업하기 시작한 것 같고. 체포된 료스케랑 같이 있잖아. 그것도 료스케가 여기에 데려왔다는 건 단순히 그 아이에게 홀린 멍청한 여자가 아니라는 뜻이지. 그 아이의 공범이려나?"

목구멍 안쪽에서 오렌지 향기가 나는 신음이 새어 나왔다. 반사적으로 자리에서 일어나려던 아키호의 두 어깨에 쿠레나이가 거칠게 손을 올렸다. 돌을 올려놓은 것 같은 압력에 아키호의 둔부가 의자에 붙었다. 손에 든 잔에서 캄파리 오렌지가 살짝 쏟아졌다.

"도망치지 않아도 괜찮아. 말했잖아. 경찰에 신고하지 않는다고."

"…그건 료스케의 '전우'라서예요?"

"그것도 있지만, 그보다는 아니까. 료스케가 살인범일 리가 없다는 걸."

"…어떻게 그렇게 확신해요?"

"오래 알고 지내서 알아. 지금까지 힘든 경험을 해와서 괜히 악한 척하고 다른 사람에게 마음을 열지 않지만, 그 아이의 본성은 따뜻해. 절대 사람 못 죽여."

술 때문인지 아니면 다른 이유 때문인지, 명치 주변이 따뜻해졌다. 지금껏 아무도 료스케의 무죄를 믿어주지 않았다. 아키호 말고는 누구도.

"정말 그렇게 생각해요? 뭔가 근거는 있어요?"

힘차게 물었다. 쿠레나이는 "곧 알게 될 거야" 하며 입꼬리를 올렸다. 무슨 뜻인지 알 수 없어서 아키호가 살짝 고개를 갸웃하자, 화장실에서 료스케가 나왔다.

"쿠레나이 씨, 고마워. 개운해졌어."

"어머, 좀 더 천천히 오지. 모처럼 걸스 토크를 즐기고 있었는데, 눈치가 없네."

"선생님은 그렇다 치고 쿠레나이 씨가 '걸?'"

료스케가 얼굴을 찌푸리자, 쿠레나이가 "죽여 버린다"라고 굵은 목소리를 높이며 주먹을 치켜들었다.

"농담이야. 너무 화내지 마."

유쾌하게 웃은 료스케는 카운터석에 앉아서 김렛을 홀짝였다.

"너 술값 꼭 내. 그 선생님 몫까지."

"어? 그냥 주는 거 아니었어?"

"힘들어 보여서 위로해 주려고 했더니, 무례한 소리를 해서 마음이 바뀌었어."

"알았어. 지금은 수중에 돈이 없으니까 달아 놔."

아키호는 입술을 삐죽이는 료스케의 옆얼굴을 바라보았다. 지금껏 이만큼 자연스럽게 편안해 보이는 료스케를 본 적이 없었다. 쿠레나이에게는 완전히 마음을 열었나 보다.

가슴속에서 질투심이 꿈틀거리는 것을 느끼자, 자기혐오가 찾아왔다.

질투심을 느낄 자격 따위 없다. 나는 그를 '한밤중의 토막살인마'로 의심했고, 심지어 한 번은 목숨을 빼앗으려고까지 했다. 개운치 않은 감정을 술로 희석하려고 캄파리 오렌지를 입에 흘려 넣었다. 왠지 조금 전보다 쓴맛이 강하게 느껴졌다.

"자, 그럼." 김렛을 다 마신 료스케가 잔을 카운터에 놓았다. "쿠레나이 씨, 미안하지만 몸을 좀 숨기고 싶어."

"네, 네. 나 참, 지금부터 한창 손님들 밀려올 시간대인데 가게를 닫아야 되잖아."

"손님들이 밀려오기는. 나 말고 다른 손님이 들어오는 거 손에 꼽을 정도밖에 못 봤는데."

"시끄러워. 그냥 그런가 보다 해!"

쿠레나이는 히죽거리는 료스케에게 호통을 치고 옆 벽에 걸린 열쇠 꾸러미를 잡고 카운터에서 나갔다.

"가자. 자, 너도 얼른 칵테일 마셔."

재촉당한 아키호는 허둥지둥 캄파리 오렌지를 들이켜고 쿠레나이와 료스케를 따라서 가게를 뒤로했다. 어둑한 복도를 지나 형광등이 깜박이는 계단을 걸어서 2층까지 올라갔다.

2층에 도착하자, 무너져 가는 소파만 놓인 휑한 공간이 펼쳐져 있었다. 그 안쪽에 뻗어 있는 복도 좌우에 문이 다섯 개씩 늘어서 있었다. 자세히 보니 소파에 여자 둘이 앉아 있었다. 허리를 구부리고 고개를 푹 숙이고 있어서 금방 알아차리지 못했다.

"너희, 지금 시간이 몇 시인 줄 알아? 얼른 자기 방으로 돌아가."

쿠레나이가 목청을 높였다. 아주 느릿하게 고개를 든 두 사람을 보고 아키호는 눈이 휘둥그레졌다. 예상보다 훨씬 어리다. 아마 10대 중반쯤일까. 하지만 어린 티가 남는 소녀들의 표정 근육은 이완됐고, 그 눈동자는 안와에 유리구슬을 끼워 넣은 것처럼 공허했다.

"안 들려? 얼른 자기 방으로…"

쿠레나이가 재차 지시하려고 하자, 료스케가 손을 휙 들었다.

"하여튼 물러."

료스케는 한숨을 쉬는 쿠레나이의 커다란 등을 가볍게 두드리더니 소녀들에게 다가갔다.

"잠이 안 와?"

말을 걸었지만, 소녀들은 대답하지 않았다. 하지만 료스케를 보는 그 눈에 약간이지만 감정의 빛이 피어올랐다.

"알아. 밤이 무섭지? 어두운 방에서 혼자 있으면 너무너무 무서워서 그러지? 뭔가 좋지 않은 일이 다가와서 덮칠 것 같지?"

어디까지나 부드러운 료스케의 목소리에 소녀들이 머뭇거리며 고개를 끄덕였다.

"저 아이들은…?" 아키호는 쿠레나이에게 말을 걸었다.

"가출 소녀야. 다양한 사정으로 집에 있을 수 없어서 흘러 흘러 여기에 도착한 아이들이야."

"여기에…?"

아키호가 멍하니 중얼거리는 동안에도 료스케는 부드럽게 소녀들에게 말을 걸었다. 소녀들의 눈이 서서히 초점을 되찾았다.

"저 아이들은 아무한테도 도움을 요청할 수 없어. 그래서 카부키쵸에 흘러 들어왔다. 유일한 소유물을 팔아서 목숨을 이어가려고."

"…자기 신체."

아키호가 신음하듯 말하자, 쿠레나이는 "그래"라고 나른하게 고개를 끄덕였다.

"하지만 그런 소녀들이 잘 처신할 수 있는 곳이 아니야. 결국은 더러운 어른들에게 뜯어먹히고 쓰레기처럼 버려져. 가끔은 원치 않게 약물에 중독되는 아이도 있어."

"복지 제도는 어떻게 된 거예요? 그런 아이들을 지켜주는 시스템은요?"

"그래, 그런 시스템도 있지. 하지만 모든 사람이 보호받을 수는 없어. 다른 사람을 완전히 못 믿게 돼서 안전망을 거부하는 아이들이 적지 않아."

슬프게 미소 짓는 쿠레나이를 보며 아키호는 멍하니 서 있을 수밖에 없었다.

"그럼…, 그런 아이는 누가 구해주죠?"

"대로에서 기댈 곳을 못 찾으면 뒷골목에 기대는 수밖에. 우리 같은 인간. 그 아이들과 마찬가지로 사회에서 소외돼서 이 뒷골목에 흘러들어온 인간 말이야."

쿠레나이는 크게 두 팔을 펼쳤다.

"다시 말해 여기는 피난처야. 아무한테도 도움받지 못한 아이들이 몸을 숨기는 장소."

"그런 데가…."

"너 같은 모범생 공주님은 상상하기도 힘들려나? 여기는 원래 작은 비즈니스호텔이었어. 꼭대기 층인 6층에는 레스토랑으로 쓰던 장소까지 있어. 아지트가 되는 게 싫어서 폐쇄했지만. 그리고 한참 전에 폐업한 여기를 내가 싸게 사서 갈 곳 없는 아이들에게 최소한의 의식주를 제공하고 있어. 조금은 마음의 상처가 누그러 들어서 바깥쪽 복지 제도가 받아들일 수 있을 때까지."

"그럼 여기에는 가출 소녀가 잔뜩 산다는 말이에요?"

"가출 소녀만이 아니야. 가정 폭력을 행사하는 남편한테서 도망친 싱글 맘, 노예 취급을 견디다 못한 외국인 기능 실습생, 빚 때문에 떠밀려 들어간 업소에서 도망친 업소 아가씨."

쿠레나이는 손가락을 꼽으며 셌다.

"여기는 그야말로 사회에, 인생에 절망한 사람들이 도달하는 묘지야. 우리는 그걸 되살리는, 말하자면 강령술사 같은 거야."

아키호가 "우리?"라고 되묻자, 쿠레나이는 턱짓했다. 료스케가 소녀들의 등을 쓰다듬고 있었다. 인형처럼 표정이 없던 소녀들은 두 손으로 얼굴을 덮고 어깨를 떨었다.

"이 '묘지'를 관리하는 사람은 나지만, '되살리는' 사람은 료스케야. 엄마를 잃고 나서 가족에게서도 사회에서도 방치돼 혼자 살아온 료스케는 여기 사는 사람들의 마음을 이해할 수 있어. 사람들의 절망을 삼킬 수 있어."

"절망을 삼킨다…."

아키호는 소녀들의 얼굴에 희미하게나마 미소가 떠오르는 것을 응시했다.

"누구보다도 절망을 아는 그 아이는 다른 아이의 절망을 뒤덮어. 저렇게 아름다운 아이가 자기보다 심각한 상황을 헤치며 살아왔다는 사실을 알면, 그것만으로도 여기 사는 사람들은 살아갈 희망을 조금이나마 얻어."

쿠레나이는 "내 얼굴로는 불가능한 기술이야" 하며 쓴웃음을 지었다.

"쿠레나이 씨와 료스케는 무상으로 이 봉사활동을 하는 거예요?"

"무상이냐고?" 쿠레나이는 코웃음을 쳤다. "설마. 무상은 고사하고 마이너스야."

"마이너스요? 돈을 내고 있다는 거예요?"

"뭐, 내 가게는 보다시피 파리만 날려서 큰돈은 못 내지만. 이곳의 주요 후원자는 료스케야."

"료스케가 돈을요?!"

자기도 모르게 놀라서 목소리를 높이자, 쿠레나이는 입술 앞에서 검지를 세웠다.

"조용히 해. 저 아이, 그게 알려지는 걸 싫어하거든. 공주님, 저 아이가 어떻게 돈을 버는지 알지?"

아키호는 머뭇거리며 턱을 당겼다.

"저 아이는 그냥 몸을 파는 게 아니야. '손님'들끼리 경쟁을 붙여서 자기한테 돈을 대게 해. 남자든 여자든 그 아이를 자기만의 것으로 만들려고 돈을 쏟아내지. 사람에 따라서는 파산할 정도야. 그렇게 얻은 거금을 료스케는 여기 운영 자금으로 제공해."

료스케가 아사토 유키에를 비롯한 다양한 상대에게 돈을 뜯어냈다는 이야기를 들었을 때, 그 돈을 어디에 쓰는지 궁금했다. 미국에서 일하기 위한 준비를 할 뿐이라면, 그렇게까지 큰 자금이 필요하지는 않을 것이라고 생각했다. 그런데 설마 이런 자선활동에 기부하고 있었을 줄이야.

"저 아이에게 너무 갖다 바쳐서 불행해진 사람도 있을지 몰라. 하지만 그래도 여기에 있는 아이들만큼 심각하지는 않았을 거야. 자신과 비슷하게 괴로워하는 상대를 돕는 게 지금의 저 아이에게는 존재 이유야."

"하지만 료스케는 미국에 가서 성공하고 싶다고…"

"거기서 성공하면 눈 돌아가게 많은 돈이 손에 들어오잖아. 그러면 괴로워하는 사람을 더 많이 구할 수 있어. 게다가 빈부격차가 심한 미국에는 인생에 절망한 사람들이 이 나라보다 훨씬 많지. 그 사람들과 함께하는 것. 그게 료스케가 원하는 거야. 그렇게 마음 따뜻한 아이가 살인자일 리 없어."

아키호는 쿠레나이의 말을 들으며 료스케를 바라보았다. 한바탕 눈물을 흘린 소녀들은 료스케에게 재촉을 받으며 복도 안쪽 방으로 돌아갔다.

"저 아이들, 이제 인형이 아니야…"

아키호가 목소리를 흘리자, 쿠레나이는 입꼬리를 올렸다.

"료스케 덕분에 사회로 돌아가는 아이도 늘었어. 그러니까 너도 괜찮아."

"저도요?"

아키호가 되묻자, 쿠레나이의 얼굴에 미소가 번졌다. 자애에 찬 미소.

"뭔가 잃고 괴로워하고 있잖아. 알아. 인생에 절망해서 온 아이를 잔뜩 봐왔으니까. 하지만 안심해. 료스케 옆에 있으면 분명 희망이 보일 거야. 살 이유를 다시 찾을 수 있을 거야."

쿠레나이의 두꺼운 손바닥이 아키호의 머리를 쓰다듬었다. 왠지 어린 시절 엄마가 쓰다듬어주던 기억이 떠올랐다.

"왜냐하면 료스케가 나한테 소개할 정도의 여자니까. 그러니까 어떤 일에 휘말렸는지 자세히 묻지는 않겠지만, 힘내. 내가 응원할게."

쿠레나이가 손을 잡아당기자, 소녀들을 방 앞까지 바래다준 료스케가 돌아왔다.

"미안해요, 선생님. 오래 기다렸죠? 아, 쿠레나이 씨. 지금 빈방 있지?"

"제일 안쪽 방만 비었어. 자, 이게 열쇠야. 푹 쉬어."

료스케에게 열쇠를 건네는 쿠레나이에게 아키호는 "저기, 제 방은요?"라고 쭈뼛거리며 물었다.

"무슨 소리야? 여기는 호텔이 아니야. 방 하나밖에 없다니까. 둘이 써. 그럼 나는 다시 가게에 간다."

가볍게 손을 흔든 쿠레나이는 걸음을 돌리더니 무거운 발소리를 울리며 계단을 내려갔다. 남겨진 아키호는 그저 멍하니 서 있었다.

"왜 그래요, 선생님? 가요. 다른 사람 눈에 띄지 않는 게 좋아요."

아키호는 해맑은 미소를 보이고 복도 안쪽으로 나아가는 료스케를 머뭇거리며 쫓아갔다. 잠금을 풀고 삐걱거리는 문을 연 료스케는 벽 스위치를 눌렀다. 하얀 형광등 빛에 좁은 방이 비쳤다.

세 평쯤 되는 공간에 싱글 침대와 부엌, 작은 테이블, 그리고 TV가 놓인 간소한 방. 현관 옆에는 화장실이 딸려 있었다.

신은 슬리퍼를 벗은 료스케는 비틀거리며 빨려 들어가듯 싱글 침대에 다가가서 그대로 쓰러졌다.

"선생님, 잠깐 누워도 돼요? 피곤해서…"

그 얼굴에는 피로가 짙게 묻어났다. 은신처에 도착하자 긴장의 끈이 풀려서 아드레날린으로 덮어버린 심신의 부담이 순식간에 뿜어져 나왔나 보다.

생각해 보니 죽었어도 이상하지 않을 중상을 입은 지 기껏해야 열흘밖에 지나지 않았다. 게다가 전 여자친구의 토막 난 시신을 목격하고 경찰에 쫓기다가 큰 사고를 만났고, 심지어 '한밤중의 토막살인마'로 체포되는 난리를 겪었다. 피폐해질 만도 하다.

"조금만 쉬다가 침대 비울게요." 료스케의 눈꺼풀은 이미 감기고 있었다.

"신경 쓰지 말고 푹 자. 체력을 되찾아야지. 나는 바닥에서도 잘 자."

아키호는 야간등을 남겨두고 전등을 껐다.

"죄송해요⋯. 그럼 내가 살짝 비킬 테니까 선생님도 침대에 누워요."

"료스케, 너랑 그런 관계가 되고 싶어서 도운 게 아니야."

"알아요. 나도 늑골이 부러진 상태로는 아무래도 여자를 제대로 기쁘게 해줄 수 없어요. 그런데, ⋯무서워서."

"⋯무서워? 체포돼서 사형되는 게?"

"물론 그것도요. 하지만 그보다 지금은⋯, 혼자 자는 게 무서워요."

혼자 자는 것이 무섭다. 그 말에 마음이 흔들렸다. 약혼자를 잃고 나서 반년 동안, 아키호도 똑같았다. 침대에 들어가서 눈을 감으면, 어디까지고 암흑에 혼자 남겨진 것 같은, 끝없는 심연으로 빨려 들어가는 것 같은 감각에 사로잡혔다. 그리고 그 악몽을 예감하며 몸 둘 곳 없는 공포에 휩싸여 과호흡이 왔다.

⋯아아, 그렇구나. 이 아이는 나랑 같구나. 절망이라는 사슬에 온몸이 묶인 죄수.

아키호는 재킷을 벗고 천천히 침대에 다가가서 료스케 옆에 누왔다.

"…오랜만이다아, 이 느낌."

이미 수마에 졌는지 료스케의 혀가 꼬였다.

"무슨 소리야? 희대의 난봉꾼 주제에."

"그런 게 아니라요. 정말 마음을 허락한 사람이 옆에 있는 게 정말 오랜만이에요. 엄마랑…, 유키에 선배뿐이었어요…"

료스케의 목소리가 떨렸다. 가녀린 어깨가 작게 떨렸다. "왜 유키에 선배가…"라는 오열 섞인 신음이 살짝 고막을 간질인 순간, 아키호는 곧장 료스케의 머리를 가슴에 껴안았다. 한순간 료스케의 몸이 굳었지만, 이내 근육이 이완되어 가는 느낌이 전해졌다.

"…감사합니다." 울음 섞인 목소리가 가슴 쪽에서 들려왔다.

"신경 쓰지 마. 이 방이 추워서 잠깐 난로가 필요했을 뿐이니까."

익살스럽게 말한 아키호는 료스케를 껴안은 채 눈을 감았다.

시야가 어둠에 덮였다. 평소 같은 공포를 느끼지는 않았다. 약 혼자를 잃고 나서는 느껴보지 못한 평온이 가슴을 채웠다. 침묵으로 가득한 어두운 방 안, 두 사람은 그저 말없이 끌어안고 있었다. 두 사람의 희미한 숨이 섞여 들었다.

시간이 얼마나 흘렀을까. 몇 분이었던 것도 같고, 몇 시간 동안 서로의 체온을 느낀 것도 같다. 아키호는 눈을 감은 채 살짝 입을 열었다.

"료스케…, 안 자지…?"

"네…, 안 자요."

작은 목소리가 방 공기를 흔들었다.

"너는 왜 여기 있는 아이들을 도와? 여기 운영비, 네가 돈을 내지?"

살짝 몸이 경직된 료스케는 "쿠레나이 씨는 입이 가볍다니까"라고 맥 빠진 목소리로 말했다.

"그 아이들에게 있을 곳을 주고 싶어서요. 그 아이들을…, 구해 주고 싶어서요."

"네 상황도 힘들잖아. 그런데 어떻게 그럴 수 있어? 번 돈을 자신만을 위해 쓰면 너만이라도 행복해질 수 있을 텐데."

"그 아이들 옆에 있는 게 바로 내 행복이에요. …나는 사실 자선활동을 하는 게 아니에요. 다 나 자신을 위한 거예요."

료스케의 목소리에 자학의 빛이 어렸다.

"절망하는 사람과 함께 있는 게 네 행복이야?"

"…나는 동생이 죽고 나서 계속 엄마 옆에 붙어 있었어요. 엄마는 정말 괴로워 보였지만, 둘만의 시간은 아주 행복했어요. …정말 행복했어요."

료스케의 목소리가 유방으로 타고 들어가 그 안에서 뛰는 심장으로 직접 전달되는 느낌이었다.

"하지만 그날…, 엄마가 죽은 그날, 내 안에서 무언가가 터졌어요. 몸 안쪽보다 더 안쪽에 있는 무언가가 깨지는 소리가 들렸어요."

"너는 엄마를 구하지 못해서 그 보상 심리로 엄마와 비슷하게 절망하는 여자를 구한다는 거야?"

"보상 심리… 그럴 수도 있겠네요. 하지만 나한테는 그게 바로 살아가는 의미예요. 내가 뒤틀려 있는 건 알아요. 하지만 나는 이렇게밖에 못 살아요. 나 자신을 얼마나 상처 입히든 그 아이들 옆에 있고 싶어요."

료스케는 거기서 말을 끊었다가 결의에 찬 목소리로 말했다.

"그러니까 체포될 수는 없어."

"괜찮아. 너는 내가 지켜줄게."

그 대신 너도 나를 악몽에서 구해줘. 마음속에서 속삭이며 료스케를 끌어안았다.

호응하듯 함께 안아주는 팔의 힘이, 그 그리운 감각이 기분 좋았다.

2

지글지글하는 소리가 들렸다. 식욕을 부르는 향기가 코끝을 스쳤다.

아키호는 무거운 눈꺼풀을 들었다. 창문에서 비쳐 드는 화창한 아침 햇살이 좁은 방에 빛을 채웠다. 부신 눈을 가늘게 뜨며 아키호는 안개가 낀 것 같은 무거운 머리를 흔들었다.

"좋은 아침이에요, 아키호 선생님."

발랄한 목소리를 듣고 아키호의 몸이 굳었다. 눈을 돌려 보니 작은 부엌에 앞치마를 입은 료스케가 서 있었다.

자신이 료스케를 병원에서 빼내고 신주쿠 2가 상가 건물에 숨어든 것을 떠올렸다.

료스케와 붙어 누워서 잠깐 눈만 붙이려고 했는데, 긴장해서 피곤했는지 아침까지 푹 숙면을 취한 모양이다.

"지금 몇 시야?"

부신 눈을 가늘게 뜨며 물었다. 료스케는 "대충 여덟 시예요"라고 쾌활하게 대답했다.

여덟 시…, 라면 다섯 시간쯤 잤나 보다.

"그래서 너 뭐 해?"

"보시다시피 아침밥을 만들고 있어요. 아까 쿠레나이 씨가 재료를 나눠줬어요. 그리고 커피도 타왔으니까 준비할게요."

료스케는 포트를 들고 종이컵에 커피를 부었다. 향기로운 냄새가 떠돌았다.

"자, 여기."

아키호는 종이컵을 들고 뜨거운 커피를 홀짝였다. 상쾌한 산미와 깊은 쓴맛이 입안에 퍼졌다. 아키호는 후 하고 천장을 향해 숨을 뱉었다.

"이제 곧 베이컨 에그가 다 되니까 조금만 기다려요."

아키호는 부엌으로 돌아가는 료스케의 뒷모습을 커피를 홀짝이며 바라보았다.

"료스케, 요리 잘하는구나."

"그야 잘하죠. 자취를 오래 했으니까요. 게다가 잔 상대랑 하룻밤 같이 보낸 뒤에 아침밥을 만들어주면 다들 좋아하거든요. 뭔가 연인이 된 것 같은 느낌이 드나 봐요."

"그렇게 해서 조공을 받았다는 거지? 그래서 나도 농락하려고?"

"설마요. 선생님은 그런 대상이 아니에요. 애초에 선생님이랑은 정말 같이 '잤을' 뿐이잖아요. 이건 단순한 감사의 표시예요."

"감사? 뭐에 대한? 네 무죄를 믿어준 거? 아니면 병원에서 탈출시킨 거?"

커피를 다 마신 아키호는 종이컵을 구겨서 옆에 있는 쓰레기통에 던졌다.

"물론 그것도 있죠. 하지만 무엇보다 기뻤던 건 엄마랑 유키에 선배가 생각났다는 거예요. 역시 선생님은 나한테 '특별한 사람'이에요."

천진난만한 말에 쑥스러움을 느낀 아키호는 "잠깐 세수하고 올게" 하며 욕실에 들어갔다. 세면대에 다가가자, 세안제, 클렌징, 화장수, 유액이 든 작은 병이 늘어서 있었다. 아마 이것도 료스케가 준비했을 것이다.

"이렇게까지 해주면 누구든 푹 빠지겠다."

아키호는 감탄하며 화장을 지우고 얼굴을 씻었다. 차가운 물이 잠을 깨워 주었다.

준비된 수건으로 얼굴을 닦은 아키호는 정면에 시선을 던졌다. 거울 안에서 익숙한 얼굴의 여자가 미소를 짓고 있었다. 아키호는 살며시 손을 뻗어 자신의 입가가 비친 거울 표면을 만졌다. 손끝에 차갑고 매끄러운 감촉이 전해졌다.

"네가 자연스럽게 웃는 거, 오랜만에 본 것 같다."

지난 반년 동안 거울을 들여다볼 때마다 얼굴 근육이 이완돼서 죽은 생선 같은 눈빛을 보이던 여자와 시선이 마주쳤다. 하지만 오늘 그녀는 약간이나마 과거의 생기를 되찾은 것 같다.

경찰에 쫓기는 몸인데도 왠지 기분은 상쾌했다.

나는 이제 사랑하는 사람과의 연결고리였던 응급의학과 의사로 살 수 없을지도 모른다. 하지만 그 대신 과거의 자신으로 돌아갈 수 있다는 예감이 들었다. 그의 죽음을 극복하고 미래로 나아갈 수 있다는 예감.

"그러려면 '한밤중의 토막살인마'의 정체를 밝혀내야 해."

거울 속 여자와 눈을 마주치며 힘차게 고개를 끄덕인 아키호는 자신의 뺨을 착 때렸다.

욕실에서 나가자, 료스케가 테이블에 아침 식사가 놓인 접시를 늘어놓고 있었다.

"아, 선생님, 맨얼굴도 예쁘네요."

"너, 정말 뼛속까지 제비족이구나."

아키호가 어이없다는 듯 말하자, 료스케는 "무슨 말이에요?" 하며 고개를 갸웃했다.

"그보다 의자가 없는데 죄송하지만 아침은 침대에 앉아서 먹는 거 괜찮아요? 빵에 버터는 바를까요?"

"괜찮아. 그 정도는 내가 할게."

아키호는 접시를 들고 침대에 앉아서 베이컨 에그를 포크로 찔러서 입에 가져갔다. 짠맛이 강한 베이컨과 반숙된 계란프라이 노른자가 입에서 섞여서 맛있었다.

"맛있어요?"

자신의 접시를 든 료스케가 옆에 앉았다. 서로의 팔꿈치가 살짝 닿았다.

"엄청 맛있는데, …그렇게까지 붙지 않아도 되잖아."

"모처럼 둘이 있을 수 있으니까 가까이 있고 싶잖아요."

료스케가 강아지 같은 표정으로 바라보자, 아키호는 "네, 네" 하며 어깨를 으쓱했다. 아무래도 어제 구해줬다고 상당히 마음을 연 모양이다. 엄마를 떠나보내고 유일하게 이해받았던 여자친구와 헤어지고 나서, 료스케는 아무에게도 기대지 못한 채 혼자 꿋꿋이 살아왔다. 그런 그에게 아키호는 몇 년 만에 나타난 진짜 자기 자신을 내보일 수 있는 존재였을지도 모른다.

이제는 료스케 옆에 있어도 관능의 파도에 당황스러울 일은 없다. 아마 자신의 몸을 미끼로 삼지 않아도 내가 옆에 있어 줄 것이라고 료스케가 마음을 놓았기 때문이리라.

어쩐지 쑥스러워진 아키호는 옆에 놓인 리모컨으로 TV 전원을 켰다. 뉴스가 나온 순간, 료스케와 아키호는 동시에 신음을 흘렸다.

'연쇄살인 사건 용의자가 병원에서 탈주!! 현재도 도망 중!'

화려한 자막이 위쪽에 표시된 화면에서 리포터가 마이크를 들고 있었다. 그 뒤에는 린카이 제1병원이 보였다.

"오늘 새벽, '한밤중의 토막살인사건'의 용의자가 다쳐서 입원한 병원에서 도주했습니다. 망을 보던 경찰관은 혼수상태로 발견되었고, 경시청은 누군가가 도주에 협조했다고 보고 용의자와 그 인물의 행방을 쫓고 있습니다."

자신이 범죄자로 쫓기고 있다. 알고 있었지만, 이렇게 전국 뉴스로 보니, 참을 수 없는 공포가 올라와서 떨림이 멈추지 않았다.

그렇구나. 료스케는 계속 이런 공포에 시달렸구나. 옆에 앉은 소년에게 동정의 시선을 보냈을 때, 리포터가 말을 이었다.

"그리고 혼수상태로 발견된 경찰관의 권총이 도난을 당했다는 정보도 있어 인근 주문들은 불안의 목소리를…."

"권총?!" 아키호의 목소리가 뒤집어졌다. "어떻게 된 거야?! 너, 권총을 훔쳤어?"

"그럴 리가 없잖아요. 쓰러진 경찰한테 손끝 하나도 안 댔어요."

료스케는 작게 고개를 가로저었다. 듣고 보니 그랬다. 병실에서 나오자마자 비상계단으로 도망쳤다. 권총을 빼앗는 것은 불가능했다.

"그럼 왜 권총이…."

"이게 그놈들의 수법이에요. 권총을 도난당했다고 하면, 많은 경찰을 동원할 구실이 생기니까요. 그리고 나를 체포한 다음 소지품에 권총을 슬쩍 끼워 넣으려는 속셈이에요."

아무리 그래도 그렇게까지 할까. 발각되면 큰 논란이 될 것이다. 애초에 료스케는 '한밤중의 토막살인마'로 쫓기고 있다. 권총을 훔쳤다고 상황을 조작하지 않아도 인원을 동원할 구실은 충분하다.

그렇다면 정말 권총이 사라졌나? 대체 누가 어떻게?

아키호가 생각에 잠기자, 료스케가 리모컨을 들고 소리를 껐다.

"왜 그래, 료스케?"

"죄송해요. 이런 일에 말려들게 해서." 료스케는 모깃소리 같은 목소리로 사과했다.

"선생님까지 경찰에 쫓기게 됐잖아요. 전부 내 탓이에요. 그냥 내가 참았으면 좋았을 텐데…. 만약 선생님의 죄가 가벼워진다면, 지금이라도 내가 경찰서에 가서…."

"무슨 멍청한 소리야!"

날카로운 목소리로 일갈했다. 고개를 든 료스케는 "네?" 하며 눈을 끔뻑였다.

"너는 누명을 쓴 거야. 나는 너를 도운 걸 후회하지 않아. 무고한 너를 도와서 나한테서 소중한 사람을 빼앗은 살인범이 누구인지 밝혀낼 거야. 그러기 위해서라면 무슨 짓이든 할 거야. 이건 내가 선택한 일이야."

크게 숨을 뱉은 아키호는 표정을 확 누그러뜨렸다.

"그러니까 사과하지 않아도 돼. 약혼자가 죽고 나서 나는 잠들 때마다 악몽을 꿨어. 배 속이 썩는 듯한 느낌이 들었어. 몸은 살아 있지만, 마음은 죽은 것 같은 상태였어. 하지만 너를 돕고 나서, '한밤중의 토막살인마'의 정체를 밝혀내겠다는 목표가 생기고 나서, 썩어가던 마음이 조금씩 소생된 것 같아. 어둡게 흐려진 세상에 빛이 비쳐 든 느낌이 들었어."

아키호는 료스케의 뺨을 살짝 만졌다. 도자기처럼 매끈한 감촉. 료스케의 눈동자가 촉촉해지더니, 흘러넘친 눈물이 아키호의 손을 적셨다.

자신이 눈물 흘리는 것을 깨달았는지 료스케는 허둥지둥 고개를 내리고 눈가를 벅벅 닦았다.

"근데 우리, 이제 어떻게 하면 되죠?"

"괜찮아. 네 알리바이를 증명하면 다 해결될 거야. 네가 '한밤중의 토막살인마'가 아니라고 증명되면 나도 무죄 방면 될 거야. 경찰은 오명을 씻기 위해서 온 힘을 다해 진짜 '한밤중의 토막살인마'를 쫓을 테고."

"그렇게 마음처럼 풀릴까요?" 료스케는 여전히 울먹이는 목소리로 의심스럽게 물었다. "애초에 내 알리바이는 증명할 수 없어요. 그날 같이 있던 남자가 누구인지 모르니까요."

"그건 안심해. 내가 지인한테 부탁해서 그 남자를 만났어. 그 사람이 미행해서 그놈의 신원을 알아내 줄 거야."

"정말요?!"

"그래. 이제 남은 건 어떻게 증언하게 만들지인데, 어떻게든 될 거야. 너와의 관계를 회사나 가족한테 알리겠다고 협박해서라도 반드시 증언하게 할 거야."

그렇다. 분명히 잘 풀릴 것이다. 아키호는 자신을 타이르듯 말했다. 키류가 '손님'을 제대로 미행했는지도 알 수 없고, 협박으로 증언을 이끌어낼 수 있다는 확증은 없다. 하지만 지금은 그 '손님'이 마지막 희망이었다.

"시간도 괜찮으니까 그 기자에게 전화하자. '손님'의 신원을 알려줄 거야."

아키호는 접시를 테이블에 놓고 그 대신 전화기 수화기를 들었다. 가방에서 키류의 명함을 꺼내 전화를 걸려고 한 순간, 료스케가 옆에서 손을 뻗어 전화기 후크를 눌렀다.

"뭐 하는 거야?!"

놀라서 목소리를 높인 순간, 료스케가 TV 화면을 가리켰다. 아키호의 손에서 수화기가 미끄러져 떨어졌다.

거기에 익숙한 남자의 얼굴이 비쳤다. 어젯밤 이케부쿠로 공원에서 만난 '손님'인 남자.

아키호는 료스케의 손에서 리모컨을 빼앗아 소리를 키웠다.

"어젯밤 12시경, 시부야구 아파트 앞에서 남자가 피를 흘리며 쓰러져 있다는 신고가 있었습니다. 경찰이 출동해 보니 IT 기업 사장인 54세 쿠로사키 이치타 씨가 가슴과 배를 여러 차례 찔린 상태였고, 이송된 병원에서 사망이 확인되었습니다. 쿠로사키 씨는 예전에 출자법 위반 혐의로 체포돼 집행유예 판결을 받은 적이 있어서 경찰은 살인사건으로 판단하고 주변에 문제가 없었는지…"

그 남자가 살해됐다. 나와 얼굴을 마주하고 몇 시간 후에….

극심한 현기증을 느끼는 아키호 옆에서 료스케가 차가운 목소리로 중얼거렸다.

"이제 내 알리바이를 증명할 수 있는 사람은 없네요…"

공기가 무겁다…. 침대에 앉은 아키호는 곁눈으로 옆에 앉은 료스케를 보았다.

'손님'이던 남자가 살해된 것을 안 지 벌써 두 시간 가까이 지났다.

그 뉴스를 본 순간, 너무나 충격적이고 절망적이어서 뇌세포가 합선된 것처럼 사고가 새하얗게 흐려졌다. 십몇 분간 멍하니 굳어 있다가 나중에서야 료스케에게 말을 걸려고 했을 때, 온몸에 떨림이 일었다.

고개를 숙인 료스케의 눈동자에서 어둠이 흔들렸다. 끝없이 어두운 두 눈동자로 무표정하게 바닥을 응시하는 아름다운 옆얼굴의 박력에 압도되어 혀끝에 걸린 격려의 말이 흩어져 사라졌다.

그대로 폐가 옥죄이는 것 같은 답답함을 느끼며 아키호는 그저 계속 입을 굳게 다물었다. 한마디, 만약 한마디라도 말을 뱉으면 이시다 료스케라는 존재가 무너져 버릴 것이다. 아름답고, 쉽게 부서지는 유리 세공처럼. 그런 예감에 움직일 수 없었다.

이제 한계다. 이대로 계속 조용히 있다가는 내가 먼저 무너져 버릴 것이다. 침묵을 참기 힘들어진 아키호가 입을 열려고 할 때, 료스케의 몸이 작게 떨렸다.

그가 우는 줄 알았다. 위로하려고 그 가녀린 어깨에 손을 뻗으려고 했다. 그런데 손끝이 그에게 닿는 순간, 아키호는 반사적으로 손을 물렸다. 마치 뜨거운 물을 만진 것처럼.

"료스케…?"

자신이 무엇을 보고 있는지 이해되지 않았다. 료스케는 웃고 있었다. 진심으로 행복하다는 듯.

어둠을 채운 눈으로 눈웃음을 지으며 입꼬리를 치켜올린 그 모습은 참기 힘든 희열과 쾌락을 품고 있었다. 너무나도 반듯한 얼굴에 한없이 일그러진 소름 끼치는 웃음이 걸린 그 모습은 처절하리만치 아름답고, 그리고 추했다.

료스케의 입에서 "끅" 하는, 딸꾹질 같은 소리가 새어 나왔다. 그것은 곧 벽을 흔들 만큼 커다란 웃음으로 부풀어 올랐다. 눈에 눈물을 머금고 반듯한 얼굴을 한껏 일그러뜨리며 자신의 두 어깨를 끌어안은 채 새된 웃음소리를 높이는 료스케의 모습은 거의 인간 같지 않아서 아키호는 미지의 괴물과 좁은 방에 갇힌 것 같은 착각에 빠졌다.

도망치고 싶었다. 지금 당장 이 방에서 탈출하고 싶었다. 하지만 사슬에 묶인 것처럼 몸이 움직이지 않았다.

"알고 있었어!" 비명 같은 목소리로 료스케는 외쳤다. "마음처럼 풀릴 리가 없다고 처음부터 알고 있었어. 항상 이런 식이야. 필사적으로 뭔가에 전부 쏟아부어도 목숨을 걸고 조금씩 소중한 걸 만들어내도 마지막의 마지막 순간에는 전부 조각나 무너져 버려!"

료스케는 천장을 올려다보았다. 그 눈동자에서 하염없이 흘러내리는 눈물이 형광등 빛을 반짝반짝 난반사했다.

료스케는 "하지만…, 괜찮아" 하며 황홀한 표정을 짓는다. 꿈을 꾸는 소녀 같은 표정.

"시간을 들여서…, 몇 년이나 들여서 조금씩 정성스레 쌓아 올린 게 무너질 때, 가슴속에서 소리가 나니까. 아주 맑고 예쁜 소리. 얇은 유리그릇을 깨는 듯한 소리…. 그 소리가 들릴 때, 안에 든 행복을…, 몇 년 동안이나 그 그릇 안에 채워 넣은 행복을 한 번에 뒤집어쓸 수 있으니까."

마치 만취한 것처럼 혀가 꼬이는 말투로 료스케는 말을 이었다. 아키호는 그 모습이 낯익었다. 응급 현장에서 담낭염으로 강한 고통을 호소하는 환자에게 마약성 진통제를 투여했을 때. 고통이 눈 녹듯 사라지고 그 대신 마약이 주는 행복감에 싸인 사람들과 지금의 료스케가 똑 닮았다.

그것도 당연할지 모른다. 아버지에게 받은 학대, 사랑하는 어머니의 죽음, 사회에서 받은 소외, 유일하게 자신을 이해하던 사람과의 이별. 너무나 괴로운 인생을 살아온 료스케는 마음이 조각조각 부서지는 고통을 느끼고, 뇌 안에서 대량의 마약을 분비해 '이시다 료스케'라는 인격이 붕괴하는 것을 막았는지도 모른다.

"엄마가 죽은 날…, 처음 들었어요. 아주 예쁜 소리…."

료스케는 눈을 감았다. 눈꺼풀에 밀려 나온 눈물이 뺨을 타고 흘렀다. 심연 같은 눈동자가 닫힘과 동시에 사슬이 풀렸다. 아키호는 료스케의 두 어깨를 잡고 앞뒤로 흔들었다.

"료스케, 정신 차려. 아직 끝나지 않았어. 아직 해결할 수 있어. 포기하면 안 돼."

자신만의 세계에 빠진 것을 방해받아서 불쾌했는지 료스케의 미간에 깊은 주름이 갔다.

"어떻게요? 이제 내 알리바이를 증명해 줄 사람은 없어요."

"그건…."

"이제 됐어요. 나는 '한밤중의 토막살인마'로 체포돼서 사형될 거예요. 그래도 상관없어요. 실제로 목이 매달릴 때까지 몇 년이

나 걸릴 테니까. 그때까지 나는 그 소리가 들린 순간을 곱씹으며 살아갈 거예요. 엄마가 죽은 순간, 유키에 선배와 헤어진 순간, 그리고 오늘 이 순간…. 그게 나 같은 쓰레기한테는 딱 어울리는 인생이에요."

료스케는 빠르게 떠들었다.

"아아, 맞다. 아키호 선생님, 경찰에 나를 팔아도 돼요. 그러면 선생님은 정상 참작될 거예요. 병원에서는 잘리겠지만, 기소는 피할 수 있을지 몰라요. 나한테 속아 넘어갔지만 마지막에는 정신을 차렸다고 하면 될 거예요. 그러면 경찰도…"

료스케가 거기까지 말했을 때, 짝 하는 소리가 방 공기를 흔들었다.

"그만 좀 해!"

료스케의 따귀를 힘껏 때린 아키호는 단전에서 올라오는 목소리로 호통을 쳤다.

"머리에 피도 안 마른 게 무슨 허세를 부려! 경찰에 너를 팔라고? 사람을 뭘로 보는 거야?"

"하, 하지만…" 뺨을 누르며 여러 번 눈을 끔뻑거리는 료스케의 눈에서 어둠이 사라졌다.

"하지만이고 자시고! 왜 혼자 멋대로 포기하냐고! 나는 절대 포기 안 해. 아직 뭔가 방법이 있을 거야. 아직 너를 구할 방법이."

아키호는 살며시 손을 뻗었다. 또 맞을 줄 알았는지 료스케의 몸이 굳었다.

"괜찮아. 너는 내가 구해줄 거야. 이제 행복을 담은 그릇이 깨지는 소리 같은 거 듣지 않아도 돼. 그냥 너는 평범한 행복을 뒤집어쓰면 돼."

아키호는 벌건 자국이 남은 료스케의 뺨을 쓰다듬었다. 의식의 빛을 되찾은 료스케의 눈에서 눈물이 흘러넘쳤다. 조금 전 같은, 얼음처럼 차가운 눈물이 아니라 뜨거운 감정이 녹아든 눈물이.

"어머니가 돌아가시고 처음 '소리'를 들은 뒤로 계속 애썼지? 하지만 이제 괜찮아. …너는 혼자가 아니야."

아키호가 다정하게 껴안자, 료스케는 소리 높여 울었다. 아기처럼 누군가의 눈치를 보지 않는 큰 울음소리. 아키호는 그러는 동안 료스케의 머리를 쓰다듬었다.

몇 분에 걸쳐 가슴속에 들어찬 부정적인 감정을 전부 토해내듯 울던 료스케의 오열이 이윽고 작아졌다. 아키호에게서 살짝 몸을 뗀 료스케는 몇 번이나 코를 훌쩍이며 셔츠 소매로 눈가를 닦더니, 살짝 올려다보듯 시선을 던졌다.

"…죄송해요. 추한 꼴을 보여서." 료스케는 쑥스러운 듯 작은 목소리로 말했다.

"신경 쓰지 마. 그보다 앞으로 어떻게 해야 할지 생각해야지."

"하지만…, 이제 알리바이를 증명할 방법은 없어요."

"꼭 그렇지는 않아. 같이 있던 사람의 증언뿐만 아니라 CCTV 영상이나, 누군가의 목격 증언으로 알리바이가 증명될 수도 있어. 그리고 만약 알리바이로 증명하지 못하더라도 그거야말로 '한밤중의 토막살인마'의 정체를 우리끼리 밝혀내면 돼."

"정체를 밝혀낸다고요? 경찰이 1년 넘게 수사하고도 체포하지 못한 놈이에요."

"하지만 우리는 경찰이 모르는 정보도 갖고 있지. 너는 피해자들을 경찰보다 훨씬 잘 알고 너를 희생양으로 삼은 '한밤중의 토막살인마'가 아직 어딘가에 숨어 있다는 것도 알아. 다시 한번 사건을 세세하게 쫓아가다 보면 뭔가 돌파구가 나올지 몰라. 그러니까 포기하지 말고 힘내자. 둘이서 지혜를 모으자."

아키호가 격려하자, 료스케는 입가에 손을 대고 생각에 잠겼다. 몇십 초 후, 료스케는 고개를 들었다.

"'한밤중의 토막살인사건'에서 한 가지 신경 쓰이던 게 있어요. '한밤중의 토막살인마'는 왜 해체한 피해자의 신체 일부를 가지고 가는 걸까요?"

"그건…, 트로피 대신 아닐까? 자기가 죽였다는 증거를 모으는 거지."

"세간에서는 그렇게 말하죠. 하지만 정말 그랬다면 신체 일부 중에서도 똑같은 부위를 챙겼겠죠. 그런데 '한밤중의 토막살인마'는 매번 다른 부분을 가지고 갔어요. 이상하지 않아요?"

"듣고 보니 조금 이상한데, 애초에 연쇄 살인마의 생각을 완전히 이해하기가 불가능한…."

"'한밤중의 토막살인마'는 네 명이나 죽였는데 아직 체포되지 않았어요. 그만큼 면밀하게 계획을 세워서 증거를 남기지 않고 냉정하게 사람을 죽이고 토막 내요. 어쩌면 신체 일부를 가져가는 데에도 합리적인 이유가 있을지 몰라요."

"합리적인 이유? 구체적으로는 뭔데?"

"세 번째 피해자가 선생님의 약혼자라는 사실을 듣고 알 것 같았어요. 어쩌면 '한밤중의 토막살인마'는 정보를 숨기려고 한 게 아닐까요?"

"정보를 숨겨?"

"네. 세 번째 피해자인 선생님의 약혼자는 왼손 약지를 뺏겼어요. 어쩌면 그 약지에 반지가 끼워져 있었던 거 아닐까요? 선생님과 맞춘 결혼반지가."

"맞아." 아키호는 작게 고개를 끄덕였다. "혼인 신고하기 전까지 밖에서는 끼지 않기로 했지만, 집에 있을 때 그 사람은 결혼반지를 꼈어. 그리고 그 반지와 함께 그 사람의 왼손 약지가 사라졌어."

"'한밤중의 토막살인마'는 피해자가 선생님과 약혼한 사실을 숨기고 싶었을지도 몰라요. 반지만 훔치면 나중에 밝혀질 수도 있으니까 왼손 약지와 함께 챙긴 거죠."

"왜 '한밤중의 토막살인마'가 그 사람이랑 내가 약혼한 걸 감추려고 했다는 거야?"

핵심에 가까워지는 예감이 들어 아키호는 침을 삼켰다. 료스케는 작게 어깨를 으쓱했다.

"거기까지는 모르겠어요."

"그럼 의미가 없잖아." 맥 빠진 아키호의 목소리가 커졌다.

"너무 흥분하지 말아요. 세 번째 사건에서 손가락을 가져간 이유는 모르겠지만, 두 번째 사건은 알 것 같아요."

"두 번째 사건의 피해자 무라모토 사키코 씨가 빼앗긴 신체 일부는, …자궁."

"맞아요. 자궁을 훔쳤어요. 거기에 큰 힌트가 있어요. 자궁을 없애서 숨길 수 있는 게 뭐라고 생각해요?"

"숨길 수 있는 거…." 중얼거린 아키호는 크게 숨을 삼켰다. "설마, 임신?"

"맞아요. 피해자가 임신한 사실을 숨기려고 '한밤중의 토막살인마'는 자궁을 훔친 게 아닐까요?"

"잠깐만. 사키코 씨는 작년에 남편이 불륜을 저질러서 곧 이혼할 예정이었어. 그런데 임신할 리가…."

"어, 그래요? 그럼 얘기가 달라지는데…."

복잡한 얼굴로 고민하던 료스케는 문득 깨달은 표정을 지었다.

"바로 그래서가 아닐까요? 부부 사이가 파탄 나서 곧 이혼할 여자가 임신을 했어요. 그럼 뭐가 생각나죠?"

"남편의 아이가 아니라는 거야?!"

"그럴 가능성이 크지 않나요? 남편에게 배신당한 여자는 마음을 의지할 곳이 필요해요. 그래서 다른 남자가 구애하면 고민할 것도 없이 쉽게 꼬실 수 있어요."

"…뭔가 경험이 있는 것 같네."

아키호가 눈을 가늘게 뜨자, 료스케는 얼버무리듯 "그보다"라고 목소리를 높였다.

"중요한 건 피해자가 남편 말고 다른 사람의 아이를 임신했고, 그걸 감추려고 자궁을 훔쳤을 가능성이 있다는 거예요."

"하지만 자궁이 없어져도 부검해서 제대로 조사하면 피해자가 임신했는지 정도는 알 수 있어. 혈액의 호르몬 수치 같은 걸로."

"그렇다고 해도 이건 자궁 안의 태아를 조사해 보지 않는 한 모르잖아요."

료스케는 말을 끊고 분위기를 잡듯 한 박자 쉬고 말했다.

"태아의 아버지가 누구인지."

아키호는 순간 무슨 뜻인지 몰라 멍하니 있다가 눈을 부릅떴다.

"설마 '한밤중의 토막살인마'가…?"

"네. 아버지가 아니었을까 싶어요."

입을 반쯤 벌린 아키호 앞에서 료스케는 설명을 이어갔다.

"유키에 선배가 아르바이트하던 곳에 자주 드나들던 남자가 '한밤중의 토막살인마'라면, 그놈은 여자에게 강한 집착을 가졌을 거예요. 그래서 유키에 선배를 지키던 어머니를 죽이고, 자기만의 것이 되지 않는다고⋯, 유키에 선배를 죽였을 가능성이 커요."

목소리를 낮추는 료스케 옆에서 아키호는 필사적으로 머리를 굴렸다. 료스케에게는 알리지 않았지만, 아사토 유키에는 성매매 업소에서 일했다. 그런 그녀를 쫓아다니던 손님이 '한밤중의 토막살인마'였다면, 정말로 여자에게 강한 집착을 가졌을 것이라고 생각하는 것이 타당하다.

"하지만 사키코 씨가 임신했다는 사실은 그녀를 자기만의 것으로 만들었다는 뜻이겠지. 그럼 죽일 필요는 없잖아."

"임신은 예상치 못한 일이 아니었을까요? 임신했으니 피해자는 자신이 이혼한 뒤에 재혼하자고 '한밤중의 토막살인마'에게 요구했을 거예요. 하지만 그건 그놈에게 불가능한 일이었어요."

"'한밤중의 토막살인마'는 기혼자⋯."

아키호가 중얼거리자, 료스케는 "그렇게 생각해요" 하며 고개를 끄덕였다.

기혼자 남자 중에서 무라모토 사키코와 관계를 맺고 아사토 유키에에게 집착해 가게를 드나들었으며, 료스케를 희생양으로 삼으려고 한 인물. '한밤중의 토막살인마'의 정체에 서서히 가까워지고 있다는 실감이 심박수를 높였다.

"그다음은?! 그리고 또 뭔가 단서 없어?"

아키호가 강하게 묻자, 료스케는 입 앞에서 두 손을 모았다.

"'한밤중의 토막살인마'는 어떻게 그 남자를 찾았지⋯?"

"뭐라고 혼자 중얼거리는 거야? 그 남자가 누군데?"

"'손님'이요. 어제 살해된 회사 사장 쿠로사키라는 남자요. 일반 적으로 생각해 보면, 그놈을 죽인 것도 '한밤중의 토막살인마'일 거예요."

아키호는 "앗" 하고 목소리를 흘렸다. 증인이 살해되어 이제 알 리바이를 입증할 수 없다는 것에 너무 충격을 받은 나머지 누가 죽였는지까지는 생각하지 못했다.

"쿠로사키가 증언하면 나를 희생양으로 삼지 못해요. 그래서 죽여야만 했죠. 그럼 이건 기회예요."

"기회?" 아키호는 미간을 좁혔다.

"네. 지금까지 '한밤중의 토막살인마'는 면밀하게 계획을 세워 서 증거를 남기지 않고 사람을 죽였어요. 하지만 이번에는 그런 계획을 세울 여유도 없이 긴급 피난 하듯 쿠로사키를 죽여야 했 어요. 그렇다면 어딘가에 실수가 있을 거예요."

료스케는 복잡한 얼굴로 팔짱을 끼고 생각에 잠겼다가 조용히 중얼거렸다.

"…어떻게 알았지?"

"응? 뭐가?"

"쿠로사키가 내 알리바이의 증인이라는 거요. 그걸 아는 사람 은 선생님뿐이에요."

료스케가 빤히 쳐다보았다.

"설마 내가 '한밤중의 토막살인마'라고 의심하는 건 아니지?"

"그게 무슨 소리예요? 당연히 아니죠."

료스케는 어이없다는 듯 말했다.

"그게 아니라 어디서 '한밤중의 토막살인마'가 정보를 얻었는지

가 관건이에요. 병실에서 나눈 대화를 누가 엿들었다거나 그런 게
아니면, 선생님한테서 정보가 샜다는 뜻이에요. 선생님, 나한테
알리바이가 있다는 걸 다른 사람한테 말했죠?"

아키호는 목을 울리며 침을 삼키고 작게 턱을 당겼다.

"…말했어. 우리 집에 찾아온 키류라는 잡지 기자한테. 전직 탐
정이라길래 쿠로사키를 찾아달라고 했어."

"그 기자가 쿠로사키를 찾아냈어요?!"

"응. 매칭 앱에서 네 계정을 이용해서 불러냈어. 내가 몰아붙여
서 쿠로사키가 도망갔는데, 키류 씨가 신원을 알아내겠다고 미행
했어."

"그러고 몇 시간 후에 쿠로사키는 칼에 찔려 죽었다." 료스케의
목소리가 매우 불길하게 방 공기를 흔들었다.

"설마 키류 씨가…."

"네, '한밤중의 토막살인마'예요. 내 알리바이를 입증할 수 있는
사람이 있다는 걸 알고 그 사람을 죽인 거예요."

키류와 처음 만난 밤을 떠올렸다. 골목에서 누군가가 쫓아와서
필사적으로 도망쳐 아파트 입구에 도착했을 때, 키류가 말을 걸
었다. 그는 계속 아파트에서 기다리고 있었다고 했지만, 그 말이
사실이라는 확증은 전혀 없다. 그가 정말 형사에게 정보를 얻어
서 접촉했는지도, 애초에 진짜 기자인지도 확실하지 않다.

어쩌면 그날 밤, 키류는 나를 죽이려고 한 것이 아닐까. 그런데
아파트 입구에 CCTV가 있는 것을 알아차리고 관두었다.

머리부터 냉수를 뒤집어쓴 기분이 들어서 아키호는 몸을 떨었
다.

"어떻게 하지? 그러면 어떻게 해야 하지?"

아키호는 매달리듯 물었다. 료스케는 관자놀이에 손을 대고 눈을 감았다.

"아키호 선생님, 그 기자랑 연락은 됐어요?"

"명함이 있어서 전화번호는 아는데…."

"그럼 전화해 봐요."

"무슨 소리야?! 상대는 연쇄 살인마야. 위험하잖아."

"…시간이 없어요." 료스케가 낮은 목소리로 말했다. "지금 경찰은 전력으로 우리의 행방을 쫓고 있어요. 그놈들은 당장이라도 우리가 있는 곳을 찾아낼 거예요."

무서우리만치 진지한 료스케의 모습에 아키호의 몸에 긴장감이 번졌다.

"여기가 발각되면 더는 도망칠 곳이 없어요. 만약 체포되면 아무리 그 기자가 진범이라고 주장해도 경찰은 무시하고 나를 범인으로 몰아세울 거예요. 그놈들의 체면을 완전히 구겼으니까요. 선생님도 기소당해서 운이 나쁘면 실형을 받을 거예요. 그렇게 되면 '한밤중의 토막살인마'의 정체를 밝힐 수 없게 돼요."

자신이 얼마나 궁지에 있는지 안다고 생각했건만, 새삼 말로 들으니 위기감이 더 커졌다.

"그래서 지금은 쳐야 해요. 우선은 그 기자에게 연락해서 상황을 파악해요. 그 기자가 아직 자기 정체를 들키지 않았다고 생각한다면 틈이 있을 거예요. 거기를 찔러야 해요."

료스케는 강하게 말했다. 심호흡을 되풀이한 아키호는 "알았어" 하며 테이블에 놓인 오래된 전화에 손을 뻗었다.

"전화해도 이 장소가 드러나지는 않으려나?"

"상대는 경찰이 아니에요. 발신번호 표시 제한으로 걸면 여기를 들킬 일은 없어요."

료스케는 주먹을 꽉 쥐었다. 각오를 굳힌 아키호는 수화기를 들고 명함에 적힌 휴대전화 번호를 눌렀다. 몇 번 호출음이 들린 뒤, 전화가 연결됐다. 목소리를 내려고 했지만, 긴장해서 목이 굳어 숨소리만 새어 나왔다.

"여보세요…?"

상대의 목소리가 들린 순간, 아키호는 당황했다. 그것은 가녀린 여자 목소리였다.

"저기, 키류 씨 휴대전화 맞나요?"

"네…, 키류의 아내예요."

"…사모님이시군요. 죄송하지만, 남편분을 바꿔주실 수 있나요?"

전화 너머에서 숨을 참는 듯한 소리가 들렸다.

"남편은…, 사고가 나서 지금 수술 중이에요. 아주…, 심각한 상황이에요…."

사고?! 키류가 사고? 영문을 알 수 없어서 아키호는 말을 잃었다. 돌아보니 바로 옆에서 수화기에 귀를 댄 료스케도 입을 반쯤 벌린 채 굳어 있었다.

"수술을 한다는 건, 지금 병원에 계시는 거죠? 사모님, 실례지만 어느 병원이죠?"

혼란스러운 상태로 아키호가 묻자, 음울한 목소리가 돌아왔다.

"린카이 제1병원이요."

3

많은 환자가 오가는 외래 대기실을, 고개를 푹 숙이고 걸었다. 마스크를 낀 탓인지 매우 숨 쉬기 힘든 느낌이었다. 아키호는 안경테에 손을 대고 위치를 바로잡았다.

정면에서 흰 가운을 입은 중년 남자가 걸어왔다. 낯익은 의사였다. 아키호는 몸을 돌려 도망치고 싶은 충동을 억누르며 그대로 걸음을 옮겼다. 의사는 아키호 쪽으로 시선을 던지지도 않고 스쳐 지나갔다.

이대로면 버티지를 못하겠다….

키류의 아내와 대화한 지 약 두 시간 후, 아키호는 린카이 제1병원 외래 대기실에 있었다.

알 없는 안경과 마스크, 료스케가 붙여준 쿠레나이의 긴 갈색 가발로 변장했다. 그런데도 경찰에 쫓기는 몸으로 지인이 득실거리는 이 병원을 돌아다니니 심장이 마구 날뛰었다. 언제 들켜서 신고당할지 몰라서 제정신이 아니었다.

아키호는 고개를 숙인 채 잰걸음으로 엘리베이터에 올라타 수술부가 있는 3층으로 이동했다.

엘리베이터 홀에 내리자, '수술부. 관계자 외 출입 금지'라고 적힌 큰 자동문이 있었다. 아키호는 자동문 옆에 있는, '가족 대기실'이라고 적힌 미닫이문을 열었다.

긴 의자가 여러 개 놓인 7평쯤 되는 공간에 남녀 몇 명이 있었다. 모두 하나같이 불안한 표정이었다. 여기에 있는 전원이 현재 수술을 받는 환자의 가족이다.

"…키류 씨."

방에 충만한 무거운 공기를 아키호의 목소리가 흔들었다. 안쪽 소파에 앉아 있던 여자가 고개를 들었다. 나이는 30대 중반쯤 됐을까. 갈색으로 물들인 머리카락을 짧게 자른 헤어스타일이었다. 이쪽을 보는 눈은 공허했고, 표정 근육은 한없이 이완돼 있었다.

"조금 전에 전화한 마츠다입니다. 평소에 키류 씨한테 신세 많이 졌습니다."

아키호가 가명으로 자신을 소개하자, 그녀는 "키류 유미코예요"라고 인사했다. 조금 전 통화에서 아키호는 순발력 있게 자신은 키류와 같은 잡지 편집부에서 일하는 후배라고 말했다.

"저기, 키류 씨에게 뭔가…?"

"오늘 아침에 출근하자마자 집 근처 도로에서 트럭에 치였어요. 그래서 여기에 실려 와서 바로 응급 수술을 받았어요. 남편을 본 응급실 선생님 말씀으로는 아주 심각한 상태라서 살 수 있을지 확실치 않다고…."

두 손으로 얼굴을 덮은 유미코를 바라보며 아키호는 입을 굳게 다물었다. 쿠로사키가 살해된 다음 날, 키류가 트럭에 치여서 빈사 상태에 빠졌다. 이것이 우연일 리가 없다. 키류가 바로 '한밤중의 토막살인마'고, 이제 도망칠 수 없다는 것을 깨닫고 자살하려고 한 것일까. 아니면…

"유미코 씨, 사고가 어떤 상황이었는지는 들으셨어요?"

"네…. 아까 경찰이 설명해 줬어요. 보행자 신호가 빨간불이었는데, 갑자기 남편이 트럭 앞으로 뛰쳐나왔대요."

유미코는 억양 없는 목소리로 중얼중얼 말했다.

"빨간불에 갑자기 뛰쳐나왔다. 확실해요?"

"경찰이 블랙박스를 확인해서 그건 확실해요. 일단 운전자는 체포됐지만, 경찰은 자살일 수도 있다고…. 뭔가 고민이 있어 보이지 않았냐고 끈질기게 물어봤어요."

그때 일을 떠올렸는지 유미코는 입술 끝을 내렸다.

"뭔가 짚이는 데가 있으세요?"

"짚이는 데가 없어요. 어제 열한 시쯤에 집에 돌아와서 남편은 전에 없이 기분이 좋았어요. 뭔가 일이 잘 풀렸다고, 캔 맥주를 몇 개나…."

"잠, 잠깐만요!" 아키호는 목소리를 높였다. "키류 씨가 어젯밤 열한 시에 집에 돌아왔어요? 그리고 나서 아침까지 외출하지 않았어요?"

유미코가 "그런데요?"라고 대답하는 것을 기다리며 아키호는 필사적으로 머리를 굴렸다.

쿠로사키는 자정쯤 척살당했다. 유미코의 이야기가 사실이라면, 키류는 쿠로사키를 죽일 수 없다.

키류는 '한밤중의 토막살인마'가 아니다.

그럼 키류가 자살하는 것은 이상하다. 어젯밤 키류가 기분이 좋았다면 아마 쿠로사키의 신원을 알아내서 특종을 잡았다고 생각했기 때문이리라.

그런데 반나절 사이에 쿠로사키는 살해되었고, 그리고 키류는 교통사고로 빈사 상태에 빠졌다.

고개를 번쩍 든 아키호는 "유미코 씨!"라고 목소리를 높였다. 주변 사람들이 비난의 시선을 보냈지만, 그런 것을 신경 쓸 여유는 없었다.

"키류 씨는 정말 스스로 트럭 앞으로 뛰쳐나갔나요? 누가 밀거나, 그랬을 가능성은 없나요?"

"어떻게 그걸…." 충혈된 유미코의 눈이 커졌다.

"역시 그런 거죠? 누가 밀어서 트럭에 치였을지도 모르는 거죠?"

"트럭 운전자가 사고 직전에 누가 남편을 도로로 민 것 같다고 증언했대요. 근데 확실히 본 건 아니고, 그런 것 같다고만 해서…. 경찰은 자기 죄를 가볍게 하려고 지어낸 말일 거라고…."

역시 그랬다. 쿠로사키와 마찬가지로 키류도 습격을 받았다. … '한밤중의 토막살인마'에게.

어떤 방법으로 료스케의 알리바이를 증명할 수 있는 사람이 있는 것을 안 '한밤중의 토막살인마'는 알리바이 증인인 쿠로사키와 그 사실을 아는 키류의 입을 막으려고 했다.

그렇다면 어떻게 해서 '한밤중의 토막살인마'는 쿠로사키를 알았을까. 료스케에게 알리바이가 있는 것을 아는 사람은 거의 없었다.

몇십 초 생각에 잠긴 아키호의 머릿속에서 하나의 가설이 짜여 나왔다. 무시무시한 가설이.

"키류 씨가 직접 전했다…."

무의식적으로 입에서 중얼거림이 새어 나왔다. "네?"라고 되묻는 유미코에게 아키호는 "아무것도 아니에요"라고 얼버무리며 계속 생각했다.

키류는 경찰 내에 있는 정보 제공자와 연결되어 있었다. 수사 정보를 받는 대가로 정보를 흘려야 했을 것이다.

료스케에게 알리바이가 있다는 사실을 안 키류는 의리로 그것을 정보 제공자에게 전했다. 그 사람이 바로 '한밤중의 토막살인마'인 줄도 모르고.

알리바이가 입증되면 료스케를 희생양으로 삼지 못할 테니 '한밤중의 토막살인마'는 쿠로사키와 키류, 두 사람의 입을 막으려고 했다.

그럼 정보 제공자는 누구였을까. 아키호의 뇌리에 우락부락한 얼굴에 비꼬는 듯한 미소를 지은 중년 형사의 모습이 스쳤다.

미노베다. 그 남자가 '한밤중의 토막살인마'다. 수사1과 형사라면, 수사망을 피해서 범행을 거듭할 수도 있었을 것이다. 게다가 쿠라시키의 이야기에 따르면 미노베는 항상 혼자 수사에 임했다고 했다.

그 남자가 바로 아사토 유키에의 스토커이자 무라모토 사키코의 불륜 상대다. 그렇다. 사키코는 전직 경찰이었다. 어딘가에서 미노베와 상사 부하 관계였을 가능성이 충분하다.

고민을 들어주던 상사가 위로하는 척 육체관계를 맺는다. 충분히 있을 법하다.

"믿기지 않아…. 이런 일이 일어나다니…."

쥐어짜는 듯한 목소리가 아키호의 흥분에 물을 끼얹었다. 돌아

보니 유미코가 작게 어깨를 떨었다. 아키호는 당황하며 그 동그란
어깨를 다독였다.

하지만 형사가 연쇄 엽기 살인마라니, 말이 되는 일인가. 열을
품은 뇌가 다소 식으면서 그런 의문이 샘솟았다. 궁지에 내몰린
상황을 타파하려고 무리하게 사실을 연결해서 그냥 입맛에 맞는
진범 이미지를 만들어내는 것이 아닐까. 해변에 모래로 만든 성이
파도에 침식되듯 자신감이 깎여 나갔다.

정말 미노베가 범인이라고 해도 증거가 필요하다. 하다못해 키
류가 미노베와 연락했다는 증거가.

거기까지 생각했을 때, 유미코의 발치에 놓인 남성용 가방을 발
견했다.

"저기, 혹시 그 가방…."

"이거요? 사고를 만났을 때, 남편이 갖고 있던 거예요."

이거다. 이 안에 미노베와의 관계를 나타내는 어떤 증거가 들어
있을지도 모른다.

아키호는 수상해 보이지 않도록 최대한 자연스럽게 "유미코 씨"
라고 말을 걸었다.

"사실 오늘이 최신 호 마감일이라 키류 씨가 자료를 편집부에
가져오셔야 했어요. 그래서 혹시 괜찮으시면 제가 가방을 편집부
에 가져가도 될까요?"

"아아, 네…."

유미코는 어정쩡하게 대답하더니 느릿한 움직임으로 가방을 내
밀었다. 그 모습을 보자, 가슴에 통증이 번졌다. 평범한 상태였으
면 남편의 가방을 쉽게 다른 사람에게 넘기지 않았을 것이다. 하
지만 정신이 피폐해진 그녀에게는 그런 판단을 내릴 여유조차 없

는 모양이다.

속으로 사죄하면서 가방을 받고 떠나려고 한 순간, 아키호는 문득 어떤 사실을 깨달았다.

"방금 통화가 연결됐다는 건, 키류 씨 스마트폰이 망가지지 않았다는 건가요?"

유미코는 작게 고개를 끄덕이고 자신의 가방 안에서 검은 스마트폰을 꺼냈다. 그 액정 화면은 거미줄처럼 금이 갔지만, 완전히 부서지지는 않은 듯했다.

"혹시 비밀번호를 아시나요? 잠금을 풀 수 있으세요?"

쭈뼛거리며 묻자, 유미코는 "왜요?" 하며 의아한 시선을 보냈다.

"오늘 취재하러 가야 하는 곳의 연락처를 키류 씨만 알거든요. 일이 이렇게 돼서 취소 연락을 드려야 하는데, 번호를 몰라서요."

유미코는 "아, 그렇군요" 하며 스마트폰을 조작해서 잠금을 풀고 건네주었다.

"감사합니다."

금이 간 화면을 분주하게 터치해서 통화 내역을 확인한 아키호는 마음속으로 쾌재를 불렀다. 어젯밤 오후 아홉 시 사십삼 분에 휴대전화로 추측되는 번호에 전화를 건 기록이 있다. 아키호는 메모지에 잽싸게 그 번호를 적고 스마트폰을 유미코에게 건넸다.

"그럼 저는 이 가방을 편집부에 가져가겠습니다."

"아아…, 네…."

초점을 잃은 눈으로 허공을 바라본 채 작게 중얼거리는 그 모습에 아키호는 강한 죄책감을 느꼈다.

만약 내가 키류 씨에게 쿠로사키의 신원 조사를 맡기지 않았다면, 그는 이렇게 되지 않았을지도 모른다. …내가 그를 끌어들였다. 강한 죄책감이 등을 짓눌렀다.

일어선 아키호는 깊이 고개를 숙였다.

"키류 씨가 무사히 수술을 마치고 회복하시기를 진심으로 기도합니다."

유미코는 대답하지 않았다.

린카이 제1병원을 뒤로한 아키호는 해안선 도로의 보도를 살짝 달리며 나아갔다. 곧 목적지가 보였다. 보도에 우뚝 선 전화 부스.

전화 부스에 들어간 아키호는 가방에서 메모지를 꺼내 공중전화 위에 두었다.

키류는 어젯밤 이 번호에 전화를 걸었다. 그때 경찰 측 정보 제공자에게 료스케의 알리바이를 알렸을 가능성이 크다. 다시 말해 이것은 '한밤중의 토막살인마'의 전화번호⋯.

이 번호에 전화를 걸면, 사람을 다섯이나 죽이고 시신을 해체한 연쇄 살인범과, 약혼자의 원수와 연결된다.

공포, 분노, 혐오, 기대⋯. 다양한 감정이 가슴에서 소용돌이쳐서 차분해지던 심호흡이 빨라졌다. 숨쉬기 힘든 느낌이 강해졌다. 수화기에 뻗으려고 하던 손끝이 가늘게 떨렸다.

또 과호흡 발작이다. 이렇게 중요한 순간에⋯.

눈을 감고 그 자리에 쓰러질 뻔한 순간, 눈꺼풀 뒤편에 두 남자의 모습이 비쳤다. 반년 전에 떠난 사랑스러운 약혼자, 그리고 지금 보호해야 할 사회에서 거부당한 소년.

아키호는 눈을 크게 뜨고 자신의 뺨을 힘껏 쳤다. 유리로 둘러싸인 좁은 공간에 풍선을 터뜨리는 듯한 소리가 울려 퍼졌다. 입술을 깨물고 욱신욱신 저릿한 아픔을 참았다. 숨쉬기 힘든 느낌이 눈 녹듯 사라졌다. 손의 떨림도 멈췄다. 아키호는 수화기를 들고 지갑에서 꺼낸 백 엔짜리 동전을 전화기에 넣고 메모지에 적힌 번호를 눌렀다.

통화 연결음이 들려왔다. 몇 번 가벼운 전자음이 울린 뒤 통화가 연결됐다. 아키호는 귓가에 댄 수화기를 두 손으로 강하게 쥐었다.

상대가 정말 '한밤중의 토막살인마'인지 확인해야 했다. 아키호는 말없이 상대가 어떻게 나오는지 기다렸다. 하지만 목소리는 들리지 않았다.

지금도 통화는 연결돼 있다. 그 증거로 희미한 숨소리가 고막을 흔들었다. 아키호는 숨을 죽이고 청각에 모든 신경을 집중시켰다.

십 초…, 삼십 초…, 일 분…. 납처럼 무거운 침묵을 참는 시간이 흘러갔다.

건드리면 끊어질 듯 팽팽한 공기에 아키호의 신경이 한계를 맞이하려고 할 때, 수화기에서 남자 목소리가 작게 들려왔다.

"…키류?"

그 목소리를 들은 순간, 온몸에 떨림이 일었다. 뭐라도 말해야 할 것 같아서 입을 벌렸지만, 혀가 굳어서 말이 나오지 않았다. 몇 초 후, 갑자기 전화가 끊겼다. 아키호는 거친 숨을 쉬며 수화기를 내려놓고 유리 벽에 등을 기댔다.

낮게 깐 목소리여서 전화 상대가 누구인지까지는 알 수 없었다. 하지만 그 목소리는 희미한 동요를 품고 있었다.

트럭에 치인 키류가 전화를 걸었나 하는 동요.

틀림없다. 방금 전화를 받은 상대는 쿠로사키를 죽이고 키류를 트럭 앞으로 민 남자다.

아키호는 전화기 위에 놓인 메모지를 가방에 넣었다.

금방이다. '한밤중의 토막살인마'의 정체가 바로 손 닿을 곳까지 가까워졌다.

이제 이 번호가 누구의 번호인지만 알아내면…. 거기까지 생각했을 때, 뒤에서 문을 여는 소리가 들렸다. 뒤돌아본 아키호는 눈꼬리가 찢어질 정도로 눈을 크게 떴다. 거기에 남자가 서 있었다. 응급의학과 유니폼을 입은 장년 남성이.

"야나이…, 선생님…." 아키호는 상사이자 응급의료 스승의 이름을 중얼거렸다.

야나이는 분노에 찬 눈으로 아키호를 노려보았다.

"어떻게…."

"어떻게? 그건 내가 할 말이야." 야나이는 불쾌한 얼굴로 말했다. "구급차를 기다리려고 밖에 있는데, 자네가 병원에서 급하게 나가는 걸 봤어. 심혈을 기울여 키운 부하라 아무리 변장했어도 한눈에 알아. 그래서 환자는 다른 선생한테 맡기고 쫓아왔지. … 대체 뭘 하는 거야?"

"그건…." 아키호는 말문이 막혔다.

"미노베라는 그 형사한테 자네가 망을 보는 경찰을 혼수상태에 빠뜨리고 '한밤중의 토막살인마'를 탈주시켰다는 보고를 들었어. 그게 사실인가?"

야나이가 빤히 쳐다보았다. 아키호는 자기도 모르게 눈을 내리깔고 변명하듯 중얼거렸다.

"료스케는…, '한밤중의 토막살인마'가 아니에요."

"그러니까 정말로 이시다 료스케를 탈주시켰다는 건가?"

문책에 대답하지 못했다. 야나이는 크게 한숨을 쉬었다.

"왜 그런 짓을 했어? 정말 이해가 안 돼. 자네는 아주 유능한 응급의학과 의사였어. 무슨 짓을 해서라도 전력을 다해 눈앞에 있는 환자를 구했지. 내가 가르친 응급의학과 의사의 지향점을 누구보다 잘 이해하고 실천해 줬어. 그런데 어째서…."

비통한 야나이의 모습에 가슴이 미어졌다. 아키호는 자기도 모르게 "아니에요!"라고 목소리를 높였다.

"아니야? 뭐가 아닌데?"

야나이가 다시 똑바로 응시했다. 이번에는 그 시선을 정면으로 받아냈다.

"저는 선생님의 가르침을 잊지 않았습니다. 아니요, 그 가르침을 계속 가슴에 새겼기 때문에 료스케를 탈출시킨 겁니다. 료스케는 제 환자니까요."

"범죄자를 탈출시키는 게 환자를 위한 일이라는 거야?"

"제대로 치료받은 뒤에 죄를 묻는 게 일반적인 형태라고 생각합니다. 그런데 이번에는 그렇게 단순하지 않았어요."

"단순하지 않다? 이시다 료스케가 약혼자의 원수였다는 걸 이야기하는 건가?"

날카로운 지적에 아키호는 두 주먹을 꽉 쥐었다.

"처음에는 그랬습니다. 저는 응급의학과 의사로서, 의사로서 본분을 잊고 료스케에게 복수하려고 했어요. 료스케를…, 죽일 생각까지 했습니다. 의사 실격입니다."

아키호의 적나라한 고백을 야나이는 근엄한 표정으로 들었다.

"하지만 지금은 아닙니다. 지금 이 세상에서 료스케를 구할 수 있는 사람은 저뿐이에요. 여기서 제가 손을 떼면 료스케는 불합리하게 목숨을 잃을 겁니다. 주치의로서 온 힘을 다해 환자를 구할 거예요. 상식을 벗어난 일일 수도 있지만, 저는 지금 선생님의 가르침을 실천하고 있어요."

생각을 말에 실어서 야나이에게 던졌다. 아마 이제 구속되어 경찰에 끌려갈 것이다. 하지만 그 전에 가르침을 저버리지 않았다는 사실을 야나이에게 전하고 싶었다.

아키호와 야나이는 서로 응시했다. 야나이가 살짝 손을 뻗었다.

잡힌다. 몸이 경직된 아키호의 어깨를 야나이의 손이 가볍게 두드렸다. 마치 격려하듯이.

멍해진 아키호 앞에서 야나이는 걸음을 돌려 전화 부스 밖으로 나갔다.

"야나이 선생님…?"

문을 열고 몸을 앞으로 내민 아키호가 말을 걸자, 야나이는 등진 채 말했다.

"죄송합니다. 아무래도 사람을 잘못 본 것 같군요. 제 제자는 그렇게 푸석푸석한 갈색 머리도 아니고 안경도 쓰지 않습니다."

야나이는 말을 잃은 아키호에게 계속 말했다.

"제 제자가 뭘 하는지, 저는 모르겠습니다. 하지만 아마 뭔가 신념이 있어서 하는 행동이겠죠. 그러니까 조금 상황을 지켜보려고요. 그리고 바라건대, 다시 함께 일하면서 아직 가르치지 못한 걸 확실히 가르쳐서 번듯한 응급의학과 의사로 멀리 뻗어 나가게 하고 싶습니다. 혹시 그 친구를 아신다면, 그렇게 전해주시겠습니까?"

"…네, 전할게요. …꼭 전할게요."

오열을 필사적으로 억누르며 아키호는 목소리를 쥐어짰다. 살짝 고개만 돌려 뒤돌아본 야나이는 공허하게 입술 끝을 올리고 "아, 다시 일하러 가야겠군" 하며 걸음을 뗐다.

"감사합니다!"

아키호는 가마가 보일 정도로 고개를 숙이고 멀어지는 등에 마음을 다해 감사 인사를 했다.

야나이는 돌아보지도 않고 가볍게 손을 들었다.

4

"미노베가…. 그놈이 '한밤중의 토막살인마'…."

료스케의 입가에서 이가 뿌드득거리는 소리가 났다. 린카이 제
1병원을 뒤로한 아키호는 그대로 전철을 타고 신주쿠 2가 은신처
로 돌아왔다.

"잠깐 진정해. 아직 미노베가 범인이라고 확정된 건 아니니까."

아키호는 돌아오자마자 쿠레나이에게 빌린 컴퓨터로 정보를 검
색하느라 분주한 료스케에게 자초지종을 설명했다. 미노베가 '한
밤중의 토막살인마'일 가능성이 크다는 사실을 안 료스케는 얼굴
을 새빨갛게 물들이며 격노했다.

당연하다. 아키호는 필사적으로 료스케를 위로하며 생각했다.
소중한 여자가 살해당하고 토막 난 데다, 자신이 누명까지 썼으니
까. 그리고 진범이 자신을 집요하게 쫓아다니던 형사일지도 모른
다는 사실을 알았으니 피가 거꾸로 솟는 것도 당연하다. 하지만
지금은 분노에 몸을 내맡길 여유가 없다.

"료스케, 진정해."

힘을 주어 말하자, 분노의 말을 뱉던 료스케는 정신을 차린 표정을 지었다.

"시간이 없어. 우선은 어떻게 네가 무죄라는 걸 증명할 수 있을지 방법을 찾아야 해."

"…무리예요." 자포자기한 듯 료스케는 입술을 삐죽였다.

"할 수 있어. 키류 씨가 전화를 건 상대가 '한밤중의 토막살인마'일 거야. 전화번호로 상대가 누구인지 찾으면…."

"그래 봤자예요." 료스케는 아키호의 말을 잘랐다. "이 번호는 아마 선불식 휴대전화일 거예요. 요금을 미리 내고 쓰는 건데, 범죄에 자주 이용돼요."

"선불식이어도 살 때 신분 증명서를 확인하고 등록해야 하잖아."

"원래는 그렇지만, 실제로는 돈을 조금만 내면 쉽게 자기 명의가 아닌 선불식 휴대전화를 살 수 있어요. 푼돈으로 명의를 빌려주는 놈들이 많거든요."

"그럼 위치 정보로 알아내는 건?"

"경찰도 아닌 우리가 다른 사람의 휴대전화 위치 정보를 어떻게 알아내요?"

"그럼 경찰에 협조를 요청하는 건…, 안 되겠구나."

료스케가 차가운 시선을 쏟자, 아키호의 목소리는 점점 작아졌다.

연쇄 살인범과 그 조력자로 쫓기는 자신들의 이야기를 경찰이 진지하게 들어줄 리가 없다. 깔끔하게 체포되고 끝날 것이다.

"미노베가 '한밤중의 토막살인마'임을 증명하지 못하면 아무 의미 없어요. 이대로면 우리는 '한밤중의 토막살인마'의 정체를 알면서도 체포돼서 누명을 쓰고 재판을 받을 거예요. 분명히 경찰도 우리가 있는 곳에 가까워지고 있을 거예요. 우리는 점점 막다른 골목에 몰릴 거예요."

료스케가 음울하게 중얼거렸다. 계속 뱃속에 쌓여 있던 '한밤중의 토막살인마'를 향한 원망이 용솟음치는지, 지금껏 본 적 없을 만큼 험악했다.

"나쁜 것만 생각하지 말자. 이 가방 안에 결정적인 증거가 있을지도 모르잖아."

분위기를 전환하듯 말한 아키호는 키류의 가방을 열었다. 안에는 전단지와 휴지, 영수증, 책, 수첩이 아무렇게 들어 있었다.

가방을 뒤집어서 안에 든 물건들을 테이블 위에 내놓은 료스케는 낚아채듯 수첩을 집더니 분주하게 훑어보았다.

수첩은 료스케에게 맡기고…. 아키호는 흩어져 있는 편의점이나 패밀리 레스토랑 영수증을 확인했다. 구겨진 영수증을 펴면서 몇 장 확인하다가 아키호는 "어?"라고 목소리를 높였다.

"뭐 좀 찾았어요?"

의욕적으로 묻는 료스케에게 아키호는 영수증 한 장을 내밀었다.

"이거 좀 봐. 어제 오후 아홉 시 전에 ATM으로 돈을 뽑았어. 그것도 10만 엔이나."

"왜 한밤중에 그런 돈을…?"

복잡한 표정으로 생각에 잠긴 료스케에게 영수증을 건네고, 아키호는 일단 가방 안 물건을 전부 꺼내려고 측면에 달린 지퍼를 열었다. 거기에 DVD가 들어 있었다.

"무슨 DVD지…?"

케이스에서 꺼낸 디스크를 얼굴 앞으로 들며 아키호가 중얼거렸다. 제목이 없는 것을 보니 영화는 아닌 것 같다.

"이 노트북으로 DVD도 읽을 수 있어요. 확인해 봐요. 빨리."

료스케가 빠른 어조로 채근하자, 아키호는 노트북에 디스크를 넣고 커서를 조작해 재생했다. 액정 화면에 흑백 영상이 떴다. 아파트나 호텔로 보이는 출입구를 비스듬히 위쪽에서 찍은 영상. 몸을 맞댄 남녀 커플이 지나가는 장면이 나왔다.

"이거 혹시 러브호텔 CCTV인가?"

고개를 갸우뚱하며 아키호가 중얼거렸지만, 대답은 돌아오지 않았다. 의아해서 옆을 보자, 료스케가 길쭉한 눈을 휘둥그레 뜬 채 굳어 있었다.

"왜 그래, 료스케?! 괜찮아?"

놀라서 말을 걸자, 료스케는 떨리는 손가락으로 화면을 가리켰다.

"알리바이…."

무슨 말인지 몰라서 아키호가 "응?" 하며 되물은 순간, 화면에 익숙한 두 사람이 지나갔다. 한 사람은 어젯밤 이케부쿠로 공원에서 만난 장년 남자, 쿠로사키 이치타. 그리고 다른 한 명은….

"료스케?!"

목소리가 뒤집어졌다. 남자에게 달라붙어서 걷는 소년. 그 사람은 틀림없이 료스케였다.

"그럼 이건…."

화면 위쪽에 작게 표시된 일시를 확인했다. 아사토 유키에가 살해된 날 오후 여섯 시경이었다.

"그날 내가 저 남자랑 간 호텔이에요. 이건 내 알리바이를 증명하는 영상이에요."

료스케의 떨리는 목소리를 들으며 아키호는 떠올렸다. 이케부쿠로 공원에서 기다리고 있을 때, 키류로부터 쿠로사키와 료스케가 들어간 호텔이 어디인지 들은 것을.

어젯밤 쿠로사키를 미행해서 신원을 알아낸 키류는 곧장 호텔에 가서 CCTV 영상을 확인했을 것이다. ATM에서 뽑은 10만 엔은 외부인이 CCTV 영상을 확인하고 심지어 그 일부를 DVD로 받는 데에 대한 뇌물이었을 것이다.

료스케의 알리바이를 확인한 키류는 경찰 내 정보 제공자에게 그 사실을 알렸다. 기사를 내기 전에 일단 귀띔해서 상대의 체면을 지켜주려는 의도였겠지만, 치명적인 실수였다.

그 사람이 바로 '한밤중의 토막살인마'였기 때문이다.

흩어져 있던 조각이 아키호의 머릿속에서 짜맞춰졌다.

알리바이를 들은 '한밤중의 토막살인마'는 즉시 움직여서 알리바이 증인인 쿠로사키를 살해한 다음 키류의 입도 봉하려고 했다.

"료스케, 이제 괜찮아. 이걸 경찰에 가져가면 네 무죄가 증명될 거야. 너는 살 거야."

환희에 찬 목소리를 높였지만, 료스케는 심각한 얼굴로 천천히 고개를 가로저었다.

"아니요. 이것만으로는 미노베가 '한밤중의 토막살인마'인 걸 증명할 수 없어요."

"네가 범인이 아니라는 걸 알면, 경찰은 진범을 다시 찾을 거야. 그때 우리가 증언하면, 미노베를 철저히 조사해 주겠지."

"…정말 그렇게 생각해요?"

숨죽인 료스케의 말에 흥분이 순식간에 사그라들었다.

"체포한 나는 누명이었고, 진범은 수사1과 형사였어요. 일본 전역에서 비난이 쏟아질 그런 결말을 경찰이 받아들일 거라고 생각해요?"

"받아들여…? 그게 진실인데 뭘…."

"그놈들한테는 체면이 무엇보다 중요해요. 그놈들은 틀림없이 증거를 없애고 나를 '한밤중의 토막살인마'로 세울 거예요. 호텔에 있는 CCTV 영상을 압수한 다음 '분실'시키겠죠. 그 정도는 쉽게 해요. 확실해요."

"그, 그럼 이제 어떻게 하지? 변호사라든가…."

"그것도 안 돼요." 료스케가 고개를 흔들었다. "지금의 우리는 도주 중인 연쇄 살인마와 공범이에요. 제대로 된 변호사라면 상담하러 온 우리를 신고할걸요."

"말도 안 돼…. 아무한테도 기댈 수 없다니…."

"그러니까 우리끼리 해야 해요. 둘이 힘을 모아서." 료스케는 손을 내밀었다. "이게 마지막 기회예요. 아키호 선생님, 나를 도와줄래요?"

료스케는 무엇을 하려고 하는 것일까? 그의 판단을 따라도 될까?

불안을 느끼며 료스케를 본 아키호는 눈을 크게 떴다. 강한 결의를 품은 표정, 남자다운 그 표정에서는 소년의 앳된 느낌이 사라졌다. 손을 뻗어 오는 료스케의 모습에 사랑스러운 약혼자의 모습이 겹쳤다. 불안이 씻겨 내려갔다.

"알았어. 둘이서 하자." 아키호는 미소 지으며 료스케의 손을 강하게 잡았다. "그런데 구체적으로 어떻게 하려고?"

"이걸 이용하면 어떨까요? 호신용으로 쓰라고 쿠레나이 씨가 빌려줬어요."

료스케는 테이블 서랍을 열어서 한 손에 들어오는 크기의 검은 기기를 꺼냈다.

"그거, 설마…."

"네, 전기충격기예요."

료스케는 아름다운 얼굴에 의기양양한 미소를 띠었다.

5

아키호는 벤치에 앉으며 심호흡을 반복했다. 조금이라도 방심하면 또다시 과호흡 발작을 일으키고 말 것이다. 그런 확신이 들 정도로 온몸에 긴장이 차올랐다.

눈만 움직여서 주변을 둘러보았다. 벤치와 정글짐, 그리고 그네만 설치된 아담한 공원이 어스름한 가로등 빛에 반사됐다. 아키호는 신주쿠 2가 변두리에 있는 작은 공원에서 30분쯤 전부터 벤치에 앉아 있었다.

손목시계에 시선을 떨어뜨렸다. 곧 자정이 되려는 시간이었다.

카부키쵸에서는 꽤 거리가 있어서 인적이 적다. 취한 직장인이 가끔 공원 앞을 지나가는 정도였다.

손목시계 시침과 분침이 포개졌다. 그때, 공원 출입구에 사람 그림자가 드리웠다.

아키호는 용수철 인형처럼 벌떡 일어섰다. 남자는 황새걸음으로 다가왔다.

"거기서 멈춰!"

비명 같은 목소리로 말하자, 그 남자, 경시청 수사1과 형사인 미노베는 걸음을 멈췄다.

"태도가 고약하네요, 의사쌤. 자기가 불러놓고."

입꼬리를 올린 미노베의 모습은 마치 이빨을 드러낸 맹수 같았다.

약 한 시간 전, 아키호는 근처에 있는 공중전화에서 미노베의 명함에 적힌 번호로 전화를 걸었다. 그 시간대에는 혼자 술을 마신다고 쿠라시키에게 들었기 때문이었다.

도주자에게 온 연락에 놀란 기색을 보이더니, "당장 이시다 료스케를 데리고 와서 자수해. 안 그러면 큰일 날 거야"라고 협박하는 미노베에게 아키호는 조용히 말했다.

네가 한 짓을 다 안다고, 들통나고 싶지 않으면 혼자 이 공원으로 오라고.

"동료 경찰은 안 데리고 왔죠?"

"그래, 보다시피 혼자야."

"권총은?"

"이봐요, 의사 선생님. 형사 드라마를 너무 많이 본 거 아닙니까? 권총 휴대 허가는 그렇게 쉽게 떨어지지 않아요. 당신들이 권총을 훔쳐 갔을지도 모르는데, 윗놈들은 아직도 허가를 내릴지 말지 협의 중이라고. 참 한가한 놈들이야."

미노베는 비꼬듯 말하고 정장 상의를 풀어 헤쳤다.

"아무튼…, 그래서 무슨 용건이지?"

미노베의 눈빛이 날카로워졌다. 그 압박감에 아키호는 자기도 모르게 한 발짝 뒷걸음질 쳤다.

"무슨 용건인지는 당신이 제일 잘 알잖아요. 그래서 혼자 왔고. 안 그랬으면 이 공원을 경찰차가 에워싸고 나를 체포하려고 했겠죠."

그렇다. 혼자 왔다는 사실이 바로 이 남자가 '한밤중의 토막살인마'라는 증거다.

아키호는 입술을 핥으며 필사적으로 공포를 억눌렀다.

여기서 갑자기 죽이려고 하지는 않을 것이다. 자신이 '한밤중의 토막살인마'인 것을 또 누가 아는지 확인해야 하니까.

아키호가 필사적으로 공포를 억누르자, 미노베는 조용히 큭큭거리며 웃음을 흘렸다.

"뭐가 웃겨?!"

"자기를 너무 과대평가하네. 너 같은 걸 경찰을 여럿 동원해서 체포할 리가. 너는 이시다 료스케의 색기에 홀린 멍청한 여자일 뿐이야. 우리가 체포하고 싶은 건 남자에 미친 잔챙이가 아니라 이시다 료스케거든."

모멸감으로 가득한 말에 뺨이 뜨거워졌다.

"료스케를 잡으려고 나를 체포해서 료스케가 있는 곳을 알아내려고 했을 거잖아."

"그래. 바로 그래서 내가 혼자 왔지."

미노베는 품에서 담배를 꺼내 지포 라이터로 불을 붙였다.

"이시다 료스케랑 도주한 네가 나를 불러냈으니까. 무슨 꿍꿍이인지는 몰라도 이건 덫일 가능성이 커. 내가 본부에 정보를 올려서 여기를 포위했으면 어디선가 지켜보던 이시다 료스케가 너를 버리고 모습을 감출 게 뻔해."

"료스케는 그런 애가 아니야!"

"이거, 이거, 중증이네. 불쌍하구먼."

담배 연기를 뱉어낸 미노베는 표정을 굳혔다.

"그래서 어쩌시려고? 잡담이나 하자고 부른 건 아니잖아."

"…따라와요."

아키호는 미노베 쪽으로 걸어갔다. 스쳐 지나가는 순간 공격할까 봐 무서웠지만, 미노베는 손을 올리지 않았다. 아키호는 뒤에서 발소리가 쫓아오는 것을 확인하며 골목을 나아갔다.

바로 뒤에 약혼자의 원수가 있다. 사랑스러운 그 사람을 앗아간 악마가…. 긴장해서 마비된 마음이 분노로 물들어 갔다. 아키호는 피가 배어 나올 정도로 입술을 꽉 깨물어 아픔으로 분노를 희석했다. 그러지 않으면 미노베를 공격해 버릴 것 같았다.

진정해, 진정해. 침착하게 하지 않으면 계획이 무산된다. 료스케의 무죄를 증명하고 미노베가 '한밤중의 토막살인마'임을 고발하기 위한 계획이.

자신을 타이르며 10분 정도 걷는데, 설명도 못 듣고 쫓아오는데에 질렸는지 뒤에서 "아직이야?" 하는 목소리가 날아왔다.

"여기예요."

아키호는 낡은 6층짜리 건물, 료스케와 함께 숨어든 은신처 앞에서 걸음을 멈췄다.

"뭐야, 이 소름 끼치는 폐허는? 여기에 이시다 료스케 그 자식이 있다고?"

아키호는 말없이 건물에 들어가서 계단을 올랐다. 미노베는 한숨을 쉬고 뒤따라왔다.

"어디까지 올라가? 나는 무릎이 안 좋아."

6층에 도착한 아키호는 숨을 헐떡이는 미노베에게 "여기예요"

하며 눈앞에 있는 문손잡이를 잡고 열었다.

"응? 뭐야, 여기는?"

방에 들어간 미노베는 의심스럽게 중얼거렸다. 먼지가 쌓인 긴 테이블과 의자가 여러 개 놓인 테니스코트만 한 공간. 이 건물이 비즈니스호텔로 운영되던 시절, 레스토랑으로 사용되던 곳이었다.

"이제 사용하지 않는 레스토랑이에요."

몇 미터 나아간 아키호는 걸음을 돌려서 미노베를 돌아보았다.

"그건 보면 알아. 왜 이런 곳에 데려왔냐고 묻는 거잖아. 이시다 료스케 그 자식은 여기 있어?"

그래, 있어. 속으로 중얼거린 아키호는 열린 문 그늘을 보았다. 거기에서는 료스케가 숨을 죽이고 이쪽을 엿보고 있었다.

다음 순간, 료스케가 문 그늘에서 뛰쳐나와서 팔을 치켜들고 미노베를 덮쳤다. 하지만 미노베는 전혀 동요하는 기색 없이 뒤돌아보더니 다가오는 료스케의 손을 아무렇게나 잡고 그 거구에 어울리지 않는 재빠른 움직임으로 료스케의 다리를 걸었다.

마른 몸이 공중에서 반 바퀴 회전하고 바닥에 부딪혔다. 충격으로 부러진 늑골에 심각한 통증을 느꼈는지 료스케는 소리 없는 비명을 지르며 공벌레처럼 몸을 둥글게 말았다.

"그렇게 뼈다귀 같은 몸으로 나를 쓰러뜨릴 수 있을 줄 알았어? 나는 유도 3단이야."

몸을 만 료스케를 다리로 차서 강제로 위를 보게 한 미노베의 미간에 주름이 잡혔다.

"너…, 뭐가 웃겨?"

"너는 나한테 너무 집착해."

이마에 비지땀을 흘리며 미소 짓던 료스케가 혀를 내민 순간,

미노베의 몸이 크게 경련했다.

쓰러지는 미노베의 모습을 보며 아키호는 거친 숨을 몰아쉬었다.

그 손에는 등 뒤에서 미노베의 목덜미에 갖다 댄 전기충격기가 들려 있었다.

료스케가 양동이를 과감히 흔들었다. 냉수가 고개를 푹 숙인 미노베의 머리를 정확히 때렸다.

미노베는 작은 신음을 흘리고 젖은 얼굴을 느릿느릿 들었다. 눈앞에 선 료스케를 알아보고 달려들려는 기세를 보였지만, 앉아 있던 의자와 함께 세차게 쓰러졌다.

"그러지 마요, 미노베 씨. 다리가 고정돼 있어서 날뛰면 위험해요."

료스케가 웃으면서 하는 말을 들으며 아키호는 미노베 뒤로 돌아가서 의자 등받이를 두 손으로 잡고 힘을 주어 일으켰다.

"…이봐요, 의사쌤. 지금 당신이 무슨 짓을 하는 건지 알아?"

테이프로 두 다리는 의자에, 두 손은 등 뒤에 묶인 것을 확인하며 미노베는 으르렁거리듯 말했다.

"네, 알아요."

아키호는 고개를 끄덕이며 조금 떨어진 테이블에 놓인 가방에 시선을 던졌다. 살짝 열린 가방 지퍼 사이에서 작은 렌즈가 엿보였다. 안에는 료스케가 가전 판매점에서 사 온 비디오카메라가 들어 있었고, 이 방 안을 촬영하고 있었다.

미노베를 신문해서 '한밤중의 토막살인마'임을 인정하게 해야 한다. 그 영상을 호텔 CCTV 영상과 함께 인터넷 동영상 사이트에 올릴 것이다. 그것이 료스케의 작전이었다.

아주 엉성한 계획이지만, 여기까지 왔으니 도박을 해보는 수밖에 없다. 자신들이 '한밤중의 토막살인마'라고 미노베가 자백하는 영상을 전 세계 사람들이 시청하면, 더는 변명할 수 없을 것이다. 경찰도 미노베가 진범임을 인정할 수밖에 없을 것이다.

미노베가 죄를 자백하게 할 수 있을까. 거기에 자신들의 미래가 걸려 있다. 그러니 신중하게 신문해야 한다.

"그래, 완전히 이시다 료스케의 공범이 됐군. 아주 훌륭한 세뇌야. 너 신흥 종교 교주로 직업을 바꿔보면 어때? 몸을 파는 것보다 그쪽이 훨씬 돈이 될걸."

도발적인 말에 료스케의 얼굴에서 썰물이 지듯 표정이 사라졌다. 그 모습은 마치 조각상처럼 차갑고 무감정해서 아키호의 등에 떨림이 일었다.

"그래서 어쩌려고? 나를 죽이고 토막 내게? 그러시든가. 직업이 이래서 언제든지 죽을 각오가 돼 있어. 하지만 언제까지고 도망칠 수 있을 거라고 생각하지는 마. 내가 죽어도 동료들이 너를 체포할 거야. 너한테는 구치소에서 목 매달릴 미래밖에 안 남았어."

가증스럽게 말하는 미노베에게 무표정한 료스케가 다가갔다. 매우 느릿한 그 걸음걸이는 마치 누군가를 희롱하는 듯했다.

"벌써 죽으려고? 하긴 너는 살인이 아니라 시신을 토막 내는 게 목적이니까. 어때, 사람의 몸을 토막 내는 게 그렇게 재미있어? 전 여자친구를 토막 낼 때, 어떤 기분이었지? 흥분되던가?"

엷은 공포를 품은 말투로 떠드는 미노베의 눈앞으로 다가간 료스케는 주먹을 휘둘렀다. 둔탁한 소리가 울리고, 료스케에게 뺨을 힘껏 얻어맞은 미노베의 얼굴이 옆으로 돌아갔다.

"입 닥쳐! 네가 유키에 선배를…, 감히 선배를…, 선배가 살아 있는 것만으로도 나는 행복했는데…."

료스케는 오열 섞인 목소리로 외치며 미노베의 멱살을 잡고 계속 주먹을 휘둘렀다.

"잠깐! 료스케, 잠깐만!"

놀란 아키호는 료스케를 뒤에서 양팔로 껴안아 붙들었다. 뒤돌아본 료스케의 충혈되고 눈물 젖은 두 눈에는 흘러넘칠 듯한 분노와 슬픔이 서려 있었다.

"왜 말려요? 이 자식이 유키에 선배를…."

감정이 너무 격앙돼서 뒷말이 나오지 않는지 료스케는 두 손으로 머리를 헝클었다. 방금 미노베에게 맞는 바람에 원래도 부러져 있던 늑골이 더 악화됐을 것이다. 하지만 대량으로 분비된 아드레날린 때문에 그것조차 느끼지 못하는 모양이었다.

"마음은 알아. 나도 할 수만 있으면…, 죽이고 싶어."

아키호는 입에서 피가 섞인 타액을 흘리는 미노베를 내려다보며 말했다. 이놈이 사랑하는 사람과의 행복한 미래를 짓밟았다. 그렇게 생각하는 것만으로도 애타는 분노가 전신을 채웠다. 그 격정에 몸을 맡기고 미노베의 목숨을 짓밟아 버리고 싶다. 하지만….

"하지만 우선은 이놈이 '한밤중의 토막살인마'인 걸 증명하는 게 먼저야. 너랑 나를 위해서도, 그리고…, 피해자들을 위해서도."

그렇다. 폭력으로 입을 열게 해봤자 의미가 없다. 제대로 이치를 따지고 추궁해서 자신이 진범임을 인정하게 해야 한다.

"하지만, 하지만…, 이놈은 유키에 선배를…." 료스케는 목소리를 쥐어 짜냈다.

"유키에 씨도 네가 폭력을 휘두르기를 바라지 않을 거야."

아키호는 료스케의 주먹에 살짝 손을 댔다. 굳게 말려 있던 손가락에서 힘이 풀렸다.

"고마워, 이해해 줘서."

아키호가 고개를 푹 숙이고 어깨를 떠는 료스케에게 말하자, 미노베가 피를 바닥에 뱉었다.

"내가 '한밤중의 토막살인마'라고? 너희, 무슨 소리를 하는 거야?"

"들은 대로예요. 당신이 바로 '한밤중의 토막살인마'예요. 피해자 네 명을 죽이고 토막 낸 연쇄 살인마. 이미 다 알아요."

미노베는 "뭐라고?" 하며 입술을 일그러뜨렸다.

"당신은 아사토 유키에 씨에게 강하게 집착했어요. 아마 유키에 씨가 성매매 업소에서 일하던 당시에 처음 만났겠죠."

유키에가 성매매를 시작하는 원인을 만든 료스케가 아픔을 견디는 표정을 지었다.

"하지만 료스케와 헤어지고 나서 유키에 씨는 업소를 관뒀어요. 그런데도 당신은 스토커로 유키에 씨를 쫓아다녔고, 무슨 수를 써서라도 딸을 지키려고 하는 어머니가 거슬렸을 거예요. 그래서 방해꾼을 없애고 유키에 씨를 계속 스토킹했어요."

"내가 아사토 치요를 죽이고 시신을 토막 냈다는 소리야?!"

이마에 핏대를 세우며 소리치는 미노베를 개의치 않으며 아키호는 말을 이었다.

"어머니가 죽고 나서 유키에 씨가 일하는 가게를 들락거리며 어떻게든 자기 것으로 만들려고 했지만, 거부당하고 가게에도 출입 금지를 당했죠. 그걸 모욕으로 받아들인 당신은 가질 수 없다면

차라리 유키에 씨를 죽이고 그녀의 전 남자친구이자 수사본부에서도 용의자로 언급되는 료스케에게 죄를 덮어씌우기로 했어요."

"이봐…, 진심으로 내가 그 두 사람을 죽였다고 생각하는 거야…?" 미노베가 멍하니 말했다.

"두 사람만이 아니죠. 무라모토 사키코 씨도요. 전직 경찰이던 그녀와 당신은 아는 사이였어요. 당신은 남편에게 내연녀가 있는 걸 알고 정신적으로 약해진 사키코 씨에게 접근해서 불륜 관계를 맺었고, 임신시켰어요. 하지만 당신과 새로운 가정을 꾸리고 싶어 하는 사키코 씨, 그저 잠깐 놀 생각이던 당신에게는 거슬렸겠죠. 그래서 살해한 다음 자궁을 훔쳐서 누구의 아이를 임신했는지 모르게 했어요."

"뇌가 썩었어? 나는 피해자 중에 실제로 만나본 사람이 한 명도 없어. 내가 왜 그 사람들을 죽였겠어? 멍청한 소리 하지 마."

내뱉는 듯한 미노베의 말을 들은 순간, 눈앞이 벌겋게 물드는 듯했다. 필사적으로 뱃속에 눌러놓은 분노의 불꽃이 단숨에 이성을 태우고 터져 나왔다.

"내가 묻고 싶어! 왜 카즈키 씨를 죽였어! 그 사람이 무슨 잘못을 했다고!"

마치 누군가에게 조종당한 것 같았다. 아키호는 미노베의 목덜미에 두 손을 뻗고 목울대를 찌부러뜨릴 듯이 힘을 주었다. 미노베는 몸을 비틀었지만, 두 팔다리가 묶인 상태로는 그 이상 저항할 수 없었다. 기관이 눌려서 숨넘어가는 듯한 소리가 벌어진 입에서 새어 나왔다.

"아키호 선생님, …아직이에요."

료스케가 아키호의 어깨를 만졌다. 그 순간, 이성이 약간 돌아왔다. 아키호는 손을 떼고 뒷걸음질 쳤다.

말리지 않았으면 죽여 버릴 뻔했다.

얼굴 앞에 든 두 손이 크게 떨렸다. 또, 죽일 뻔했다. 사람을 살리는 기술을 배워온 이 손으로 목숨을 앗아가려고 했다.

자기 자신이 무서워진 아키호에게 료스케는 조용히 말했다.

"죽이는 건 이놈이 '한밤중의 토막살인마'인 걸 증명한 뒤에 하는 거예요. 그렇죠?"

"무슨 정신 나간 소리야? '한밤중의 토막살인마'는 너야. 확실해. 우리는 전 여자친구의 시신 앞에 서 있는 너를 봤어."

미노베가 격렬하게 기침하며 말했다.

"하지만 료스케가 죽이거나 시신을 해체하는 현장을 목격한 건 아니죠."

가슴에 휘몰아치는 감정의 폭풍을 필사적으로 억누르며 아키호가 지적했다.

"그건 그렇지만…."

"료스케는 덫에 걸린 거예요. '한밤중의 토막살인마'는 유키에 씨를 죽이고 시신을 해체한 다음 료스케를 불렀어요. 그리고 유키에 씨의 시신을 본 료스케가 넋을 잃고 굳어 있는 순간에 경찰이 들이닥쳐서 희생양이 됐죠."

아키호는 말을 끊었다가, 세팅된 비디오카메라가 소리를 잡을 수 있도록 목소리에 힘을 주었다.

"현장에 출동한 형사는 당신이었죠, 미노베 씨. 우연이 너무 지나치지 않나요?"

"…그건 익명의 제보가 있었어."

"익명의 제보?!" 아키호는 일부러 놀라는 척했다. "료스케에게 집착하며 쫓아다니던 당신한테 우연히 정체 모를 누군가에게서 제보가 들어와서 현장에 출동했다는 건가요?"

"진짜야. 뭐라고 지껄이든 거기에 있는 이시다 료스케가 '한밤 중의 토막살인마'야. 저놈은 전 여자친구를 죽이고 토막 냈어."

"아니요, 틀렸어요." 아키호는 천천히 고개를 가로저었다. "료스케는 유키에 씨를 죽이지 않았습니다. 료스케한테는 알리바이가 있어요."

"…알리바이?"

미노베가 미심쩍은 목소리로 되물었다. 아키호는 "네" 하며 고개를 끄덕이고 근처에 있는 테이블에 놓인 노트북을 들어서 미노베에게 화면을 보여주며 영상을 재생했다.

아키호는 료스케와 쿠로사키가 함께 로비를 걷는 장면에서 영상을 정지했다.

"날짜와 시간을 보세요. 딱 유키에 씨가 살해됐을 시간이에요. 료스케는 이때부터 몇 시간 동안 이 남자와 같이 호텔에 있었습니다. 확실한 알리바이예요."

처음으로 미노베의 얼굴에 동요가 스쳤다. 아키호는 이때다 싶어서 몰아붙였다.

"피해자를 그냥 살해했으면 몰라도, 시신을 해체하는 데에는 몇 시간이 걸려요. 료스케는 범인이 아니에요."

"그딴 건 합성인지 뭔지로 만든 영상일 수도 있잖아. 호텔에 들어가자마자 뒷문으로 나갔을 수도 있고. 그 남자가 증언이라도 하지 않는 한, 알리바이는 성립되지 않아."

"그건 불가능해요. …당신이 죽였으니까."

"무슨…, 소리야…?" 미노베의 목소리가 갈라졌다.

다 알면서. 아키호는 컴퓨터를 만져서 뉴스 사이트 창을 표시했다. 거기에는 '심야에 무슨 일이? IT 사장 비극'이라는 진부한 문구가 떠 있었다.

"이 남자는 어젯밤 자정쯤에 칼에 찔려 사망한 IT 회사 사장이에요. 료스케의 알리바이를 증언할 수 있는 유일한 인물을 당신이 입막음했잖아요."

아키호는 입을 반쯤 벌린 미노베를 개의치 않고 말을 이었다.

"이 남자뿐만이 아니죠. 키류라는 기자가 오늘 아침 트럭에 치여서 중태에 빠졌어요. 그 기자는 어젯밤 이 사장의 신원을 조사한 뒤 호텔과 협상해서 이 알리바이 영상을 얻었습니다. 당신은 료스케에게 알리바이가 있는 걸 아는 키류 씨가 거슬려서 차도로 밀었어요."

"잠깐만. 내가 어떻게 그랬겠어? 그 기자가 이시다 료스케의 알리바이를 조사한 건 어젯밤이잖아. 그놈이 정보를 갖고 있다는 걸 내가 어떻게 알았겠냐고?"

미노베의 태도에 초조함이 뱄다. 희망을 본 아키호는 조용히 말했다.

"알았겠죠. 키류 씨가 직접 료스케의 알리바이를 당신한테 가르쳐줬을 테니까."

"당최 이해가 안 되네. 그 기자가 왜 나한테 정보를 흘려?"

"간단합니다. 키류 씨가 당신의 정보원이었으니까요."

"내 정보원?"

"당신은 수사본부의 정보를 키류 씨에게 제공하고, 그 대가로 키류 씨에게 필요한 조사를 의뢰하곤 했어요. 키류 씨는 그 관계를 망치고 싶지 않아서 료스케의 알리바이를 기사로 내기 전에 당신에게 알렸습니다. 하지만 그 배려가 자기의 목을 졸랐죠."

미노베에게 생각할 틈을 주지 않으려고 아키호는 한 호흡에 말을 늘어놓았다.

"만약 알리바이가 증명되면 료스케에게 죄를 덮어씌울 수 없다고 생각한 당신은 알리바이 증인인 쿠로사키와 키류 씨를 죽이려고 했어요. 그게 사건의 진상입니다."

설명을 마친 아키호는 미노베의 상태를 살폈다. 콧잔등에 주름을 잡고 입을 연 그 모습은 허를 찔려서 동요하는 것 같기도, 그저 당황한 것 같기도 했다.

"의사쌤…." 미노베는 약하게 고개를 흔들었다. "당신 뭔가 엄청난 착각을 하는 것 같은데. 나는 키류라는 놈을 모르고, 당연히 '한밤중의 토막살인마'도 아니야."

아키호는 어금니를 꽉 물었다. 이 정도로 자백할 리가 없다는 것쯤은 알고 있었다. 결정적인 증거를 들이밀지 않는 한.

"키류 씨를 모른다…. 방금 그렇게 말했죠?"

"그런데, 그게 왜?"

온몸에서 경계심을 내뿜으며 대답하는 미노베의 눈앞에 아키호는 메모지를 들이밀었다.

"어젯밤 열 시 조금 전에 키류 씨는 여기 적힌 번호에 전화를 걸었어요. 그때 통화하면서 료스케의 알리바이를 전달했겠죠. 다시 말해 이 번호의 주인이 바로 '한밤중의 토막살인마'라는 뜻이에요."

아키호는 옆에 있는 테이블에 놓인 전화기 수화기를 들었다.

"이 번호로 전화를 걸었는데 당신의 휴대전화가 울리면 더는 발뺌 못 하겠죠. 당신이 진범이라는 가장 결정적인 증거니까."

패기 넘치는 말을 미노베에게 던진 아키호는 메모지에 적힌 번호를 눌렀다.

마지막 번호의 버튼을 누른 아키호는 숨을 멈췄다. 드디어 끝이 보인다.

수화기에서 통화 연결음이 들려왔다. 하지만 벨 소리는 들리지 않았다.

아키호는 눈을 동그랗게 뜨고 귀를 기울였다. 하지만 역시나 벨 소리는커녕 휴대전화가 진동하는 소리조차 전혀 들리지 않았다. 수화기를 얼굴 옆에 댄 채 아키호는 료스케에게 시선을 던졌다. 그의 그 반듯한 얼굴에는 강한 실망이 떠올랐다.

"이제 만족해? 명탐정 놀이는 끝이야?"

차가운 미노베의 목소리가 계획이 파탄 났음을 알렸다.

"그, 그렇다고 당신이 '한밤중의 토막살인마'가 아니라고 증명된 건 아니야. 혹시 몰라서 증거가 될 선불식 휴대전화를 어디에 두고 왔을 수도…."

거기까지 말한 순간, 아키호의 몸이 크게 떨렸다. 언제부터인가 수화기에서 울리던 통화 연결음이 사라졌다. 그 대신 희미한 숨소리가 고막을 간질였다.

아키호는 작은 비명을 지르며 반사적으로 수화기를 내던지고 뒷걸음질 쳤다.

"왜 그래요?!"

료스케가 달려왔다. 아키호는 떨리는 손가락으로 바닥에 떨어진 수화기를 가리켰다.

"누가…, 받았어…."

"누가? 누군데요?"

"모, 몰라. '한밤중의 토막살인마'의 번호인데, 아무도 받을 리가 없는데… 여기에 진범이 있는데….'"

아키호는 혼란의 소용돌이에 빠져 두 손으로 머리를 끌어안았다.

"일단 내가 '한밤중의 토막살인마'라는 망상은 끝난 것 같네. 그럼 얼른 이것부터 풀어."

"당신을 향한 의심이 풀린 건 아니야. 다른 사람한테 선불식 휴대전화를 맡기고 받도록…."

"조금 전에는 그 휴대전화가 결정적인 증거라며? 그걸 다른 사람한테 맡긴다고?"

반론의 여지가 없는 지적에 아키호는 머리카락을 헝클었다. 옆에서는 료스케가 입을 꾹 다물고 있었다.

"게다가 알리바이 증인이라는 남자가 칼에 찔린 건 자정쯤이잖아. 나는 그 시간에 단골 술집에 있었어. 거기 점원한테 물어보면 바로 알 수 있어. 그래도 못 믿겠으면 영수증이라도 보여줘? 계산한 시간도 나와 있을 텐데."

"영수증만으로는 당신이 정말 거기에 있었다는 게 증명되지 않아!"

아키호는 흥분한 목소리로 소리쳤다. 미노베는 "네, 네" 하며 입꼬리를 올렸다.

어느샌가 완전히 상황이 역전됐다. 이대로는 안 된다. 누가 뭐라고 하든, 저놈이 '한밤중의 토막살인마'가 분명하다. 어떻게든 그 사실을 증명해야 한다.

어금니를 악문 아키호는 헉하고 숨을 삼키고 가방에서 스마트폰을 꺼내더니, 하루 만에 전원을 켜서 미노베의 사진을 찍었다.

"이번에는 또 뭐야?"

아키호는 얼굴을 찌푸리는 미노베를 개의치 않으며 화면을 손가락으로 터치했다. 필요한 조작을 마친 아키호는 두 손으로 쥔 스마트폰을 응시했다.

잠시 후, 경쾌한 벨 소리가 울려 퍼졌다.

"여보세요. 뭐야, 이런 늦은 시간에?"

유키에의 동료 업소 아가씨인 세이라의 언짢은 목소리가 들려왔다. 며칠 전 성매매 업소에 탐문하러 갔다가 연락처를 교환했다.

"미안해. 꼭 물어보고 싶은 게 있어서. 방금 보낸 사진 좀 봐줄래?"

"봤어. 이 묶여 있는 아저씨는 뭐야? 너 이런 취향이야?"

"그 사람이 유키에 씨…, 우미 씨를 쫓아다니던 스토커지? 여러 번 우미 씨를 지명하고 문제를 일으켜서 출입 금지당한 남자 말이야."

"아아, 스토커?" 노골적으로 귀찮은 티를 내는 세이라의 목소리가 들려왔다. "아니야. 전혀 아니야. 이런 남자는 아니었어."

발밑이 무너져서 허공에 내던져진 느낌이었다.

"잘못… 본 거 아니야…? 아니, 스토커 얼굴은 확실히 못 봤다고…."

"아무리 그래도 대충 나이대 정도는 알잖아. 그렇게 덩치 큰 아저씨가 아니었어. 조금 더 젊고 호리호리한 느낌이었어. 완전히 다른 사람이야."

"그래…, 고마워…."

세이라가 아직 무어라 말하고 있었지만, 귀에 들어오지 않았다.

전화를 끊은 아키호는 두 손을 툭 떨어뜨렸다.

착각이었다. 미노베는 '한밤중의 토막살인마'가 아니었다.

이제 료스케의 무죄를 증명할 방법은 없다. 여기 위치가 드러난 이상 더는 도망칠 수도 없을 것이다. 그리 머지않은 미래에 자신들은 체포될 것이다.

"아키호 선생님…"

료스케가 쭈뼛거리며 말을 걸었다. 아키호는 힘없이 고개를 흔들었다.

"미안해, 료스케. 착각이었어. …실패해 버렸어."

내가 무슨 멍청한 짓을 한 거지? 료스케를 병원에서 데리고 나오지 않았다면, 자신만이라도 자유롭게 움직이면서 시간을 들여 그의 무죄를 증명할 수 있었을지도 모르는데.

도망치는 바람에 료스케를 향한 혐의는 더 강해졌다. 도울 생각이었건만, 역으로 그를 궁지에 몰아넣고 말았다. 강한 후회에 마음이 썩어갔다.

"이 자식은 유키에 선배를 죽인 범인이 아닌 거죠? …이 자식을 죽여도 유키에 선배의 원수가 갚아지는 건 아닌 거죠?"

슬픔을 참는 눈으로 료스케가 바라보았다. 아키호는 참지 못하고 눈을 돌려 버렸다.

"미안해. 정말 미안해. 다 내 탓이야. 나 때문에 너를…"

"괜찮아요."

료스케는 미소를 지었다. 종교화에 그려진 천사 같은 우아한 미소.

"선생님이 없었으면 나는 그날 응급처치실에서 죽었을 거예요. 내 목숨을 살려주고, 나를 위해 이렇게까지 해준 사람은 없었어요. 그것만으로도 기뻐요. 지금까지 살아온 인생에서 나를 위해서 이렇게까지 해준 사람은 없었어요. 엄마와 유키에 선배, 그리고 나를 진심으로 걱정해 준 남자 한 명 정도였어요."

아마 쿠레나이일 것이다. 아키호는 눈물이 넘쳐흐르는 눈가를 한 손으로 덮으며 몇 번이고 고개를 끄덕였다.

"선생님은 나의 소중한 네 번째 사람, 특별한 사람이에요. 마지막의 마지막 순간에 선생님을 만날 수 있어서 좋았어요. 내가 사라져도 부디 나를 잊지 말아줘요."

료스케가 몸에 두 팔을 살며시 감았다.

"나도 선생님을 잊지 않을게요. 죽을 때까지 선생님을 계속 생각할게요."

아키호는 료스케의 어깨에 얼굴을 댔다. 부드러운 셔츠 옷감에 눈물이 스며들었다.

"여보세요, 언제까지 그렇게 촌스러운 멜로드라마나 찍고 있을 거야?"

걸걸한 목소리가 둘만의 시간을 방해하자, 정신을 차린 아키호는 료스케에게서 몸을 떨어뜨렸다. 열 살 넘게 어린 소년에게 매달려 울었다는 사실에 뒤늦게 수치심이 올라왔다.

"내가 '한밤중의 토막살인마'라는 생각이 망상인 건 잘 알았지? 얼른 이것 좀 풀어."

아키호는 망설였다. 미노베가 '한밤중의 토막살인마'가 아닌 것은 확실하다. 하지만 미노베를 풀어주면 자신들은 너무나 쉽게 제압당해 체포될 것이다. 하지만 이대로 내버려두고 도망가봤자 하루도 안 되어 경찰에 발견될 것이 뻔했다.

"경찰에 자진 출두해. 이 이상 수사본부가 인력을 헛되이 쓰게 하지 마. 아직 할 일이 있다고. IT 사장이랑 기자 사건을 조사하고 호텔 CCTV를 확인해야 돼."

아키호가 귀를 의심하며 눈을 휘둥그레 뜨자, 미노베는 크게 한숨을 쉬었다.

"착각하지 마. 나는 아직 저 애송이가 '한밤중의 토막살인마'라고 생각해. 하지만 나도 억울하게 죄를 뒤집어씌우고 싶지는 않거든. 내가 잡고 싶은 건 사람을 넷이나 죽이고 시신을 토막 낸 괴물이니까."

미노베는 표정을 굳히고 아키호를 빤히 쳐다보았다.

"그러니까 정말로 저 애송이에게 알리바이가 있는지, 내가 책임을 갖고 철저히 파헤쳐 주겠어. 물론 IT 사장과 기자에 관한 건도. 안심해. 우리가 제대로 수사하면 누가 그 기자랑 연락했는지 정도는 금방 나와. 그러니까 죄가 없다면 이제 도망치지 마."

얌전히 경찰에 출두할까, 아니면 도망칠까. 어느 것이 정답일까. 이 형사는 정말로 료스케의 알리바이를, 키류가 휘말린 사건을 조사해 줄까. 판단이 서지 않아서 열을 내는 이마를 손으로 누르자, 누군가가 손목을 잡았다.

"선생님, 도망가요." 아키호의 손을 잡은 료스케가 몸을 돌려 출구로 향하려고 했다.

"잠깐만. 진지하게 고민해 보자."

"고민? 뭘요? 몇 번이나 말했잖아요. 형사는 믿을 게 못 된다고. 우리를 체포하면 알리바이고 뭐고 기자고 뭐고 다 없던 일 취급하고 나를 '한밤중의 토막살인마'로 만들 게 뻔해요."

"하지만 이제 숨을 데가 없어. 그러니까 미노베 씨를 믿어보는 게…."

"조금이라도 시간을 벌면 충분해요. 그사이에 나는 '한밤중의 토막살인마'를 찾아서 유키에 선배의 원수를 갚을 거예요."

흥분하는 료스케를 어떻게 달래면 좋을지 고민하는 아키호의 코앞에서 희미하게 무언가가 타는 듯한 냄새가 났다. 그 근원을 찾아서 주변을 살피던 아키호는 눈을 부릅떴다.

미노베가 고통스럽게 얼굴을 일그러뜨리며 이마에서 비지땀을 흘리고 있었다. 양 손목을 뒤쪽에 묶은 테이프가 타고 있었다.

미노베의 손안에서 불꽃을 일으키는 지포 라이터를 보고 아키호는 상황을 이해했다. 들키지 않고 바지 주머니에서 라이터를 꺼낸 미노베는 테이프를 태워서 속박을 풀려 하고 있었다.

경직된 아키호 옆에서 료스케가 바닥을 찼다. 일직선으로 미노베에게 달려들려던 그 가녀린 몸이 벽에 부딪힌 것처럼 튕겨 나갔다.

"그러니까 말했잖아. 그런 뼈다귀 같은 몸으로 나한테 덤비는 건 무모하다고."

구속에서 풀려난 두 손으로 료스케를 거칠게 밀어 넘어뜨린 미노베는 "제기랄, 아프네" 하며 화상으로 문드러진 손목에 시선을 떨어뜨린 뒤, 거친 숨을 몰아쉬며 다리에 감긴 테이프를 떼어냈다.

두 팔다리의 자유를 찾은 미노베가 천천히 일어섰다. 늑골에 입은 타격이 한계에 달했는지 누워서 신음만 흘리는 료스케의 팔을, 미노베가 등 뒤로 꺾었다. 어깨 관절이 꺾이자 료스케의 신음이 커졌다.

료스케를 도와야 한다. 아키호가 떨리는 손을 테이블에 놓인 전기충격기로 뻗은 순간, "그만!" 하는 호통이 공기를 흔들었다.

미노베가 료스케를 제압한 상태로 노려보았다.

"기습이면 몰라도, 이미 경계하는 상태에서 나를 쓰러뜨릴 수 있을 것 같아? 미안하지만 손목이 아파서 힘 조절이 안 될 것 같거든. 이 바닥은 유도장 바닥이랑 달리 딱딱해. 머리부터 내던져지면 어떻게 될지 의사니까 잘 알지?"

다친 짐승 같은 미노베의 눈빛이 단순한 허세가 아님을 알려주었다.

"…내가 그랬죠? …아키호 선생님." 바닥에 뺨을 눌린 채 료스케가 더듬더듬 목소리를 짜냈다. "이놈들을…, 믿으면 안 된다고요."

엉거주춤 허리를 굽힌 아키호는 두 손으로 전기충격기를 들어 올렸다.

"마지막 경고야. 그거 내려놔, 의사쌤. 여기서 비비적거리고 있으면 이 자식이 누명인 걸 증명하는 게 더 힘들어져."

아키호는 "…뭐?"라고 얼빠진 목소리를 흘리며 전기충격기를 쥔 손을 툭 떨어뜨렸다. 료스케도 경악한 표정으로 미노베를 올려다보았다.

"야, 그 표정은 뭐야? 내가 되는 대로 대충 지껄인 것 같아? 아니야. 나는 당장 네 알리바이를 철저히 파헤칠 거야."

"정말이죠? 정말로 수사해 주는 거죠?" 아키호가 필사적으로 말했다.

"남자가 한 입으로 두말하면 쓰나. 경찰 신분증을 걸고 맹세하지. 그러니까 선생님, 그 위험한 물건 내려놔요."

아키호는 손에 든 전기충격기에 시선을 떨어뜨리고 그것을 내던졌다. 검게 빛나는 금속 덩어리가 무거운 소리를 내며 바닥에 떨어졌다.

"좋아. 너희를 체포하고 나서 이시다 료스케한테 알리바이가 있을지도 모른다고 수사본부에 보고하지. 뒷일은 나한테 맡겨."

미노베는 바지 주머니에서 스마트폰을 꺼내서 한 손으로 조작했다. 아마 지원군을 부르는 것이리라.

"감사합니다. …정말 감사합니다."

아키호가 깊이 고개를 숙이자, 미노베는 비아냥거리듯 입술을 일그러뜨렸다.

"참 나, 태세 전환이 빠르네. 나를 실신시키고 목 졸라 죽일 뻔했으면서."

"그건…."

"뭐, 됐어. 네 덕에 진짜 '한밤중의 토막살인마'를 찾을 수 있을지도 모르니까. 그걸로 퉁쳐 줄게."

미노베는 시니컬하게 말하며 입꼬리를 올렸다. 손대면 끊어질 듯 팽팽하던 공기가 누그러졌다. 료스케는 불만스러워하면서도 저항하는 기색을 보이지는 않았다.

출입문이 열렸다. 뒤돌아본 미노베가 목소리를 높였다.

"어, 일찍 왔네? 근데 다른 지원군은…."

다음 순간, 고막에 아픔을 느낄 만큼 큰 파열음이 울려 퍼졌다. 엉덩방아를 찧은 미노베의 셔츠 복부에 붉은 얼룩이 퍼져 나가는 것을 보며, 아키호는 멍하니 서 있었다.

"당신 잘못이에요, 미노베 씨. 저 자식의 알리바이를 조사하겠다니요?"

총구에서 희미하게 연기가 피어오르는 권총을 손에 든 채 후카가와 경찰서 형사 쿠라시키는 얼음처럼 차가운 목소리로 말했다.

6

"쿠라시키, 너 이 새끼…, 왜…."

맞은 복부를 누르며 미노베가 목소리를 짜냈다.

"왜냐고? 당신이 지시했잖아요. 이시다 료스케를 만날 거니까 지원군을 부르고 근처에서 대기하라고. 뭐, 실제로는 저 혼자 건물 밖에 있었지만요. 이걸 들으면서."

인공 음성 같은 감정 없는 목소리로 말하며 쿠라시키는 작은 휴대전화를 흔들었다. 아키호는 숨을 삼키고 수화기가 떨어진 채 방치된 전화기에 시선을 던졌다.

"그렇습니다, 아키호 선생님. 당신이 수화기를 제대로 놓지 않아서 계속 통화가 연결돼 있었어요. 덕분에 여러분의 대화가 낱낱이 들렸습니다."

"그럼 당신이 키류 씨의…."

"네, 제 정보원이었죠. 제법 유능해서 이용했는데 특종에 대한 집착이 너무 강했습니다. 사건을 지나치게 파고드는 당신을 견제

하려고 보내놨더니, 당신이랑 손을 잡고 이시다 료스케의 알리바이를 조사할 줄이야."

"그래서 쿠로사키와 키류 씨에게 그런 짓을…."

아키호가 목소리를 떨며 말하자, 쿠라시키는 어깨를 으쓱했다.

"그 두 사람만 없으면 이시다 료스케를 '한밤중의 토막살인마'로 만들 방법이 아직 있다고 생각했거든요. 하지만 당신이 경찰을 기절시켜서까지 이시다 료스케를 구할 줄은 몰랐습니다. 그날 밤에 당신을 처리했어야 했는데. 키류를 통해서 협박하고 반응을 보려고 한 게 실수였어."

골목에서 쫓기던 기억이 되살아났다. 역시 그때 목숨을 노린 모양이다. 뱃속이 차가워졌다.

"당신이 기절시킨 경찰한테서 이 권총을 챙기는 뜻밖의 수확도 있었지만."

쿠라시키는 아키호에게 권총을 겨누었다. 칠흑이 서린 그 총구에 시선이 빨려 들어갔다.

"유키에 씨에게 집착해서 유키에 씨와 그 어머니를 죽였어? 왜 그런 끔찍한 짓을…."

거친 호흡을 비집고 규탄하자, 쿠라시키는 조용히 웃음을 흘렸다.

"뭐가 웃겨!"

"그래, 나는 그 가게를 들락거렸고, 그 여자를 계속 지명했어. 나랑 그 여자는 특별한 인연으로 엮여 있었거든."

쿠라시키는 눈을 가늘게 뜨고 아키호를 응시했다.

"눈치채지 못한 것 같지만, 사실 너도 그래, 아키호 선생."

전신에 뱀이 기는 듯한 불쾌감이 번지고 소름이 돋았다. 저 남자는 나도 일그러진 욕정의 대상으로 보고 있었다는 뜻일까. 만약 저 남자에게 살해당했다면, 나도 몸이 조각조각 잘려 나갔을까. 그 광경이 상상되어 엄청난 구역질이 올라왔다.

"무라모토 사키코 씨의 불륜 상대도 당신이었지?"

욕지기를 참으며 묻자, 쿠라시키의 표정 근육이 복잡하게 꿈틀거렸다.

"불륜이 아니었어. 사키코와 나는 서로 사랑했어. 깊이 연결돼 있었어."

그렇다면 왜 죽였어? 추궁하려고 하다가, 자칫하면 위 속에 든 것이 역류할 것 같아서 입을 열지 않았다.

"사키코와는 경찰 학교 시절에 동기였어. 나는 계속 사키코 옆에 있었어. 그 남자가 바람을 피우자마자 사키코는 나한테 도움을 청했어. 우리는 그제야 서로가 둘도 없는 존재라는 걸 깨달았지. 나한테 사키코는 전부였어. 살아갈 이유 그 자체였어."

열에 달떠서 사랑을 말하는 쿠라시키의 모습은 너무나 추악해서 아키호는 눈을 돌렸다.

사랑해서 죽였다는 것일까. 사랑해서 그 몸을 토막 냈다는 것일까. 그렇다면….

"그럼 왜 카즈키 씨를 죽였어?! 왜 나한테서 그 사람을 뺏었냐고!"

가슴에 다 담기지 않는 격정이 절규가 되어 입에서 터져 나왔다. 갑자기 쿠라시키의 얼굴에서 표정이 사라졌다. 감정 없는 가면을 마주하는 느낌이 들어서 아키호의 입에서 빠르게 수분이 말라갔다.

"당신, 아무것도 모르는구나. 내가 왜 이런 짓을 했는지. 왜 아사토 유키에의 시신을 토막 냈는지."

인공 음성 같은 딱딱하고 차가운 어조로 쿠라시키가 말했다.

"모르다니, 뭘!"

밀랍 인형으로 오인할 정도로 모든 감정의 빛이 사라진 쿠라시키의 모습에 겁을 먹으면서도 아키호는 목청을 높였다.

"너한테는 동정심을 느꼈어. 그래서 기회를 줬어. 복수할 기회를. 네가 이시다 료스케를 죽였으면 모두가 행복해졌을 텐데."

저 남자는 내가 료스케를 죽이기를 바랐다. 그렇게 해서 모든 것을 흐지부지 넘길 생각이었다. 그래서 료스케가 '한밤중의 토막살인마'가 확실하다고 나를 여러 번 세뇌했다.

저 남자는 나를 꼭두각시 인형으로 만들려고 했다.

어금니를 악문 아키호 앞에서 쿠라시키는 "자, 이시다 료스케" 하며 시선을 옮겼다. 그쪽을 보니, 어느새 료스케가 한쪽 무릎을 세우고 앉아 있었다. 두 번이나 미노베에게 맞은 여파가 또렷이 드러나서 다리가 덜덜 떨렸다. 그 옆에서는 미노베가 배를 부여잡고 몸을 말고 있었다. 숨은 쉬는 것 같았지만, 출혈량은 상당히 많다. 더러운 바닥에 피가 퍼져 나갔다.

"이제 우리 관계에 마침표를 찍자. 지금 생각하면 너한테 관심을 준 게 잘못이었어. 너를 갱생시켜 보겠다고 그렇게 가족처럼 대해줬는데…"

가족처럼 대해줬으니 기꺼이 희생양이 되어야 한다는 말일까. 너무도 방자한 말에 현기증이 났다.

"원래는 네가 '한밤중의 토막살인마'인 걸 증명해서 몇 년을 구치소에서 두려움에 떨며 지내게 한 다음 저세상 가게 할 생각이었는데, 아키호 선생 때문에 계획이 틀어졌어. 하지만 상관없어. 아니, 오히려 잘됐어. 내 손으로 직접 너를 죽일 수 있으니까. 내 인생을 망쳐놓은 너만 죽이면…, 그러면 돼."

잠꼬대 같은 쿠라시키의 말은 이제 지리멸렬하고 제정신이 아니었다.

희롱하듯 천천히 료스케에게 다가간 쿠라시키는 총구를 료스케의 이마에 댔다.

료스케는 조용히 눈꺼풀을 닫았다. 그 얼굴에 순교자의 각오가 스쳤다.

격철이 세워지고 방아쇠가 조금씩 당겨졌다. 다음 순간, 쿠라시키의 몸이 격렬하게 경련했다.

"료스케, 도망쳐!"

발소리를 죽이고 사각에서 몰래 다가가 전기충격기 전극을 쿠라시키의 오른팔에 댄 아키호가 목소리를 높였다. 료스케는 "선생님?!" 하며 눈을 휘둥그레 떴다.

"얼른 도망쳐! 제발!"

사회에서 배척당해 온 저 소년을 지키는 것. 그것이 사랑하는 사람의 죽음을 극복하는 유일한 방법이다. 그것을 위해서라면…, 목숨을 버려도 좋다.

약혼자의 다정한 미소가 뇌리를 스쳤다. 쿠라시키의 손에서 떨어진 권총이 바닥에서 묵직한 소리를 냈다. 하지만 정장 위에 전극을 댄 탓인지 그는 쓰러지지 않았다.

"이 미친년이!"

힘껏 휘두른 쿠라시키의 주먹이 아키호의 뺨을 가격했다. 순간 시야가 새하얗게 물들었고, 이어서 몸의 왼쪽에 충격이 번졌다.

"아키호 선생님! 일어나요!"

료스케의 목소리가 들렸다. 어둠 속에 떨어지려는 의식을, 이를 악물고 붙들어 맨 아키호는 안구를 필사적으로 움직여서 상황을 확인했다. 배경이 옆으로 기울어 있었다. 주먹에 맞은 순간 들린 충격음이 아직도 두개골 안에서 윙윙거렸다. 저 멀리 바닥에 전기 충격기가 떨어져 있었다.

자신이 쿠라시키에게 맞아서 쓰러진 것을 깨달은 아키호는 일어서려고 했다. 그런데 몸을 일으키려는 순간, 시야가 크게 회전했다. 아키호는 두 손을 바닥에 짚고 네발로 기었다.

팔다리에 힘이 들어가지 않는다. 뇌진탕이다. 일어설 수 있게 되려면 적어도 몇십 초는 걸린다. 응급의학과 의사로서 몇천 명이나 되는 외상 환자를 봐온 경험이 자기 자신에게 진단을 내렸다.

괴물 같은 형상으로 다가온 쿠라시키가 다리를 뒤로 크게 들어 올렸다.

발에 차인다. 저렇게 높이 들어 올린 다리가 머리를 직격하면 치명상을 입을 것이다. 얼굴을 지키려고 했지만, 두 손을 떼자마자 자세를 유지할 수 없어서 무너지듯 그 자리에 푹 엎어졌다.

끝까지 당긴 활시위를 놓은 것처럼 엄청난 기세로 가죽 구두 끝이 다가왔다. 아키호는 얼른 두 눈을 질끈 감았다. 예상한 충격은 느껴지지 않았다. 그 대신 웅얼거리는 앓는 소리가 고막을 흔들었다. 머뭇거리며 눈꺼풀을 든 아키호는 숨을 삼켰다. 눈앞에 가녀린 등이 보였다. 몸을 내밀어 아키호의 방패가 된 료스케의 등.

"료스케!"

료스케의 늑골은 사고를 당하고 미노베에게 맞아서 큰 타격을 입었다. 만약 방금 그 발차기가 흉부를 직격했으면 목숨이 위험했을 것이다.

"괜찮아요. 어깨에 맞았어요."

돌아본 료스케는 그 아름다운 얼굴에 한눈에 봐도 무리하는 것이 느껴지는 미소를 띠며 쿠라시키의 다리에 매달렸다.

"왜, 나를…. 내가 너를 구해야 하는데…."

아키호가 말을 잇지 못하자, 료스케는 쿠라시키의 다리에 매달린 채 눈웃음 지었다.

"이제 소중한 사람이 죽는 건 싫어요. 엄마도, 유키에 선배도 죽었어요. 그러니까 선생님만은 무사히 있어 주세요."

사랑스러운 약혼자가 떠오르는 든든한 말. 가슴속에 뜨거운 것이 북받쳐 올랐다.

"떨어져!"

쿠라시키는 아무렇게나 다리를 흔들어 료스케를 떼어내고 쓰러진 그 몸 위에 올라타서 연달아 주먹을 날렸다. 료스케의 얼굴에 주먹이 박힐 때마다 살이 우그러지는 소리가 울렸다.

"그만해! 이제 그만해!"

팔다리에 약간 힘이 돌아온 아키호는 기듯이 두 사람에게 다가가서 료스케를 감쌌다. 아름다웠던 얼굴은 피투성이가 되고 부어올라서 처참했다.

"비켜. …너한테는 볼일 없어."

쿠라시키는 아키호의 머리채를 잡고 료스케에게서 떼어냈다.

"이제 다 아무래도 좋아…. 이 새끼만 죽이면 이제 어떻게 되든 상관없어. 그녀가 없는 세상에서는 사는 의미가 없어…. 그래, 의미가 없어…. 이놈을 죽일 거야."

무언가에 홀린 듯 중얼거리는 쿠라시키의 모습을 보고 아키호
는 소름이 끼쳤다. 충혈된 두 눈에서 하염없이 눈물이 흘렀다. 그
모습은 마치 얼굴에 뚫린 구멍에서 혈액이 흘러나오는 것 같았다.

"자, 이시다 료스케, 너를 죽이고 나도 죽어줄게. 네 머리가 석
류처럼 쪼개지는 광경을 보면서 웃으며 죽어줄게."

딸꾹질 같은 웃음소리를 흘리며 쿠라시키는 료스케의 셔츠 깃
을 움켜쥐고 억지로 일으켜 세웠다. 기절했는지, 료스케는 전혀
저항하지 않았다.

탈진한 료스케의 몸을 질질 끌고 구석으로 이동한 쿠라시키
는 유리창을 활짝 열었다. 그 행동의 의도를 깨달은 아키호는 "안
돼!"라고 소리 지르며 기어갔다.

"이제 다 끝이야…. 그녀 곁으로 갈 수 있어…."

황홀한 미소를 지은 쿠라시키는 료스케의 몸을 창밖으로 밀치
려고 했다.

"그만해! 제발 부탁이야!"

아키호는 아직 힘이 들어가지 않는 손으로 열심히 매달렸지만,
쿠라시키는 느끼지도 못하는 듯 입이 찢어지게 웃으며 료스케를
밀어 떨어뜨리려고 했다.

료스케의 몸이 창틀에 엎어졌다. 탈진한 상반신이 창밖으로 던
져졌다.

떨어진다. 그렇게 생각했을 때, 희미한 금속음이 고막을 흔들었
다.

"의사쌤, 엎드려!"

뒤에서 들려온 목소리에 아키호는 반사적으로 몸을 숙였다. 귀
청을 찢는 파열음이 여러 번 울렸다.

쿠라시키의 가슴과 배에서 핏방울이 튀는 것을 아연실색하며 바라보던 아키호는 천천히 뒤를 보았다.

셔츠를 피로 붉게 물들인 미노베가 상반신을 일으키고 있었다. 그 손에는 총구에서 연기를 내는 권총이 들려 있었다.

"내가 체포해서 사형시킬 생각이었는데, 재판은 염라대왕님께 맡겨야겠다. 이 '한밤중의 토막살인마'야."

미노베가 총구에서 나오는 연기에 숨을 불었다. 총알을 맞은 쿠라시키는 휘청거리며 뒷걸음질 치다가 허벅지가 창틀에 닿았다. 아키호는 쿠라시키의 몸이 창밖으로 점차 기우는 것을 주저앉아서 바라보았다.

삼켜지듯 쿠라시키의 몸이 창밖으로 사라졌다. 동시에 료스케의 몸도 힘차게 밖으로 끌려갔다. 아키호는 순간적으로 료스케의 몸에 매달렸다.

어금니를 악물고 온몸에 힘을 주며 창밖을 본 아키호는 뺨 근육이 굳었다.

료스케의 셔츠를 두 손으로 잡은 채 쿠라시키가 좌우로 흔들렸다.

"놔!"

아키호가 필사적으로 료스케의 몸을 붙들며 외쳤다. 그 목소리를 듣고 의식을 되찾았는지 료스케가 눈꺼풀을 들었다. 그 눈이 휘둥그레졌다.

"너도야. 너도 나랑 같이 지옥에 떨어지자."

저주를 퍼붓듯 중얼거리는 쿠라시키의 피로 더럽혀진 얼굴은 웃는 것처럼도, 우는 것처럼도 보여서 아귀가 료스케를 지옥으로 끌고 들어가려고 하는 것 같았다.

료스케가 움켜쥔 주먹을 천천히 들어 올렸다.

"혼자 떨어져. …'한밤중의 토막살인마.'"

힘껏 휘두른 주먹이 쿠라시키의 콧대를 때렸다. 쿠라시키의 손이 셔츠에서 떨어졌다.

중력에 이끌려 쿠라시키의 몸이 낙하했다. 달걀이 깨지는 듯한 소리가 울렸다. 사지가 기이한 방향으로 뒤틀린 쿠라시키의 몸 주변에 장미 꽃봉오리가 벌어지듯 피가 퍼져 나갔다.

힘을 전부 소진했는지 밖으로 떨어질 것 같은 료스케를 겨우겨우 실내로 끌어다 놓은 아키호는 그 자리에 무너져 내렸다. 쓰러져 누운 료스케는 온화한 표정으로 천장을 올려다보며 중얼거렸다.

"원수, 갚았어요, …유키에 선배."

맞아서 크게 부푼 눈꺼풀 아래에서 한줄기 눈물이 흐르는 것을 본 아키호는 번쩍 고개를 들고 허둥지둥 미노베에게 갔다.

"쿠라시키는…, '한밤중의 토막살인마'는 어떻게 됐어?" 미노베가 배를 누르며 목소리를 짜냈다.

"죽었어요. 당신 덕분에요."

"그렇구나…."

미노베의 얼굴에 안도의 빛이 떠올랐다. 아키호는 피에 젖은 셔츠를 걷어서 총상을 확인했다.

"저기, 의사쌤, …말을 좀 전해줄 수 있을까? 아내랑 딸한테 전하고 싶은 말이 있어."

"전하고 싶은 말이 있으면 직접 전하세요. 저는 응급의학과 의사예요. 내 앞에서 그렇게 쉽게 죽을 수 있을 것 같아요? 그렇다면 큰 오산이에요."

야단치듯 말하자, 미노베는 놀란 표정을 짓다가 "알겠습니다, 의사 선생님"이라고 익살맞게 말했다.

총알은 빠져나갔다. 간 같은 중요한 장기도 빗나간 것 같다. 이정도 출혈이면 대혈관도 다치지 않았을 것이다. 출혈만 잡으면 충분히 살 수 있다.

신속하게 판단을 내린 아키호는 주머니에서 꺼낸 손수건으로 상처를 세게 눌렀다. 미노베가 작게 비명을 질렀다.

"참아요. 압박 지혈 해야 하니까. 료스케!"

날카롭게 부르자, 료스케가 "아, 네" 하며 몸을 일으켰다.

"당장 구급차 불러! 그리고 경찰도."

"아, 음, 알겠어요."

료스케가 허둥지둥 전화기로 가는 모습을 보며 아키호는 가늘게 숨을 뱉었다.

이제 끝났다. 이걸로 카즈키 씨의 원수를 갚았다.

눈을 감았다. 평소에는 선명하게 보이던 약혼자의 모습이, 지금은 왠지 희미하게 흐려져 있었다. 몇 분에 걸쳐 신고를 마친 료스케가 다가와서 미노베의 얼굴을 들여다보았다.

"아키호 선생님, 구급차랑 경찰, 금방 온대요. 이 형사, 살 수 있을까요?"

"뭐야…, 내가 살아나는 게 불만이야?"

미노베는 코웃음을 쳤다.

"하긴 그렇겠지. 네가 '한밤중의 토막살인마'인 줄 알고 계속 뒤쫓았으니까. …미안했다. 진심으로 사죄할게."

료스케는 자신이 방금 무슨 말을 들었는지 이해하지 못한 기색으로 부은 눈을 끔뻑거렸다.

"네가 '한밤중의 토막살인마'가 아니었다는 걸, 누명이었다는 걸 내가 책임지고 증언해 줄게. 그러니까 안심해. …너는 자유야."

눈을 휘둥그레 뜬 료스케는 아키호의 얼굴을 보았다. 아키호는 미소 지으며 작게 고개를 끄덕였다.

꾹 다문 입술을 일그러뜨린 료스케는 무릎을 꿇고 앉아서 아키호의 어깨에 이마를 댔다. 작은 오열을 흘리는 료스케의 약간 곱슬곱슬한 머리카락이 뺨에 닿아 간지러웠다.

"고마워요, …아키호 선생님. 정말 고마워요…."

료스케가 더듬더듬 뱉는 말을 들은 순간, 몸속에서 유리 깨지는 소리가 들렸다.

몸이 떠오르는 기분이 들었다.

아아, 나는 해방됐구나. 그 악몽에서.

"…안녕, 카즈키 씨."

아키호는 콧속에서 저릿한 아픔을 느끼며 창밖으로 시선을 던졌다.

눈물로 번진 시야에서 밤하늘에 뜬 보름달이 반짝반짝 빛나 보였다.

에필로그

"상처는 어떠세요?"

찻잔을 받침 접시에 내려놓으며 아키호가 물었다.

"선생님이 으스러뜨릴 뻔한 목이요?"

맞은편 자리에서 아이스커피를 홀짝이던 미노베가 놀리듯 말했다.

"…총 맞은 데요."

"너무 화내지 마세요. 농담이잖아요. 미인이신데, 그렇게 애교가 없으면 아무도 안 데려가요."

화해했는데도 이렇게 성희롱 발언이 나오는 것을 보니, 근본적으로 섬세함이 결여된 사람인 것 같다. 아키호는 "쓸데없는 오지랖이에요" 하며 입을 삐죽였다.

"덕분에 상처는 순조롭게 낫고 있습니다. 곧 수사에 복귀할 것같아요. 선생님 덕분에 겨우 순직을 면했습니다. 감사합니다."

미노베는 가마가 보일 정도로 깊이 고개를 숙였다. 내내 적대하던 사람에게 정중한 감사 인사를 받으니 너무 민망했다. 아키호는 "고개 드세요"라고 말하며 시선을 피했다.

유리창 밖으로 보이는 한 층 아래에 있는 널찍한 로비에서는 여행 가방을 끄는 관광객과 직장인이 여럿 오갔다.

쿠라시키가 죽으면서 '한밤중의 토막살인 사건'에 막이 내린 지 3개월 후, 아키호와 미노베는 나리타 공항 카페에 있었다.

"자, 그럼 거두절미하고 사건 보고에 들어갈까요. 짧게 끝내시죠. 저 녀석은 이제 이 사건 이야기를 듣고 싶지 않은 것 같으니까요."

미노베가 고개를 들었다. 아키호는 탑승 수속을 밟는 줄에 선 가녀린 등을 보고 눈웃음을 지었다.

"아마 이제 떠올리기 싫은 거겠죠. 어두운 과거를 극복하고 빛나는 미래로, 오늘, 첫발을 떼니까."

미노베는 "그렇죠"라고 맞장구치고 이야기를 시작했다.

"사건 이후에 다시 수사해 본 결과, 수사본부는 쿠라시키가 바로 '한밤중의 토막살인마'라고 인정하고 피의자 사망으로 사건을 검찰에 보냈습니다. 그에 따라 수사본부는 해산됐고, 사건은 정식으로 종료됐습니다. 그건 아시죠?"

아키호는 "네" 하며 진지하게 고개를 끄덕였다.

그날, 쿠라시키가 창문에서 떨어진 뒤, 중상을 입은 료스케와 미노베는 곧바로 병원으로 실려 갔다. 아키호는 서둘러 출동한 경찰에게 체포되었지만, 그 이후에 수술로 목숨을 건진 미노베의 증언과 촬영해 놓은 비디오카메라 영상 덕분에 망을 보던 경찰관을 기절시킨 것도 덮기로 하고 석방되었다.

이미 야나이의 허가 하에 린카이 제1병원 응급의학과로 복귀해서 밤낮으로 응급 업무를 맡고 있다.

"그럼 추가 수사로 알아낸 사실을 알려드리겠습니다. 우선 무라모토 사키코의 주변 사람들을 탐문해본 결과, 쿠라시키와 자주 만난 걸 확인했습니다. 또 절친한 친구인 여성을 자세히 탐문해보니, 사키코가 '경찰 학교 동기와 서로 끌리다 보니 그 사람의 아이를 임신했다'고 말했다는 사실을 알아냈습니다."

"진작에 그 증언을 이끌어낼 수는 없었나요?"

그 증언을 이끌어냈으면, 훨씬 일찍 쿠라시키가 수사선상에 올랐을지 모른다.

"이것 참, 면목 없습니다." 미노베는 뒤통수를 긁적였다. "사실 그 증언을 한 여자를 담당한 사람이 쿠라시키였거든요. 요코야마 하루에의 이야기를 들은 사람도요."

"다시 말해 진범이 주요 증언을 묻어버린 거군요. 미노베 씨가 제대로 파트너랑 같이 움직였으면, 그런 일은 없었겠네요?"

미노베는 혼난 아이처럼 어깨를 움츠렸다. 그 모습에 독기가 빠진 아키호는 한숨을 쉬었다.

"근데 쿠라시키는 독신이었죠? 그리고 마지막에 한 말을 생각해 보면 사키코 씨한테 엄청나게 집착하는 것 같았어요. 그런데 왜 사키코 씨를 죽여야 했을까요? 사키코 씨가 이혼하고 나서 그냥 재혼하면 됐을 텐데."

"그건 수사본부도 의아하게 생각한 모양입니다. 뭐, 결국 두 가지 가설로 억지로 추려서 대충 넘겼지만."

"두 가지 가설이요?"

아키호가 고개를 갸웃하자, 미노베는 검지를 세웠다.

"첫 번째는 사키코와 가정을 이룰 생각은 없었다는 겁니다. 한 사람과 부부가 되는 대신 많은 여자를 낚고 싶어 했다는 거죠. 실제로 그놈은 아사토 유키에에게도 집착했다고 하고요."

"유키에 씨를 스토킹한 건 확인됐나요?"

미노베는 "네" 하며 턱을 당겼다.

"가게 종업원들과 남자 직원들한테도 확인했습니다. 아사토 유키에를 지명해서 뻔질나게 드나들던 사람은 쿠라시키가 맞았습니다. 출입 금지 당했을 때, 가게 뒤를 봐주는 조폭들을 부르지 않은 이유도 그놈이 경찰이어서라더군요."

"그렇다면 확실하네요. 근데…."

위화감이 들어 미간에 주름이 졌다.

"그날 밤 쿠라시키가 말한 사키코 씨에 대한 마음은 그렇게 가볍지 않은 것 같았어요. 진심으로 사랑했다는 느낌이었어요. 그런데 다른 여자와 놀고 싶어서 죽이고 심지어 토막을 내다니, 너무 상식을 벗어나요."

"맞습니다. 그 '상식을 벗어난다'는 게 두 번째 가설입니다. 수사본부도 그 가능성이 크다고 생각하고 있습니다."

"무슨 뜻이에요?"

"다시 말해 진심으로 사랑했기 때문에 그런 짓을 벌였다는 겁니다."

"사랑했기 때문에…." 아키호는 할 말을 잃었다.

"그놈은 사람을 죽이고 토막 내는 데에 흥분을 느꼈을 가능성이 큽니다. 아마 성적인 흥분을요."

섬뜩한 이야기에 아키호의 팔에 소름이 돋았다.

"처음에는 아사토 유키에의 어머니라는, 자신의 비뚤어진 연정을 방해하는 사람을 죽이고 토막 내서 욕구를 발산했을 겁니다.

그런데 머지않아 가슴속에 숨겨둔 괴물을 제어할 수 없게 되어 폭주했고, 결국 자기가 마음에 품은 여자에게 손을 대게 된 거죠."

너무나도 비정상적인 가설. 하지만 그날 밤 핏발 선 눈에서 하염없이 눈물을 흘리며 무언가에 홀린 듯 사키코에 대한 마음을 늘어놓던 쿠라시키의 모습을 떠올리자, 옳은 가설 같다는 생각이 들었다.

"그밖에 다른 소식은 있나요?" 아키호는 긴장하며 물었다.

"아, 중요한 걸 깜빡했군요. 사실 아사토 유키에는 살해된 게 아니었습니다."

기대하던 내용은 아니었지만, 너무나 뜻밖의 정보에 아키호는 "네?" 하며 얼빠진 목소리를 높였다.

"부검한 결과, 경부를 압박당해서 뇌로 가는 혈액이 차단된 게 사인으로 판명 났습니다. 그런데 목에 남은 삭흔은 누군가에게 목을 졸린 게 아니라 목을 매달아서 남은 것으로 판단됐습니다."

미노베는 굵은 목에 손가락을 댔다.

"교살당한 흔적과 목을 맨 흔적은 각도가 완전히 다릅니다. 경부를 절단당해서 금방 발견하지는 못했지만요."

"잠, 잠깐만요." 아키호의 목소리가 높아졌다. "그러니까 유키에 씨는 자살이었다는 거예요?"

"네, 그렇습니다. 옷장에서 목을 맬 때 쓴 것으로 보이는 줄이 발견됐습니다. 천장 들보에 그걸 걸고 목을 맸겠죠. 줄에서 아사토 유키에의 피부 세포도 검출됐습니다. 아사토 유키에가 자살한 건 확실해요."

동료였던 업소 아가씨 이야기에 따르면 유키에는 정신적으로 아주 불안정해서 여러 번 손목을 그었다고 했다. 자살했다고 해도 이상하지 않다. 하지만….

"하지만 쿠라시키는….."

"쿠라시키가 한 짓은 시신을 해체한 것뿐입니다. 일상적으로 아사토 유키에가 사는 아파트까지 스토킹하던 쿠라시키는 그날 밤, 방을 들여다봤든지 어쨌든지 해서 아사토 유키에가 목을 맨 것을 알았습니다. 원래는 직접 죽이고 싶었지만, 어쩔 수 없이 시신 해체만 해서 욕구를 발산한 다음 이시다 료스케를 불러서 희생양으로 삼으려고 했습니다. 저한테 익명으로 제보한 것도 쿠라시키였겠죠. 참고로 쿠라시키의 집에서는 해체할 때 쓴 걸로 보이는 전기톱 같은 도구가 발견됐습니다. 그게 그놈이 '한밤중의 토막살인마'라는 결정적인 증거가 됐죠."

말을 많이 해서 입이 말랐는지 미노베는 빨대를 입에 댔다. 아이스커피를 홀짝이는 소리를 들으며 아키호는 관자놀이에 손을 댔다.

확실히 말은 되는 것 같다. 하지만 왠지 찜찜했다. 신발 좌우를 바꿔 신은 것 같은 불쾌한 느낌이었다.

"그런데 좀 기묘한 건 시신을 해체할 때 쓴 걸로 보이는 도구가 사건 며칠 전에 아사토 유키에의 집으로 배송됐다는 겁니다."

"네? 무슨 말이에요? 누가 그런 짓을 했죠?"

"확실하지는 않지만, 아마 쿠라시키겠죠. 해체할 때 쓸 도구를 피해자의 집에 미리 보내놓은 것 같습니다."

"네? 그건 이상하지 않나요? 그런 게 배송되면 보통은 불쾌해서 집에 두지 않을 것 같은데요."

"뭐, 그렇긴 한데, 쿠라시키가 아사토 유키에의 시신을 토막 낸 건 확실하니까…. 피해자 사망으로 검찰에 넘어갈 테니 너무 자세히 수사할 필요는 없다고 판단한 모양입니다."

시원스럽지 않게 말하는 미노베를 앞에 두고 아키호는 관자놀이에 손을 댔다.

무언가 놓친 것 같다. 하지만 그것이 무엇인지 짐작도 되지 않는다.

아키호의 생각은 미노베가 "자" 하는 목소리에 차단됐다.

"그럼 선생님이 가장 궁금해하는 걸 이야기해 볼까요. 선생님의 약혼자 아라마키 카즈키 씨와 쿠로사키의 관계요. 괜찮으십니까?"

심장이 요란하게 뛰었다. 아키호는 의문을 일단 제쳐두고 "말씀해 주세요" 하며 주먹을 꽉 쥐었다.

"결론부터 말하면, 아무리 조사해도 아라마키 씨와 쿠라시키 사이에는 연결고리가 없었습니다."

"그럼 역시…."

"네, 아사토 유키에를 손에 넣는 데 걸림돌이 된 어머니를 죽인 것처럼, 선생님을 손에 넣으려고 약혼자를 죽였을 가능성이 큽니다. 왼손 약지가 사라진 것도 그걸 시사합니다."

'나 때문에 카즈키 씨가 살해당했다.' 마음이 검게 물들어갔다.

"하지만 제가 쿠라시키를 만난 건 두세 번밖에…."

"스토커 놈들은 한 번 눈이 마주친 상대를 운명이라고 생각하고 쫓아다닙니다. 그 정도 만남이면 충분해요. 그리고 어쩌면 선생님은 눈치채지 못했어도 쿠라시키는 계속 선생님을 감시했을 겁니다."

"소름 끼치는 얘기 하지 마세요."

아키호가 고개를 가로젓자, 미노베가 "아, 죄송합니다" 하며 두 손을 모았다.

찻잔에 담긴 홍차를 한 모금 마셨다. 다즐링 티의 산뜻한 향기가 마음을 조금 다독여 주었다. 아키호는 크게 숨을 뱉고 목걸이에 걸린 결혼반지를 만졌다.

"그래서 부탁한 건 어떻게 됐어요?"

"…죄송합니다. 아라마키 씨의 왼손 약지, 그리고 거기에 끼워져 있던 결혼반지는 찾지 못했습니다."

"그렇군요…."

각오한 바라 그다지 실망하지는 않았다. 다만 가슴에 구멍이 뚫린 것 같은 허전함을 느꼈다.

"가능하면 유품이라도 전해드리고 싶었는데…. 면목 없습니다."

"아니요, 괜찮습니다. 이것도 카즈키 씨가 주는 메시지일지도 몰라요. 과거에 얽매이지 말고 미래로 나아가라는."

아키호는 조명이 반짝이는 천장을 올려다보았다. 그날 밤 이후, 악몽을 꾸지 않게 되었다. 그런데 동시에 기억 속 약혼자의 얼굴이 나날이 흐려지는 느낌이었다.

그를 잊을 수는 없으리라. 하지만 언제까지고 과거를 끌어안고 있으면 그가 걱정할 것이다.

그러니까 앞으로 나아가자. 사랑스러운 사람과 함께한 소중한 추억을 가슴속에 묻고.

"미래로 나아가라…. 정말 오늘의 저 녀석과 똑같네요. 둘은 좋은 콤비예요. 어, 호랑이도 제 말 하면 온다더니."

미노베가 턱짓했다. 뒤돌아보니 카페에 숨이 멎을 듯한 미소년이 들어왔다. 지나간 종업원이 뒤돌아보며 그 모습을 좇자, 쟁반에 놓인 컵에서 물이 넘쳤다.

"탑승 수속은 마쳤어, 료스케?"

"스튜어디스분이 이것저것 가르쳐줘서 겨우 했어요. 근데 비행기는 처음이라 긴장되고 마음이 복잡해서 지쳤어요."

료스케는 한숨을 쉬었다.

"거기서 일하는 건 지상직 승무원이야. 그리고 이제는 스튜어디스가 아니고 캐빈 어텐던트라고 불러. 기억해 둬."

무슨 말인지 이해하지 못했는지 료스케가 눈을 끔뻑거리자, 미노베가 소리 내어 웃었다.

"정말 좋은 콤비라니까. 자, 선생님, 이제 새출발하는 청년을 배웅하러 가세요."

"형사님은 배웅 안 해줘?"

료스케는 놀리듯 얇은 입술을 끝을 올렸다. 오늘은 료스케가 미국으로 떠나는 날이다.

살인범 혐의가 풀린 료스케는 입원과 재활을 마치고 퇴원하자마자 유학 준비를 시작했다. 로스앤젤레스에 있는 연극 학교로 입학 절차를 밟을 때 아키호도 여러모로 도와주었다.

"나처럼 남루한 아재한테 쫓기는 건 지겹잖아. 배웅은 예쁜 누나 한 명이 해주면 충분해."

료스케는 "그건 그렇지" 하며 어깨를 으쓱했다. 미노베는 벌레라도 쫓듯이 손을 내저었다.

"작별 기념으로 이건 내가 쏠 테니까 얼른 가."

"안 그래도 가려고 했어요. 그럼 선생님, 가요."

료스케가 재촉하자, 아키호는 당황하면서도 자리에서 일어섰다. 격렬하게 적대하던 두 사람이 마지막의 마지막 순간, 협력해서

'한밤중의 토막살인마'를 무너뜨렸다. 그런 두 사람의 헤어짐이 이런 식이어도 괜찮을까.

료스케가 옆을 지날 때, 미노베가 가볍게 손을 들었다.

"잘 지내라."

"형사님도요."

료스케가 살짝 웃으며 미노베와 손뼉을 마주쳤다. 그 경쾌한 소리를 듣자 얼굴에 온화한 미소가 번진 아키호는 료스케와 함께 카페를 나가서 보안검색대 앞으로 갔다.

"그럼 여기서 안녕이네."

아키호는 웃으려고 했지만, 왠지 모르게 콧속에서 저릿한 아픔이 느껴졌다.

"일본으로 돌아오면 꼭 연락해."

"죄송해요, 선생님. 나는 이제 일본에 다시 올 생각이 없어요."

료스케는 슬프게 눈웃음 지었다.

"과거를 완전히 버리고 전부 처음부터 다시 시작할 거예요."

"그래…. 그게 나을 수도 있겠다."

료스케가 이 나라에서 겪은 일들은 너무나 고통스러웠다. 이제 다 잊고 싶을 만하다.

"하지만 엄마, 유키에 선배, 그리고…, 선생님만은 잊지 않을 거예요."

예상치 못한 말을 들은 아키호는 "어?"라고 목소리를 흘렸다. 료스케는 눈을 감았다.

"세 사람을 기억하기만 하면, 이렇게 눈을 감았을 때 선생님과 엄마, 선배의 얼굴이 눈꺼풀 뒤에 비치면, 나는 어디에서든 잘 지낼 수 있어요. 그런 마음이 들어요."

"료스케…."

아키호는 가슴이 뜨거워져서 말을 잇지 못했다. 료스케는 눈을 뜨고 주머니에서 작은 봉투를 꺼냈다.

"이거 받아주세요. 편지가 들어 있어요."

봉투를 받은 아키호가 그것을 열려고 하자, 료스케는 "아, 잠깐만요" 하며 허둥지둥 말했다.

"읽는 건 나중에요. 아무리 그래도 눈앞에서 읽으면 부끄러워요."

아키호는 "아, 미안" 하며 재킷 주머니에 봉투를 넣었다.

"그럼 정말 이걸로 안녕이네요."

쑥스러워하며 내민 료스케의 손을 아키호가 잡았다.

"료스케, 너를 만나서 다행이야. 그날 사고를 당한 네가 우연히 우리 병원에 온 덕분에 내가 소중한 사람의 원수를 갚을 수 있었어."

"선생님, 우연이 아니에요."

손을 잡은 채 료스케는 고개를 가로저었다.

"운명이었다는 거야? 제비족은 관뒀으니까 이제 그런 느끼한 말은 금지야."

"선생님, 실은 말하지 않은 게 하나 있어요. 나는 그날 밤 이전에도 선생님을 한 번 만난 적이 있어요."

"뭐? 나를?" 아키호는 살짝 고개를 갸웃했다.

"네, 맞아요. 중학생 때, 어떤 불량배의 여자친구한테 손을 댔다가 두들겨 맞아서 죽을 뻔한 적이 있어요. 그때 나, 선생님을 만났어요."

"죽을 뻔한 중학생…."

중얼거린 순간, 머릿속에서 기억이 튀어 올랐다. 아키호는 숨을 삼켰다.

수련의 시절, 피투성이로 실려 온 긴장성 기흉 소년. 처음으로 혼자서 환자의 생명을 구하고 응급의학과 의사를 목표로 삼는 계기가 된 사건. 오랜 시간이 흘러 약혼자가 된 남자와 처음으로 유대를 느낀 사건.

"설마 그 아이가…."

아키호가 목소리를 짜내자, 료스케는 미소를 지었다. 진심으로 행복하게.

"기억나요? 그래요, 나는 그때 중학생이었어요. 그때 선생님은 '내가 반드시 살려줄게'라고 말했고, 정말 나를 구해줬어요. 그게 엄청 기뻤어요. 나를 위해서 그렇게 필사적으로 애써주는 사람은 그때까지 엄마밖에 없었거든요. 나한테 선생님은 유키에 선배보다 먼저 나타난 '특별한 사람'이었어요."

그렇다면 유키에 씨의 집에서 도망친 료스케가 린카이 제1병원으로 실려 온 것은 우연이 아니었나? 설마 일부러 우리 병원 근처에서 넘어져서 실려 왔다는 뜻인가? 그러면 내가 진료할 줄 알고서.

아니, 그럴 리가 없다. 아키호는 가볍게 머리를 흔들었다. 료스케를 예전에 진찰한 곳은 대학병원이었다. 내가 린카이 제1병원에서 일하는 것을 그가 알았을 리가 없다.

…아니, 정말 그럴까? 머리를 스친 상상에, 아키호는 오한을 느꼈다.

혹시 료스케는 내가 그날 린카이 제1병원 응급실에서 야근하는 것을 알았던 것이 아닐까. '특별한 사람'인 나에 관해서 낱낱이 조사했으니까.

"그 표정이에요."

료스케의 말에 아키호는 "뭐, 뭐가?" 하며 몸을 떨었다.

"그 표정, 엄마랑 똑같아요. '료스케, 제발 진실을 알려줘'라고
말한 엄마. …정말 예뻤어요."

"진실…?" 아키호는 그 말을 한 번 더 짚었다.

"그래서 나는 말해줬어요. 진실을. 그때의 엄마. 정말 아름다웠
어. 나는 이걸 보기 위해서 살아왔구나. 이 순간을 위해 살아왔
구나. 어린 마음에 그렇게 생각했어요."

료스케는 황홀한 표정으로 중얼거렸다. 하지만 곧 그 얼굴은 슬
프게 일그러졌다.

"그런데 다음날, 엄마는 죽어 버렸어요. 항상 다정하게 나를 쓰
다듬어주던 손을 잘라 놓고."

자살한 엄마를 발견한 료스케는 양아버지가 집에 올 때까지,
잘려 나간 손에 뺨을 비비며 울었다. 아키호는 키류에게 들은 이
야기가 떠올라서 거친 숨을 몰아쉬며 생각했다.

진실이 뭐지? 그 진실이 엄마의 죽음과 관련이 있다는 말인가?
그때 료스케의 아버지가 한 말이 귓가에 되살아났다.

'료스케는 동생을, 내 아들을 죽였어.'

알몸으로 영하의 세계에 내던져진 듯한 느낌에 무릎이 떨렸다.

아니다. 그럴 리가 없다. 내 착각이다. 아키호가 필사적으로 자
신을 타이르는데, 료스케는 "아" 하며 무언가 떠오른 듯 목소리를
높였다.

"그러고 보니 나 '한밤중의 토막살인마'가 왜 유키에 선배 어머
니의 발목을 가져갔는지 알 것 같아요."

"왜 지금 그런 얘기를…."

갈라진 목소리로 말했지만, 료스케는 개의치 않고 이야기를 이어갔다.

"나랑 헤어지냐 마냐로 유키에 선배랑 어머니가 집에서 다투던 때 일이에요. 유키에 선배가 마시던 뜨거운 커피가 담긴 잔이 엎어져서 어머니의 오른발에 쏟아졌대요. 그래서 유키에 선배가 놀라서 정신을 차렸대요."

료스케가 밝은 어조로 이어서 말했다.

"다시 말해 그 발에 남은 화상은 유키에 선배와 어머니의 유대감을 상징해요. '한밤중의 토막살인마'는 그 유대감을 빼앗아서 유키에 선배를 절망하게 하고 싶었던 거예요."

나도 카즈키 씨와의 유대감을 빼앗겼다. 둘이 함께할 미래를 약속한 결혼반지와 그것을 낀 왼손 약지를.

"왜 절망을…. 쿠라시키는 유키에 씨를 손에 넣고 싶었을 뿐일 텐데…."

입에서 흘러나온 목소리는 자신이 듣기에도 이상할 만큼 떨렸다.

"그야 뻔하죠. '한밤중의 토막살인마'는 절망한 얼굴을 보고 싶었던 거예요. 영혼이 썩어 문드러질 정도로 절망한 사람은 아름답잖아요. …이 세상에서 가장 예뻐요."

료스케는 무언가를 그리듯 허공을 바라보았다.

"엄마는 원래도 엄청 예뻤지만, 동생이 죽고 나서는 더 예뻐졌어요. 자꾸 말라가고 창백해지고, 자꾸 눈에서 빛이 사라져서 엄청 예쁜 인형 같았어요. 그리고 '진실'을 알았을 때, 엄마의 영혼이 부서져서 나만의 인형이 됐어요. 소중한 나만의 인형."

행복하게 미소 지은 료스케의 눈에서 눈물이 넘쳐 도자기처럼 매끈한 뺨을 타고 흘렀다.

"하지만 내 인형은 금방 망가져 버렸어요. 그래서 새로운 인형을 갖고 싶었어요. 아주 오랫동안 갖고 싶었어요."

눈가를 셔츠 소매로 닦은 료스케의 시선이 아키호를 향했다. 아키호는 순간 잡고 있던 손을 놓았다.

"쿠라시키가 그런 것 때문에 사람을 죽이고 시신 일부를 가져갔다는 말이야?"

"네, '한밤중의 토막살인마'는 나랑 똑같은 마음이었을 거예요. 자신이 만들어낸 자신만의 인형을 오래도록 아끼고 싶어서. 그런 생각이지 않았을까요?"

"그런 소름 끼치는 생각을, 정말 쿠라시키가 품고 있었다는 말이야?"

"글쎄요. 모르죠. 쿠라시키는 무슨 생각을 했을까요? 뭐, 이제는 아무래도 상관없죠. '한밤중의 토막살인마'는 사라졌으니까."

료스케는 작게 어깨를 으쓱하고 가벼운 어조로 말했다. 독기가 빠져서 눈만 깜빡거리는 아키호를 료스케는 다정하게 끌어안았다.

"그럼 선생님, 아쉽지만 여기서 안녕이에요. 부디 건강하세요. 선생님이 일본에 건강하게 있어 주기만 하면 나는 힘을 낼 수 있어요. 선생님은 마지막으로 남은 나의 '특별한 사람'이니까."

몸을 뗀 료스케는 해맑은 미소를 지었다.

"으, 응. 료스케도 건강하게 지내."

아키호가 어딘가 맥이 풀려서 대답하자, 료스케는 아쉽다는 듯 몸을 돌리고 보안검색대에 줄을 섰다. 그 등을 바라보며 아키호는 코끝을 긁적였다.

마지막에 할 말을 머릿속에서 여러 번 시뮬레이션 했건만, 료스케가 이상한 말을 하는 바람에 타이밍을 놓치고 말았다.

아무럼 어떤가. 영영 다시 못 보는 것도 아니니까. 여차하면 내가 미국에 만나러 가면 그만이다.

"특별한 사람…이라…."

무의식적으로 중얼거렸다. 왜 그 말이 마음에 걸리는지 생각하는데, 예전에 료스케가 꺼낸 말이 머릿속을 스쳤다.

"쿠라시키 씨는 나한테 '특별한 형사'예요."

쿠라시키도, 료스케의 '특별한 사람'이었나? 그렇다면 엄마를 잃고 나서 그에게 '특별한 사람'은 유키에 씨, 쿠라시키, 그리고 나. 그 세 사람의 공통점은….

…'한밤중의 토막살인마'에게 소중한 사람을 빼앗기고 유대감을 빼앗긴 것.

전신의 혈액이 역류하는 느낌이 들었다.

아니, 내가 무슨 생각을 하는 거지? 쿠라시키가 '한밤중의 토막살인마'였다는 것은 확실하다. 그 사람이 직접 자백했으니까.

"아니…, 자백한 적 없어…."

기억을 곱씹던 아키호의 입에서 갈라진 목소리가 새어 나왔다. 그날 밤, 쿠라시키가 자백한 것은 무라모토 사키코와 관계가 있었던 것, 아사토 유키에를 만난 것, 그리고 유키에의 시신을 해체한 것뿐이다.

아사토 유키에는 자살이었다. 그리고 그녀의 집에는 해체에 사용할 도구가 준비되어 있었다.

마치 유키에가 자신의 시신이 절단되기를 바랐다는 듯.

벼락을 맞은 것 같은 충격이 정수리를 관통했다. 자칫하면 그 자리에 쓰러질 것 같았다.

유키에는 료스케 때문에 불행의 밑바닥으로 떨어졌다고 했다. 그와 교제하느라 빚을 졌기 때문이라고 이해했다. 그런데 아니었을지도 모른다.

세상에서 가장 소중한 엄마를 료스케가 죽였으니까.

숨이 가빠졌다. 지난 3개월 동안 일어나지 않은 과호흡 발작의 전조. 아키호는 필사적으로 호흡을 진정시키면서도 생각을 쉬지 않았다.

"쿠라시키는 유키에 씨와 나에게 접근했어. 그건 사냥감으로서가 아니라 '한밤중의 토막살인마'에게 소중한 사람을 빼앗긴 동료라서?"

무라모토 사키코와 불륜 관계에 있던 쿠라시키는 료스케가 '특별한 사람'의 소중한 상대를 죽이는 것이 아닐지 의심했다. 하지만 그 생각을 수사본부에 알릴 수는 없었다. 사키코와의 관계가 드러나면 자신이 수사에서 제외될 테니까. 그래서 그는 혼자 료스케를 쫓았다.

세 번째 사건 이후에 쿠라시키가 나에게 밥을 먹자고 한 이유는 나에게 집착해서가 아니라 소중한 사람을 빼앗긴 비슷한 처지이니 같은 편으로 끌어들이기 위해서였다.

하지만 나는 이야기를 듣지 않고 휴직한 채 고향으로 돌아갔고, 수사본부에서 맡은 수사가 있는 쿠라시키는 나와 연결고리를 만들 수 없게 되었다. 전화로 이야기할 만한 주제가 아니었으니까. 하지만 유키에에게는 달랐다. 그녀를 지명하면 쿠라시키는 유키에와 충분히 시간을 들여 이야기할 수 있었고, 이윽고 두 사람은 한 가지 결론에 이르렀다.

이시다 료스케가 바로 '한밤중의 토막살인마'라고.

격렬한 구역질과 함께 식도를 타고 뜨거운 것이 올라왔다. 아키호는 두 손으로 입가를 틀어막았다. 다즐링 티와 섞인 위액이 입 안을 채웠다.

불쾌감을 억누르며 그것을 삼킨 뒤, 아키호는 이를 악물고 뇌를 움직였다. 자신의 상상이 틀렸다는 근거를 찾기 위해서. 하지만 생각하면 생각할수록 마치 퍼즐 조각이 들어맞듯 진실이 보였다.

전 남자친구가 엄마를 죽인 것, 만약 자신이 료스케와 엮이지 않았다면 엄마가 죽지 않았을 것임을 확신한 유키에는 정신적으로 더 불안정해졌다. 쿠라시키와 유키에는 어떻게든 료스케가 '한밤중의 토막살인마'임을 증명하려고 했지만 그 증거를 찾을 수 없었고, 료스케는 미국으로 도망치려 하고 있었다.

그래서 아사토 유키에는 행동에 나섰다.

자신을 토막 낼 도구를 준비하고, 쿠라시키에게 연락해서 지시를 내린 다음, 목을 매 스스로 목숨을 끊었다. 그 이후에 달려온 쿠라시키는 그녀의 각오를 이어받아 지시대로 행동했다.

유키에의 시신을 해체하고 료스케를 덫에 걸려들게 하는 행동을.

형사로서 수사하던 쿠라시키라면 '한밤중의 토막살인마'의 범행 현장을 완벽하게 재현할 수 있었을 것이다. 몇 시간에 걸쳐 유키에의 시신을 토막 낸 쿠라시키는 유키에가 준비한 편지로 료스케를 불러내고 미노베에게 익명으로 제보한 뒤, 함께 현장에 출동했다.

단순히 료스케를 죽이는 것만으로는 만족이 되지 않았을 것이다. 그가 '한밤중의 토막살인마', 연쇄 살인마라는 사실을 전국에 알리지 않고서는 한이 풀리지 않았을 것이다.

나에게 료스케가 '한밤중의 토막살인마'라고 강조하거나 수사 정보를 흘린 이유는 그렇게 하면 내가 그를 죽일 것이라고 생각했기 때문이다. 똑같이 소중한 사람을 잃은 동료로서 나에게 복수할 기회를 주려고 했다. 하지만 예상과 달리 내가 진상에 다가서자, 키류를 이용해 조사를 멈추도록 압박했다. 그런데 역으로 알리바이까지 알아내 버려서 쿠로사키와 키류의 입을 막을 수밖에 없었다.

아마 유키에의 시신을 해체한 몇 시간 사이에 그도 머리가 이상해졌을 것이다. 오로지 료스케를 지옥에 떨어뜨리기 위해 사는 복수의 화신으로 변해 버렸다. 그래서 알리바이를 아는 두 사람을 죽이고 동료인 미노베를 쏜 데다 료스케와 함께 목숨을 버리는 데에도 망설임이 없었다.

"그럴 리가, 없어…."

아키호는 격렬하게 고개를 흔들었다. 전부 망상이다. 모두 억지로 갖다 붙인 헛소리일 뿐이다.

고개를 든 아키호의 시야에 보안 검색대 게이트를 통과하려는 료스케의 뒷모습이 날아들었다.

막아야 하나. 하지만 아무 근거도 없는 가설로 료스케의 새출발을 방해할 수는….

거기까지 생각한 아키호는 헉하고 숨을 삼키고는 재킷 주머니에서 봉투를 꺼냈다.

료스케에게 받은 편지, 거기에 무언가 단서가 있을지도 모른다.

봉투를 연 아키호는 콧잔등에 주름을 잡았다. 안에 편지는 들어 있지 않았다. 하지만 봉투 바닥에 무언가가 보였다.

봉투를 뒤집어 흔든 아키호의 손바닥에 작은 금속이 떨어졌다.

그것은 반지였다. 안쪽에 'Kazuki & Akiho'라고 새겨진, 백금으로 만든 결혼반지.

악몽이 시작된 그날 빼앗긴, 사랑하는 사람과의 소중한 유대.

시야가 새빨갛게 물든다. 전신의 피가 끓어오른다.

깨달은 아키호는 바닥을 차고 소리를 지르며 보안 검색대 게이트로 달렸다.

줄을 선 손님들을 밀치고, "손님, 잠시만요!" 하는 지상직 승무원의 목소리를 무시하며, 억지로 게이트를 지나가려고 했다. 바로 눈앞까지 다가간 료스케의 등에 손을 뻗으려고 한 순간, 발을 걸어차여서 아키호는 그 자리에 쓰러졌다.

"확보! 지원 불러!"

힘센 공항 경비원이 아키호를 누르며 말했다.

"이거 놔! 저 새끼를! 저 악마를 막아야 돼!"

열심히 몸을 비트는데, 앞에서 걸음을 멈춘 료스케가 천천히 뒤를 돌아 아키호를 보았다.

예술 작품처럼 고운 얼굴에는 천진난만하고 잔인한 미소가 떠올라 있었다.

벌레의 날개를 하나씩 하나씩 뜯어내는 소년 같은 미소.

"안녕, 나의 사랑스러운 인형."

더없이 행복하게 속삭인 료스케는 걸음을 돌려서 천천히 탑승 게이트로 나아갔다.

아키호의 비통한 절규가 출국장에 울려 퍼졌다.

옮긴이 **권하영**

한국외국어대학교 일본어통번역학과를 졸업하고, 이화여자대학교 통역번역대학원에서 한일번역을 전공하였다. 번역작으로 《전남친의 유언장》, 《루팡의 딸2》, 《루팡의 딸3》, 《루팡의 딸4》, 《루팡의 딸5》, 《내가 나를 버린 날》, 《9번째 18살을 맞이하는 너와》, 《치유를 파는 찻집》, 《시간을 잇는 선술집》 등이 있다.

한밤중의
마리오네트

초판 1쇄 2024년 12월 16일
저자 치넨 미키토
옮긴이 권하영
편집 나다연 **디자인** 배석현
ISBN 979-11-93324-31-8 03830

발행인 아이아키텍트 주식회사
출판브랜드 북플라자
주소 서울시 강남구 학동로 329 북플라자 타워
홈페이지 www.bookplaza.co.kr

오탈자 제보 등 기타 문의사항은 book.plaza@hanmail.net으로 보내주세요.
잘못된 책은 구입하신 서점에서 교환해 드립니다.